하루하루 누리는
소소한 행복

하루하루 누리는 소소한 행복

초판 인쇄   2019년 8월 21일
초판 발행   2019년 8월 26일

지은이   한기진
펴낸이   김상철
발행처   스타북스
등록번호   제300-2006-00104호
주소   서울특별시 종로구 종로1가 르메이에르 1117호
전화   02) 735-1312
팩스   02) 735-5501
이메일   starbooks22@naver.com
ISBN   979-11-5795-475-9 03810

• 이 도서의 국립중앙도서관 출판예정도서목록(CIP)은 서지정보유통지원시스템 홈페이
  지(http://seoji.nl.go.kr)와 국가자료공동목록시스템(http://www.nl.go.kr/kolisnet)에서
  이용할 수 있습니다. (CIP제어번호 : CIP2019032222)

하루하루 누리는 소소한 행복

한기진 지음

스타북스

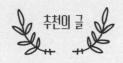
추천의 글

김종만(삼성서울병원 이식센터 교수)

　세상에서 타인에게 자신의 생명을 나누어주는 것은 매우 고귀한 행동입니다. 자신의 신체 일부를 기증하는 뇌사 기증자와 가족들의 고귀한 행동이 세상을 더욱 아름답게 만드는 것 같습니다.

　1999년 10월 27일, 당시만 해도 국내·국외에서는 간 이식 수술의 어려움과 수술 전후 치료의 어려움으로 간 이식 수술이 많이 시행되지 못하고 있었습니다. 한기진 님은 복수, 간성혼수 등의 간경변 말기 증세로 혹독한 고통의 시간을 이겨내면서 뇌사자 간 이식을 6개월 넘게 기다리셨습니다. 한기진 님과 가족들에게 이 시간은 매우 견디기 힘든 기간이었을 겁니다.

　한기진 님은 뇌사자 간 이식 수술 후 중환자실에서 10일 정도를 지냈으며, 말기 간 부전으로 인해 회복도 늦어져 수술 후 40일이 지나서야 퇴원했습니다. 퇴원 당시 한기진 님은 제대로 걷지도 못했고 자기 이름조차도 못 썼습니다. 그러나 퇴원 후 의사가 지시한 약 복용은 물론 일상생활에서 철저하게 운동도 실천해 회복 속도가 빨라졌습니다.

면역 억제제를 복용한 지 1년 후 당뇨병이 발생해서 당뇨교실에서 교육과 치료를 받았습니다. 당뇨 발생 후 2년 만에 한기진 님은 당뇨관리 우수자로 선정되어 많은 당뇨 환우 앞에서 모범 사례로 자신의 사례를 발표하였고 당뇨잡지에 모범사례로 소개되기도 했습니다. 이후에는 많은 당뇨 환우에게 도움이 되고자 당뇨관리 사례발표로 봉사자 역할도 했습니다. 이 모든 것은 당뇨교실에서 받은 모든 조치를 잘 실천함으로 이룬 결과였습니다.

한기진 님은 "의지의 한국인으로 지독한 실천자"이기에 얻을 수 있는 성과라 생각합니다. 한기진 님은 간 이식 후, 눈과 담도 등 여러 군데 합병증이 발생했습니다. 그러나 강한 의지로 음식 조절과 운동요법을 스스로 하면서 지금은 간 이식 환우 중에서 모범 간 이식 인으로 건강한 정신 및 신체를 유지하면서 자기관리 및 봉사에도 모범이 되시는 이식인입니다. 간 이식을 망설이는 많은 환우 및 가족들, 간 이식을 앞두고 불안해하는 환자분들에게 한기진 님은 모범사례로 보입니다. 이식인의 모범사례인 한기진 님이 많은 환우들에게 희망과 의지를 보여준다는 점에서 우리 이식 의사들은 보람을 느낍니다.

한기진 님은 간 이식 후 새로 얻은 생명으로 의미 있는 삶을 살고자 노력했습니다. 기업에는 적합한 인재를, 개인에게는 적합한 회사를 찾아 주는 일을 전문적으로 하는 헤드헌팅 사업을 시작하여 SRA-Korea 대표이사를 지냈습니다. 대학생들을 위한 경력 관리에 대한 조언을 위해 여러 대학에서 봉사활동도 했습니다. 친구 및 지인들의 자제분에게도 경력 상담과 좋은 일자리를 소개하는 등, 보람된 삶을 살아가고 있

습니다. 경력관리를 위해 새로운 분야를 소개하는 일에서부터 중앙정
부 인사처에서 실시하는 면접관으로도 10년간 봉사활동도 했습니다.

2001년도에는 삼성전자 핸드폰 사업부에서 필요한 해외 인력 발굴에
힘쓰면서 핀란드, 미국, 캐나다 등 핵심 인재를 추천하는 일에도 혼신의
힘을 쏟았습니다. 그 후로는 국내 대기업 및 외국계 기업에서 필요로 하
는 임원급 인재도 많이 추천해 성공하게 하는 업적을 남겼습니다.

또한 지난 10년 동안 삼성서울병원 자원봉사 멘토로서 두사랑회 회
장을 맡았고, 현재는 한국간 이식인협회 회장을 맡아 간 이식인들의 권
익 옹호와 화합을 이루는 데 헌신하고 있습니다.

한기진 님의 이식 후 20년간의 발자취를 되짚어 보며, 한국간 이식인
협회 회장으로 9개 대학병원 회장님들의 수기를 집대성한 두 번째 책
인 〈하루하루 누리는 소소한 행복〉의 발간을 축하드립니다.

한기진 님의 감동적인 삶의 기록인 이 책은 우리나라 18,000여 명
의 간 이식인들과 온갖 질병으로 고통을 받는 환우 여러분, 그리고 그
가족분들에게 소중한 희망이 되어 주길 바라며, 기쁜 마음으로 추천
합니다.

2019년 6월 3일

김종만

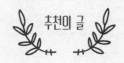

추천의 글

최복현(시인, 소설가, 수필가, 연성대학교 인문교양학부)

"행복한 가정들은 고만고만하지만, 불행한 가정은 나름의 이유가 있다."

톨스토이의 소설 〈안나 카레니나〉의 첫 문장이다. 사람들 대부분 평범한 가정을 바란다. 고만고만하게 살아도 하루하루 별일 없이 살 수 있다면 그걸로 족하다. 톨스토이가 하고 싶은 말은 '행복한 가정들은 일용할 양식이 있고, 식구들은 나름대로 가정 내에서나 사회에서 제 역할을 하면서 하루하루 충실하다면 더는 바랄 것 없다고 생각한다.'는 뜻일 것이다. 그만큼 평범한 가정, 곧 행복한 가정을 이루며 살기는 쉽지 않다는 뜻이기도 하다. 때문에 사람들 대부분은 소박한 행복이 머무는 가정, 별 탈 없는 평범한 가정을 바란다.

현실은 이렇게 별 욕심 없이 소소한 행복을 누리며 살려는 것마저도 뜻대로 되지 않는다. 원치 않는 일들이 찾아드는가 하면, 피할 수 없는 불행한 일들이 불현듯 찾아들기도 한다.

시시포스가 신들의 영벌을 받아 끝없이 언덕 위로 돌을 굴러 올리고,

정상에 닿으면 다시 굴러떨어지지만, 다시 똑같은 일을 반복하기를 끝없이 해야 하는 것처럼, 그럼에도 그것을 거부할 수 없는 것이 인간의 부조리한 조건인 것처럼, 우리 삶은 늘 어떤 불행이 찾아들지나 않나 불안하다.

그 때문에 찰리 채플린은 "인생이란 멀리서 보면 희극이지만 가까이 보면 비극이다."라 했을 터다. 이러한 불행의 조건이 더 많은 인간의 삶, 이 책의 저자 한기진 님은 누구보다 열심히 살았다. 누구보다 능력도 있었다. 남에게 눈물 흘리게 할 일도 하지 않았다. 그런데 왜 이분은 불행을 맞아들여야 했을까?

이럴 때 신을 믿는 사람이라면 신을 원망하며 "하필이면 왜 나입니까?"거나 "왜 하필이면 지금입니까?"라고 따지고 싶을 것이다. 한기진 님이 이런 심정이 아니었을까? '이제 세상을 살 수 없다, 아쉽지만 죽기 전에 아내와 자식들에게 유언이나 남기자', 이 마음을 먹었을 때의 심정은 당사자가 아니면 느낄 수도 이해할 수도 없을 것이다. 원치 않는 불행, 오지 않았어야 할 불행이 찾아오긴 했지만, 다행히도 절망의 끝에서 새로운 삶을 얻을 기회를 얻었을 때의 기쁨은 이루 말할 수 없었을 것이다.

아픔의 시절을 넘어 절망을 딛고 새로운 삶을 시작한 한기진 님, 기적적으로 간 이식을 받는 데 성공하긴 했지만, 그걸로 끝이 아니라 항상 긴장하며 관리를 해야만 재발하지 않기에 기울였을 여러 노력, 그 노력이야 말로 많은 환우들이 본받아야 할 일들이라 생각하기에 적극적으로 이 책을 추천한다.

한기진 님이 직접 실천한 사후 관리의 비법이라면 비법이라 할 여러 방법, 이를테면 합병증관리, 음식조절, 운동은 환우들이 받아들이면 좋을 것이라 믿는다. 또한 건강관리도 중요하지만 남은 날들을 살아감에 있어서 보다 보람 있고, 더 가치 있고, 보다 의미 있는 삶을 위한 일들을 끊임없이 추구하는 저자의 모습은 콧등 시큰한 감동을 준다.

죽음 앞에 가 본 사람은 살아 있는 날들의 소중함을 누구보다 잘 안다. 그러나 그 소중한 날들을 소중하게 보내는 이는 많지 않다. 한기진 님은 소중함을 알고, 그 날들을 소중하게 여기며, 순간순간 최선을 다하는 분이다. 하루도 빠짐없이 걷기 운동을 한다, 독서를 한다, 글쓰기를 한다, 취미활동을 한다, 봉사활동도 한다. 이렇게 좋은 습관을 만들어 하루하루를 누리는 소소한 행복을 느끼며 사시는 것 같아 감동이다.

이 책에는 이런 한기진 님의 솔직한 생각들과 진솔한 일상들이 들어 있기에 이 책을 읽는 이들 역시 공감하며 어떻게 살 것인지를 다시 한번 생각하는 데 많은 도움을 주리라 믿는다. 책 출간을 진심으로 축하 드리며, 이 책을 읽는 이들 모두 행복하기를 바란다.

꿈은 이어진다. 포기하지 말자!

간 이식을 받은 지 20년이다. B형 활동성 간염이 발병된 지는 30년이 지났다. 간 이식을 받지 못했다면 나는 이미 이 세상 사람이 아닐지도 모른다. 지금은 건강하고 행복하게 살고 있다. 정말 나는 천운을 타고난 사람이다. 하늘이 내린 삶을 살고 있으니.

고희연이 되어보니 감회가 새롭고 가슴 벅차다. 고희연이란 마음이 하고자 하는 대로, 마음 가는 대로, 마음이 원하는 대로 하여도 어떤 규율이나 법, 제도, 원리 등을 벗어나지 않는 나이다.

지난 30년 동안 세 번이나 입원과 퇴원을 거듭했다. '간' 때문에 많은 어려움을 겪으면서 삶에 대한 회의와 후회를 했다. 그 끝에서 나 자신을 돌아보는 성찰에서 도전과 실패의 연속이 나를 오늘날까지 있게 했다.

나를 아는 지인과 직장 동료들은 나를 '간 박사'라 한다. 왜냐하면 그들 중에서 간 이식을 한 경우는 내가 처음이기 때문이다. 나는 20년 전에 말기 간경화 때문에 뇌사자로부터 간 장기를 받아 성공적으로 이식 수술을 받았다. 수술 직전 1년간은 몸 전체에 고통이 너무 심해 생의 모든 것을 포기했다. 밤에는 이 고통이 더욱 심해 잠을 이룰 수 없었다. 그 고통을 참을 수 없어 결국엔 아내와 아이들에게 유언을 남기고 죽을 날만 기다렸다.

　내가 살 수 있는 길은 뇌사자의 간 이식밖에 없다는 의사 선생님의 말씀. 그러나 당시는 뇌사자 간을 받기란 쉽지 않았다. 받는다고 하더라도 나와 여러 가지 조건이 맞아야 했다. 1999년 10월 27일은 나의 운명적인 날이었다. 말기 간경화로 죽느냐, 사느냐, 갈림길에서 간 이식을 받는 날이었다. 그날 나는 이름도 성도 모르고, 얼굴도 모르는 뇌사자의 간을 이식받아 다시 생명을 얻었다. 그 때문에 늘 마음속에 그에 대한 감사와 고마움을 간직하고 있다. "감사합니다, 고맙습니다." 혹시 몸이 조금이라도 불편할 때면 누군지는 모르나 내게 생명을 준 그분 생각에 나도 모르게 눈물을 훔치곤 한다. 눈물이 나오고 감정이 북받쳐 오르는 것은 수술 후 생긴 또 다른 현상이다. 그분에 대해 당연히 고마움과 감사의 기도를 드린다. '임은 나를 위해 태어났고, 나를 위해 죽었다고 생각한다. 얼마나 의로운 임인가!' 부모님보다 더 자주 생각한다.

　이식 후 3개월 정도 회복기간을 거쳐 조금씩 걸었다. 처음에는 아기들이 걸음마 하듯 한 발짝씩 걸었다. 걷다가 넘어지고 다시 일어나 걷기를 시도했다. 차츰 공원을 한두 번 쉬고 걸을 수 있었다. 그 후 나는 20년간 거의 매일 걷는다. 잠시라도 쉼 없이 계속 움직이는 사람이다.

돌이켜 보면 지난 30년은 정말 힘들고 참기 어려운 시기였다. 만성 소화불량, 피로감, 팔다리는 항상 퉁퉁 부어 있었으나, 하루의 반 정도는 일을 계속해야 했다. 생활비, 병원비를 위해서는 어쩔 수 없었다.

앞으로의 20년은 더 건강하게 사는 것이 나의 목표이다. 왜 이런 것을 목표라 할까? 현재 나는 70세 임에도 불구하고 대체로 건강하게 잘 지내고 있다. 일반적으로 70세 정도면 안과(백내장), 비뇨기과(비대증), 내분비내과(당뇨), 정형외과(고관절, 허리통증), 소화기내과(위장, 비장, 대장, 등), 뇌(신경증), 심장 등 소위 '종합병원'이라는 별명이 붙는다. 몸이 쇠약해지면 체중감소, 활력저하, 보행속도 저하, 근력 저하, 신체 활동성 저하 등으로 쉽게 피로해진다. 그 때문에 앞으로 20년을 더 건강하게 사는 것이 나의 희망사항이다. 20년만 더 살면 결혼한 지 60년, 즉 회혼례를 가질 수 있으니, 이것이 소박한 나의 꿈이라면 꿈이다.

간 이식 환자로 40년 이상 사는 것이다. 보통 사람들은 불가능하다고 생각할 것이다. 그러나 나는 불가능은 없다고 생각하며, 가능하다면 건강을 위해 끊임없이 노력하고 나름대로 최선을 다한다.

나는 늘 나의 새로운 건강법을 발견하고 실천하며, 수정하곤 한다. 즐겁게 하루하루를 보내려고 노력한다. 그래서 웃고 또 웃는 연습도 한다. '행복하기에 웃는 것이 아니라, 웃기 때문에 행복한 것이다'란 말이 있듯이.

큰 수술을 받은 후, 나머지 삶에서 성공을 거둔 사람 중에는 자신의 인생 좌표를 수정해서 원하는 목표를 이룬 사람들이 많다. 특히 간 이식 초기에는 성공률이 높지 않았다. 70% 정도의 성공률이었다. 10년 전부터는 생체 이식이 보편화하여 가족 친지 중에서 여러 조건이 맞는 사람으로부터 간 일부를 기증받아 수술하는 게 가능해졌다.

환우 중에는 특이하게 친구가 간경화 환자에게 자기 간을 준 사람도 있다. 부인이 남편에게 준 사람도 있고, 남편이 부인에게 준 사람도 있다.

의학기술의 발달로 지금은 120세 시대라 한다. 다시 말해, 나는 70세에서 120세까지 10만 시간이 남아 있다. 정말 길고 먼 시간이다. '만 시간의 법칙'이란, 어떤 분야의 전문가가 되려면 최소한 1만 시간 정도의 훈련이 필요하다는 것이다. 간 이식 환자들은 아직도 건강하고 멋진 삶을 위해 충분한 시간이 있다. 나는 삶을 포기 하거나 좌절하지 않고 오늘도 열심히 살고 있다. 작고 간단하고 천천히 목표를 세워 도전과 실천을 하고 있다. 그래서 나는 나를 사랑한다.

　간 이식을 받고 불안하고 초조하게 살아가는 환우들과 이식을 기다리는 환자와 가족에게 조금이나마 '희망과 믿음'의 위로를 주기 위해 나는 이 책을 쓴다.

　최근에 간 이식을 주제로 한 TV 드라마가 인기리에 방영되었다. 간 이식에 대한 국민들의 인식을 높이는 계기가 되었으리라 생각한다. 남들이 늦었다고 생각하는 순간, 불안과 초조에서 모든 걸 포기 하려는 순간, 나는 매일 생각하고 반성하며 한 걸음씩 내디뎠다. 정말 슬프고, 참기 어려운 분노와 절망이 나를 짓누르기도 했지만, 천천히 작게 실천했다.

　대부분의 이식인들은 큰 수술을 받았다는 이유로 생을 포기하거나 하루하루를 아무 희망과 목표 없이 시간만 보냈다. 그러나 나는 초조함이나 불안감 때문에 좌절하지도 않았다. 오히려 내 앞에 펼쳐진 새로운 인생에 대한 기대와 희망으로 숱한 난관을 이겨내고 새로운 사업에 몰입하면서 세계를 누비고 다녔다. 일에 몰두하며 산다는 것은 건강을 회

복하고 유지하는 데 더 큰 힘이 되었다. 삶을 포기 하거나 때가 늦었다
는 생각은 애초부터 하지 않았다. 이럴 때마다 아내는 항상 불안한 마
음으로 나를 걱정했다. "쉬어 가면서 일하세요." 나는 주말이면 휴식과
가벼운 산책을 꾸준히 했다.

　건강을 잃었을 때, 명예퇴직 등으로 사회적 활동에서 물러나야 했던
순간, 오히려 인생의 위기가 닥쳤을 때, 나는 포기하지 않고 문제의 해
결책을 찾기 위해 노력했다.

　그 과정은 치열했고, 끊임없는 자기 혁신의 과정이었다. 게다가 모
든 것을 내려놓고 철저하게 긍정적이고 낙관주의자로 변모하려 했다.
나는 스스로 이렇게 다독거렸다. '꿈은 젊은 청춘만의 특권이 아니라
고!', '지금부터 세계를 향해 나의 꿈을 펼쳐 보자.' 만성 간염에서 10
년이 지나니, 급성 간염에서 말기 간경화로 급속히 변했다. 49세 나이
에 인생이 끝난다니 생각만 해도 끔찍하고 황당한 일이었다. 그러나 나
의 희미한 꿈은 하나 있었다. 인간에게 있어서 '꿈이란 젊었을 때만 효
력을 발휘하는 것이 아니다'라는 점이었다. 남들보다 조금 늦었지만,
뒤늦게 새로운 인생을 향해 다시 시작하는 사람들에게는 그런 솔직함

과 용기가 있었다.

　로마 황제 마르쿠스 아우렐리우스가 말한 명언이 생각난다. '우리의 생각이 우리의 인생을 만든다.' 이는 그가 살면서 경험했던 처절한 실패의 교훈으로부터 비롯되었는지도 모르겠다.

　그가 로마 대군을 이끌고 게르만족을 정복하러 갔을 때로 거슬러 올라간다. 그동안 오래도록 숲속에서 터를 잡고 살던 게르만족을, 로마인들이 볼 때는 그저 야만족에 불과했다. 하지만 그런 야만족들 때문에 로마는 한때 큰 고통을 당했다. 들불처럼 대륙을 점령해 나가던 로마가 한낱 숲속의 야만족 때문에 진군의 발걸음을 멈춰야 했다.

　결국 로마 황제 마르쿠스 아우렐리우스는 자신이 직접 로마의 정예 병사들을 이끌고 전투에 참여한다. 그리고 게르만 민족의 기를 꺾기 위해 그는 아프리카 식민지에서 데리고 온 굶주린 사자들을 숲속에 풀어 놓는다. 굶주려 성난 사자들만큼 게르만 민족에게 위협적인 것도 없을 것이라 여겼다. 드디어 성난 사자들을 묶고 있던 밧줄이 풀리자 사자들은 정신없이 먹잇감을 찾아 숲속을 누비기 시작했다. 로마의 병사들은 이제 곧 벌어질 사자들의 잔혹한 살육 장면을 떠올리며 미소를 지었다.

그런데 숲속에서는 모두의 예상을 깨는 일이 벌어졌다. 사자를 처음 본 게르만족은 그 정체를 몰라 어리둥절했다. 모두가 허둥대고 있던 바로 그때, 게르만족의 장군 하나가 나타나 이렇게 외쳤다. "저건 로마의 개다!" 사자가 아니라 개라고 외친 순간, 병사들의 두려움도 사라졌다. 그저 매일같이 봐오던 개일 뿐이라는 말 한마디에 전세는 역전되었다. 그 말 한마디에 게르만 병사들은 사자들에게 달려가 말 그대로 개 패듯이 두들겨서 잡았다. 사자의 성난 발톱과 날카로운 이빨도 게르만 병사들에게는 두려움의 대상이 될 수 없었다. 그들에게는 그저 집에서 키우는 개에 불과했다. 로마군이 그날 전투에서 대패했음은 두말할 나위가 없다.

이 일화는 우리의 사고방식 하나가 행동에 얼마나 큰 영향을 미치는가를 잘 보여준다. 사자를 개 패듯이 두들겨 몰살시켜버린 게르만족의 모습을 지켜보면서 로마 황제는 인간의 의식보다 더 강하게 인간의 삶과 운명을 결정짓는 것도 없다는 진리를 깨달았다.

새롭게 시작된 두 번째 인생을 대하는 내 생각은 달라졌다. 다시 말하면 나의 패러다임이 긍정적으로 변해가고 있었다.

나는 나이가 들수록 나이를 잊으려 했고, 이미 늦었다는 생각은 머릿속에서 깔끔히 지워버렸다. 마치 자신을 잡아먹으러 달려오는 로마의 사자 앞에서, '저건 로마의 개'일 뿐이라고 외친 게르만 장군처럼 나의 운명에 당당히 맞섰다.

꿈에는 유통기한이 없다. 우리는 무의식적으로 꿈이나 도전과 같은 단어들을 오직 젊은 시절의 특권이자 전유물로 여긴다. 새로운 혁신을 끌어내거나 남들은 생각하지 못한 아이디어, 세상을 깜짝 놀라게 할 창조성은 오직 청춘 시절이나 가능한 것이라고 여긴다. 그러나 어차피 인간은 영원히 무언가를 꿈꾸고 갈망하는 존재다. 숨이 끊어질 때까지 마음속에는 무언가 간절히 원하는 것이 있는 게 인생이다. 그런 꿈이 있기에 우리의 삶은 쉼 없이 전진한다. 꿈은 젊음의 특권이란 근거는 아무 데도 없다. 그것은 우리가 젊었을 때 만들어낸 편견이다.

그렇다. 이제부터 우리는 좀 솔직해지자. 혹시라도 그 편견의 덫에 걸려 넘어진 적은 없는가? 젊은 시절 한때만 꿈꿀 수 있는 게 진정한 '꿈'이라 믿고 있다면, 편견의 덫에 걸려 허우적거리고 있는 것인지 모른다. 먼저 우리의 발목을 붙들어 매고 있는 덫을 걷어치우자.

어차피 꿈은 이루어진다. '간 이식 후 나의 꿈'에 이어지는 또 다른 나의 꿈은 '삶의 질'을 향상하는 것이다. 삶의 질을 향상하기 위한 키워드는 첫째 건강(Health), 둘째는 행복(Happiness), 셋째는 남과 함께하는 도움(Help)이다. 이를 '3H'라 한다. 간 이식 후 나의 생활 철학이 변한 것이다. 열정 없이 삶을 마감하는 것보다 더 비참한 인생도 없을 것이다.

나이가 얼마가 되었든 사람은, 자신이 간절히 원하는 것을 위해 노력할 때 언제든지 땀 흘린 보상을 받는다. '내 나이가 어때서'라는 노랫말을 다시 한번 되뇐다. 지금까지 자신이 살아 온 인생이 조금은 시시해 보이고 성취한 것이 없다고 좌절할 필요가 없는 이유도 여기에 있다. 오히려 나는 화려하게 펼쳐질 나의 새로운 인생을 기다리며, 하나하나 느리게(slow), 단순하게(simple), 작게(small) 실천해 나가고 있다. 이를 '3S'라고 말하며 매일같이 되새긴다. 조금씩 내 꿈을 펼치면서 사는 지금, 나는 즐겁고 또 행복하다.

2019년 여름

한기진

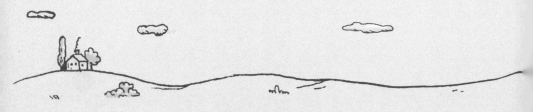

Chapter 2
건강을 부르는 습관의 힘

Chapter 3
하루하루 누리는 소소한 행복

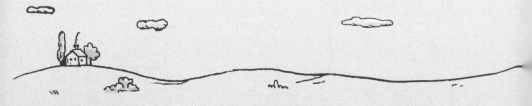

Chapter II
책에서 찾는 소소한 행복

Chapter 5
인생 후반기의 즐거움

Chapter 6
나를 찾아 떠나는 여행

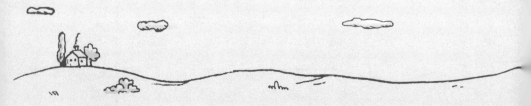

Chapter 7
죽음을 이긴 자랑스러운 환우들

Chapter 1

30년간의 투병생활

그 고통스러운 순간들
그리고
아픔이여
이젠 안녕!

첫
간염 판정을
받다

대학 졸업 후 ROTC로 군 근무를 마치고 1976년에 한국 IBM에 입사했다. 1980년 초에 우리나라에서는 B형 간염이 사회적 문제로 대두되어 회사에서 일제히 건강 검진을 했다. 그때 'B형 간염 보균자니, 조심하라!'는 경고를 받았다. 하지만 나는 간염에 대해 아주 무지해서 '그까짓 것'하고 방심했다.

1984년 12월 뉴욕에 위치한 미국 IBM 본부에서 2년간 파견근무를 위해 출국하려고 온 가족이 건강 검진을 받았다. 그때는 정상이었다.

1986년 12월, 귀국 후 다시 건강 검진을 받았다. 그때 간염으로 판명돼 2주 정도 약을 먹고 치료받았다. 특히 술 담배는 삼가고 영양을 골고루 섭취하며, 휴식을 충분히 취하라는 경고를 받았다. 그 후 3주 정도 지나서 재검을 받아 보니 괜찮았다. 이것이 나의 첫 간염 치료였다.

그때 나의 상사는 술을 좋아하는 편이라 업무가 끝나면 가끔 술 한잔 하자 곤 했다. 처음에는 사양했으나, 계속 사양할 수 없어 몇 차례 상사를 따라가 안주만 먹었다. 그러다 나도 모르게 소주 한 잔씩을 했다. 그때문에 나는 B형 간염이란 말에 많은 의심을 가졌다. B형 간염은 왜 생겼는지 궁금했다.

6개월 후, 같이 일하던 상사가 갑자기 다른 부서로 전근을 하였다. 공석인 자리에 내가 임명받아 영업지원 본부장, 이사로 승진하였다. 조직은 30명의 관리자와 250여 명을 관리하는 영업지원 본부였다. 전산실 운영에서부터 전산 개발실, 총무업무, 영업지원 부서라 항상 발생하는 문제를 해결하는 것은 쉬운 일이 아니었다. 특히 사람들과 소통하는 일이 가장 힘들었다. 자연적으로 저녁 시간에 직원들과 어울리는 시간이 잦아졌다.

홍콩 본부 사람들과도 좋은 관계를 유지하는 데 많은 어려움이 있었다. 당시만 해도 해외에 파견되어 가족과 함께 지낸다는 것은 쉬운 일이 아니었다. 그런데도 5명을 파견 근무로 보내는 등, 많은 실적을 이루었다. 타 부서에선 불공평하다고 불평을 늘어놓았다. 그래서인지 홍콩본부에서 실시하는 '전 직원 만족도 조사'에서 8개국 중 최우수 국가로 선정되기도 해서 많은 칭찬과 격려의 편지를 받았다. 한국 IBM 회사 설립 후 처음 있는 일이었다. 전 직원은 높은 자긍심을 가졌고, 그들의 업무 만족도도 높아졌다.

88년 올림픽 개막식에서 내·외빈 VIP들을 안내하는 임무도 무난히 수행했다. 그 외에도 많은 실적을 이루었다. 젊은 나이임에도 경험이 많은 부하 직원들과 원활한 소통을 했다. 나는 항상 많은 격려와 칭찬을 아끼지 않았다. 덕분에 전 부서 직원들은 높은 자긍심으로 각자 열심히 일했다.

이사로 승진한 후 2년이 지나 1989년 11월에 나는 새로 만들어진 소프트웨어 연구소 소장, 상무로 전격 승진했다. 외국인 3명이 같이 일하는 데다, 120명 석·박사들로 구성된 조직을 관리하는 자리였다. 미국과 일본에 있는 연구 본부에 예산안 승인을 받는 일 등, 연구소 3개년 계획을 작성하느라 밤낮으로 회의도 하고. 해외 출장을 다니느라 아주 바쁜 시간을 보냈다. 늦게 업무를 마무리하고 피곤한 몸을 이끌고 팀원들과 같이 한 잔씩하고 귀가하곤 했다. 가끔 속이 아파서 밥도 제대로 먹을 수 없을 정도로 속이 더부룩했다. 휴식을 취하지도 못하고, 프로젝트가 빨리 마무리되기를 기다리며 무리를 해야 했다. 그러자 내 몸엔 서서히 피로가 쌓이기 시작했다.

1990년 3월 초순, 프로젝트 마무리를 위해 1박 2일로 온양온천으로 워크숍을 갔는데 도저히 밥을 먹을 수가 없었다. 그저 졸리기만 하기에, 피로가 극에 달했음이 온몸으로 느껴졌다. 다음날 귀경 후 바로 병원을 방문하여 진료를 받았는데, 3년 전 시작된 간염이 만성간염에서 급성간염으로 악화하였으니 빨리 입원하라는 것이었다.

만성간염이 활동성으로 변하여 급성간염으로 발전한 것이다. 간수치 GOT/GPT가 각각 1,000을 넘어 절대안정을 요구하는 수치였다. 보통 간수치는 50 미만이 정상이다. 서둘러 입원해야 했다. 3주 이상 입원했다가 퇴원해 조금씩 마셨던 술도 완전히 끊었다. 조금만 피곤하면 바로 잠을 잤다. 그 이후 생활습관을 바꾸기 시작했다. 약을 먹하며 술도 끊었다. 간염에 안 좋은 음식을 삼갔다. 완전히 투병 생활로 들어 갔다.

보통 간염은 '부자병'이라 한다. 부자병이란 피곤하게 일하지 않고, 고단백 음식만 먹고, 적당히 운동하고, 푹 쉬어야만 나을 수 있기에 붙여진 이름이다. 음식 섭취량은 줄이고, 적당한 운동으로 정상 체중을 유지해야 한다. 삼겹살, 치킨, 장어, 탕 종류, 튀김 종류, 부침개, 잣, 땅콩 등 기름진 음식을 줄여야 하고, 케이크, 도넛, 아이스크림, 청량음료 등 단 음식도 피해야 한다. 그 대신 생선, 살코기, 껍질을 벗긴 닭고기, 신선한 야채, 해조류 잡곡 등 고단백 음식을 충분히 섭취하고, 과일은 적당량만 섭취해야 한다.

병원치료를 받으면서 민간요법도 병행했다. 쑥뜸을 매일 한 시간씩 뜨고, 녹즙기로 싱싱한 야채 및 인진쑥을 갈아 아침저녁으로 마시고, 스쿠알렌, 칼슘 가루, 단백질 가루 등을 복용하고, 가물치, 장어 등을 삶아 곰탕으로 만들어 장기적으로 복용하였다. 민들레 뿌리를 가루로 만들어 먹고, 굼벵이도 좋다는 소리에 그것도 먹었다.

이 모든 것을 아내가 매일매일 세심한 주의를 기울여 준비해 주었다. 1~2년도 아니고 10년 이상 신경 쓰고 음식을 만든다는 것은 얼마나 힘든 일인가? 아내 혼자 겪은 일이었다. 영화 한 편도 편히 보러 갈 수 없었고, 외식 한 번 마음 놓고 할 수도 없었다. 지금 생각하면 '창 없는 감옥' 생활이었다. 그러나 아내는 이 모든 일을 짜증 한 번 내지 않고 오로지 내 건강을 되찾아주기 위해 최선을 다했다. 아내를 생각하면 지금까지도 미안하고 고마운 생각에 가끔 눈물을 흘린다.

그러다 웬만큼 치료된 것 같아 1996년 8월에 시작한 새로운 사업을 위해 가끔 해외 출장도 다녔다. 사업은 어느 정도 잘되었으나, 나도 모르게 건강은 조금씩 나빠지고 있었다. 내 생각으로는 잘 관리한다고 생각했지만, 눈으로 볼 수 없는 몸 안의 세포들이 서서히 무너지고 있었다.

10년간,
잠 못 이룬
고통스러운 날들

건강을 잃으면 모든 것을 잃는다는 걸 알기는 했으나, 실생활에서 실천하지 못한, 그 결과는 참혹했다. 무지를 후회한들 누가 무엇을 보상하겠는가? 참담하고 서글픈 일이었다. 후회한들 무슨 소용이 있을까마는, 역경을 이겨내기로 마음을 다잡았다. 서울에 올라와 바로 여의도 성모 병원에 또 입원했다. 두 번째 입원이었다. 진단 결과는 급성간염이었다. 황달에 GOT/GPT 수치가 2,000이 넘는 상태로 매우 심각했다. 식사도 제대로 못 하고 잠만 잤다. 반 혼수상태였다. 2주간 입원해 절대안정을 취해야 했다.

그 후에는 1년 정도 병가를 내고 간에 좋다는 여러 가지 방법을 쓰며 집에서 안정을 취했다. 세모 그룹에서 나오는 스콸렌, 칼슘, 단백질 등 식품의약을 1년 정도 먹었으나, 별 차도를 느끼지 못했다.

김영득이란 친구가 침과 뜸으로 치료를 잘한다는 자신의 장인을 소개했다. 친구 장인은 청량리에 있는 집에서 치료했다. 매일같이 청량리로 치료받으러 다녔다. 1시간 정도 뜸을 떴다. 3개월 후에 그분이 춘천으로 이사를 하는 바람에, 그때부터는 아내가 뜸 뜨는 방법을 배워 집에서 뜸을 떴다. 그러고는 2주에 한 번씩 춘천에 가서 점검을 받고 다음 방법을 배워오곤 했다. 1년 정도 치료를 해준 아내의 정성은 감사와 격려를 넘어 감동 그 자체였다. 그래도 아내는 불평 한번 없이 정말 정성껏 치료해주었다.

간염치료에 녹즙이 좋다는 소문이 장안에 화제였다. 그때 새로 나온 것이 엔젤녹즙기였다. 아내도 녹즙기를 사고 매일 케일, 브로콜리, 당근 등 여러 야채로 녹즙을 만들어 주었다. 아침저녁으로 두 차례씩 1년간 먹었다.

한편 시골에 사시는 어머니는 서울에 오시면 민들레 뿌리를 캔 후 말려 가루를 만들어 주셨다. 그걸 물에 타서 마셨다. 지금도 봄만 되면 어머니 생각에 눈물이 고일 때가 많다.

이렇게 5년을 보낸 후 구조조정 바람이 불었다. 다행이라면 다행으로 명예퇴직 프로그램 덕분에 20년 근무한 IBM을 퇴직했다.

1996년 6월 퇴직을 하고 새로운 사업을 시작했다. 사업을 시작한 후, 홍콩에서 동남아 8개국을 상대로 한 번역 DB 프로그램 발표가 있었다. 나는 한국에서는 단독으로 이 프로그램을 도입했다. 이 프로그램을 한글화 작업을 한 후, 한국 마이크로 시스템즈(주)에 제안서를 제출해 계약해서 서비스를 시작했다. 서비스 금액은 한화가 아닌 달러로 지불할 것을 체결하였다. 바로 다음 해 IMF 경제 위기가 발생해 많은 회사는 구조조정으로 상당한 타격을 받아 회사들이 파산하기 시작했다. 실업자가 발생하여 국가적인 위기 사태가 발생하는 등, 눈 뜨고 볼 수 없는 사태까지 이르렀다. 그러나 우리 회사는 미국 달러로 지급받는 덕분에 흑자가 더 큰 폭으로 증가하기 시작하였고, 안정적인 회사 운영으로 성장을 지속하게 되었다. 나의 건강 상태는 점점 악화하고 있었지만, 회사 운영은 괜찮은 상태를 유지했다.

다시 '호사다마'라는 말이 떠올랐다. 감염이 한 번 되면 회복이 잘 안되는 것이 고민이었다. 회사에선 반나절 정도만 일하고 일찍 퇴근해 잠자는 일밖에는 특별한 방법이 없다는 것이 너무나 답답했다. 정말로 운명의 날이 다가오는 것 같았다.

1998년 11월, 이번에는 아산병원에 입원했다. 결과는 만성간염으로 간경화 초기라는 진단이 나왔다. 입원한 상태에서 '색전술' 치료법을 두 차례 하였으나 별 차도가 없었다. 그래서 다시 서울대학병원에서 색전술을 하였으나 역시 별 차도가 없었다. 참 답답할 노릇이었다. 서서히 죽음을 향해 조금씩 몸이 무너지는 느낌이 들었다.

온몸은 퉁퉁 붓고 얼굴은 황달로 변해 가가더니, 검은색이 점점 심해져 내가 내 얼굴을 쳐다볼 수 없는 상태로 변화하기 시작했다. 식욕도 없고, 기운도 살아나지 않고, 서서히 아픔 속으로 빠져들어 고통을 이겨낼 길이 없었다.

이 고통을 어떻게 표현한단 말인가? 이것을 누가 이해한단 말인가? 왜 이런 고통이 나에게 왔단 말인가? 30대 중반까지는 튼튼하고 건강한 사람이었는데, 10년 사이에 이렇게 되었단 말인가? 나는 하루하루 아픔과 서글픔만 생각하는 사람으로 변했다. 사는 목적도 없이, 희망도 도전도 없이, 그저 죽음만 생각하는 나날을 보내는 나를 생각하면 너무나도 슬프고 가슴 아팠다.

1990년 3월의 봄, 늦추위는 나를 더욱더 슬프게 했다. 다리는 퉁퉁 붓고, 얼굴은 검은색으로 변하고, 머리는 혼수상태가 되어 밤이면 몽유병 환자처럼, 가끔 집을 나가 돌아다니다 쓰러져 일어나지도 못하는 등, 더는 일할 수 없는 상태까지 갔다. 온종일 정신이 몽롱한 상태로 지냈다. 서울대학병원, 아산병원에서 3번의 색전술을 받았지만, 몸 상태는 점점 악화하였다. 뇌 혼수상태도 심각해졌다.

마지막 방법은 기(氣)운동으로, 엄도진이란 친구로부터 조선족 '기(氣)' 선생 한 분을 소개받았다. 이분을 만나 운동을 하면 순간적으로는 피로 해소에 많은 도움이 되는 느낌이 들어, 기치료 방법을 조금씩 믿게 되었다. 그러나 몸의 기력은 점점 더 약해지고 있었다. 기 선생은 나에게 좀 더 집중적인 운동을 제안하면서, 충북 괴산의 공기 좋은 집을 빌려 운동에 집중할 수 있는 곳으로 가자고 했다.

우리가 머무른 곳은 겨울 동안 사용하지 않는 외딴 과수원집이었다. 아내도 건강을 찾는다는 생각 하나로 괴산으로 가는 것에 동의했다. 원래 계획은 3개월 정도 집중 훈련을 받기로 하고 떠났으나, 훈련 중 나는 몇 차례 정신을 잃고 쓰러졌다. 기억할 수 없는 상태로 빠져들어 사경을 헤맬 때도 있었다.

먹을거리는 청주에 사는 둘째 형이 일주일에 한 번씩 반찬거리를 갖다 주었다. 괴산에서 1개월 정도 지내다가 여주로 옮겼다. 괴산 집은 교통이 불편해 식자재를 사 나르기엔 너무 어려운 환경이라 교통이 편한 여주로 옮긴 것이다. 여주에서도 간성 혼수로 몇 차례 쓰러졌다. 기운이 없어서 운동하는 것이 너무나도 어려웠다.

기 선생은 또 다른 제안을 했다. 중국 장춘에 가서 한방과 양방을 겸한 병원치료를 받자는 것이었다. 그 당시만 해도 중국 의료 시설이 그리 좋은 편이 아니었지만 나도 모르게 그 제안을 수락하고 아내와 같이 중국 장춘으로 떠나기로 했다. 물에 빠지면 지푸라기라도 잡는 심정이었다.

김포공항에 도착하여 출국 수속을 하는 동안 또 정신을 잃었다. 건강이 안 좋은 상태에서는 도저히 비행기에 탑승할 수 없었다. 다행히 중국에 눈이 많이 내려 비행기가 지연 출발하는 바람에 한잠 자고 난 후, 기력을 회복하여 간신히 탑승할 수 있었다.

다음날 새벽, 중국에 도착하여 아침 일찍 장춘에 있는 대학병원으로 향했다. 병원에 도착하니 병원에는 사람들로 인산인해였다. 무질서는 무어라 표현할 수 없었다. 그러나 기 선생은 우리를 데리고 사람들 사이를 헤치며 진찰실 쪽으로 향했다. 간신히 진찰실에 도착하니, 의사 선생님 앞에는 자리다툼을 하는 사람들로 야단법석이었다. 처음으로 경험해 보는 '중국의 무질서'에 나는 또 한 번 기절할 뻔했다. 힘없는 사람은 도저히 자리에 앉을 수 없었다.

기 선생의 힘은 엄청나게 셌다. 그 당시 중국은 예약제도도 없이 며칠씩 기다리다 의사의 의자를 차지하면 진찰을 받을 수 있는 시스템이었다. 정말로 무질서하고 후진적인 병원 시스템에 다시 한번 놀랐다. 이런 곳에서 진찰을 받는다는 것에 내 마음이 더욱더 아팠다.

대형 대학병원에서는 초음파 검사만 하고, 다른 조선족이 운영하는 작은 병원에 입원했다. 그곳은 양약과 한약을 동시에 처방하는 곳이었다. 일주일 정도 치료를 받으니 상태가 좀 호전되는 것 같았다. 한 달 정도 지나니, 가지고 간 돈도 부족하고, 비자도 재발급받아야 해서 귀국을 했다.

귀국 후 다시 출국 준비를 하고 있었으나, 아내는 국내 병원으로 가자고 하며 중국행을 극구 말렸다. 그러나 내가 계속 중국행을 고집하자 아내가 이러지도 저러지도 못하고 있었다. 그러다 출국 하루 전날 밤에 다시 쓰러져 혼수상태에 빠지고 말았다. 바로 아내는 '119' 구급차를 불렀다. 구급대원이 아내에게 "어느 병원으로 갈까요?" 하고 물었다. 그 와중에도 나는 삼성서울병원으로 가자고 대답했다. 나는 지금까지 여의도 성모병원에서 치료를 받았으며, 아산병원에서 색전술 및 치료를 받았었다. 우리 집은 삼성서울병원과 아산병원 중간 정도에 자리 잡고 있었다. 무의식중에 나는 삼성서울병원을 택했다. 왜냐하면 그 무렵 59세 된 큰형님도 간 문제로 아산병원에서 입원 치료를 받고 계셨다. 나중에 알게 된 사실이지만 큰형님은 거기서 돌아가셨다. 내 모든 병원 서류는 아산병원에 있었기에 진료 기록장을 삼성서울병원으로 이관해 달라고 요청했다. 응급실에 들어가 다시 여러 검사를 받은 결과, 말기 간경화 판명이 나왔다. 뇌 혼수에 복수가 차서 눈 뜨고는 볼 수 없는 상태였다. 나는 모든 것을 기억하지 못했지만, 아내의 표정을 보니 모든 걸 포기한 듯했다.

결국 1999년 초, 말기 간경화로 진행이 되었고, 병원에서는 이제 간 이식밖에는 살 방법이 없다고 했다. 지금이야 수많은 사람이 생체 이식 수술로 병을 치료하고 삶을 이어가지만, 그 당시는 간 이식 수술이 지금처럼 보편화하여 있지도 않았거니와, 기술도 한참 부족한 상태였다. 간 이식 수술을 한다 해도 성공 확률은 70% 정도였다.

일단 간 이식 수술 신청서를 제출해 놓고 기도하는 마음으로 하루하루를 기다려야 했다. 치료 방법은 간 이식밖엔 길이 없었다. 당시만 해도 뇌사자 간 이식만이 가능했다. 한 달 정도 안정 치료를 받은 후 퇴원했다. 집에서 기다리면서 뇌사자 간이 나타날 때까지 기약 없이 기다려야 했다. 하루하루가 무료하게 지나가고, 밤이면 더욱더 고통이 나를 괴롭혀 잠을 잘 수조차 없었다. 두세 달이 지나가면서 아픔의 고통은 말로 표현할 수 없었다.

간성혼수가 가장 괴로웠다. 뇌간성혼수로 밤에 잠을 자다가 무의식 상태에서 조용히 집 밖을 나가 돌아다니기도 했다. 의식이 돌아오면 몸을 가누지 못해 쓰러져 일어나지도 못하곤 했다. 한 번은 새벽에 집 밖에 나갔다가 지나가는 사람도 없어 응급차에 실려 병원으로 후송되기도 했다.

내 나이 49세. 지금까지 직업에서는 나름대로 성공했지만, 건강을 잃었으니, 이 세상 모든 것을 잃었다. 과거는 전혀 생각나지 않았다. 그저 잠깐 잠든 순간을 빼놓으면 아픔과 고통 그 자체였다. 나를 간호하는 아내의 눈에도 가끔 눈물이 비쳤다. 4개월 정도 지나면서 나는 생의 모든 걸 포기하기 시작했다. 마침내 나는 내가 오랫동안 환자로 있어도 어긋나지 않고 제 할 일들을 열심히 해준 아이들과 아내를 불러놓고 말했다. 할 수 없었다. "아빠에 대해 더 기대하지 말고 셋이서 잘 살아라." 이게 전부였다. 정말로 인생이란 너무나도 짧고 허망하다는 생각이 들었다. 그러나 현실을 외면할 수는 없었다. 건강은 건강할 때 지켜야 한다는 것도 여러 번 생각했다. '참 멍청하고 바보같이 생활했구나.' 아무리 후회한들 무슨 소용이 있겠는가?

"너희들은 다투지 말고 엄마 말 잘 듣고, 잘 자라야 해." 너무도 슬픈 일이었다. 두 아이도 슬픔에 잠겼다. 슬픔과 괴로움, 고통과 아픔이 이렇게 심할 줄을 처음 느끼는 순간들이었다. '아, 슬프다. 참 괴롭다.' 더 이상의 표현으로 말할 수 있을까? 이것이 인생이라는 것을 처음으로 느꼈다.

그러나 한 달 후, 나는 정말 반가운 소식을 들을 수 있었다. 병원에서 나와 똑같은 혈액형 뇌사자의 간을 확보했다는 소식이었다. 7개월을 기다리는 것이 70년이 지나간 것 같았다. 인생은 즐거운 일과 슬픈 일이 교차하면서 반복적으로 지나가는 것으로 생각한다.

20시간의 수술과
40일간의 회복 후
퇴원하다

1999년 10월 26일 오전 11시에 삼성서울병원에 다시 입원했다. 뇌 사자의 간을 이식하기 위해서였다. 천운이라 아니 할 수 없었다. 내 몸은 눈뜨고 바라볼 수 없을 상태였지만, 나는 '감사합니다.'를 연거푸 중얼거렸다.

사람은 한 번 태어나면 반드시 죽는다. 봄이 오면 샛노란 개나리꽃이 생명에 대한 희망과 아름다움을 새삼스레 절감하게 한다. 성취욕에 도취하여 앞만 보고 달려온 나날들, 아주 쉬운 말이다.

불과 6개월 전 내 입으로 가족들에게 유언했다. 모든 것을 포기했기 때문이었다. 나는 수술하던 날부터 한 달 반 정도의 모든 것이 잘 기억나지 않았다. 간성혼수로 정신을 잃었으니 보름 정도는 중환자실에서 산소 호흡기에, 열 가닥 호스 줄에 의지한 채 목숨을 유지하고 있었다.

하루 한두 차례 아내의 면회 시간 동안에만 사람을 만날 수 있었다. 보름 정도는 아기가 태어나기 위한 산통을 겪는 것보다 더 큰 고통이었다. 이렇게 다시 태어난다는 것은 너무나도 어렵고 힘든 고통이었다. 어느 누가 이런 고통을 이해해 줄 수 있겠는가? 이런 상황을 어떻게 글로 표현할 수 있단 말인가? 다시 한번 의식이든 무의식이든 생각하고 싶지 않다. 잠시 복잡한 생각을 하며 몸을 움직이려 해도 내 몸이 자유롭지 못함을 느꼈다. 그래서 중환자실에서는 몸을 움직이지 못하게 나의 몸을 꽁꽁 묶어 놓았다.

나는 무덤덤한 상태로 간 이식 수술을 받기 위해 수술실로 향했다. 그러다 수술실 문을 들어가기 직전에 갑자기 소리를 질렀다. 수술실에 들어가기 전까지 모든 것을 내려놓았으나, 수술실 문턱을 넘어서는 그 순간 "나는 살아야 해, 나는 살 수 있다!"라고 소리쳤다. 갑자기 의지와 신념이 함께 생기기 시작했다. 그러나 이런 내 의지와 신념에도 불구하고 18시간에 걸친 수술의 결과는 그다지 좋지 않아, 다른 이식 환자보다 더 오랜 시간을 중환자실에 머물다 3주 만에서야 격리병실로 옮길 수 있었다. 그 외엔 혼수상태였기에 별로 기억나는 것이 없다.

간 이식 수술을 받고도 열흘 정도는 잠에서 깨어나지 못했다. 아내는 수술이 잘되었다고 말했지만, 다른 이식 환자들은 수술 후의 모든 일을 기억하고, 수술실에서 입원실로 이동해 다른 사람과 애기도 나눈다는 소식을 들은 후, 슬픈 마음이 들었다. 이 기간에 생긴 일은 옆에서 간호해준 아내의 말이 전부였다. 열흘 정도는 나의 모습을 볼 수도 없었다. 거울은 화장실까지 걸어가야 하는데, 그 당시 나는 한 발짝도 움직일 수 없었기 때문이다.

나중에 아내가 그때의 모습을 말해 줘 알게 되었는데, 얼굴과 머리에는 10여 개의 호스로 뒤덮여 있었고, 산소마스크까지 쓰고 있으니 얼굴을 전혀 볼 수 없었다고 했다. 3주 후 나는 간신히 2인용 격리병실로 옮겨왔지만, 격리병실에서도 정신이 완전히 돌아오지 않아 옆 환자에게 도둑이라고 소리 지르며 소란을 피우기도 했다. 간 관련 환자들은 신경이 날카로워 짜증을 잘 내는 경향이 있기 때문이다.

격리병실로 옮겨 한 달 뒤, 드디어 퇴원했다. 담당 의사는 아직은 퇴원하면 안 된다고 말했지만, 나는 환경이 바뀌면 심신이 더 안정될지 모른다며 의사 선생님을 졸라댔다. 드디어 의사는 퇴원 결정을 내려주었다.

퇴원했을 당시는 말을 잘할 수도 없었고, 걸음걸이도 완전하지 못했다. 하지만 다행히도 수술실에 들어가는 순간에 가졌던 의지와 신념만은 그대로였다. 루소의 말이 생각났다.

"사람은 두 번 태어난다. 한 번은 존재하기 위해, 또 한 번은 일하기 위해. 산다는 것은 숨을 쉬는 것이 아니라 무언가 뜻있는 일을 하는 것이다."

그때부터 매일, 아주 조금씩 걷는 연습을 했다. 처음에는 집안에서 벽을 짚고 한 발씩 움직이는 연습을 했다. 어린아이가 걸음마 하듯, 넘어졌다 다시 일어나 걸음마 시도를 거듭했다. '다른 환우들은 수술 후 바로 걷기 시작했다지만, 내가 그동안 운동을 하지 못한 탓일까?' 내 마음은 답답하고 외로웠다. 하지만 서두르지 않고 매일 매일 꾸준히 한 걸음씩 연습했다. 그렇게 얼마가 지나자 혼자서 1km 정도는 걸을 수 있었다. 힘들면 쉬고 때에 따라서는 넘어지고 다시 일어나기를 여러 차례 반복했다. 아내가 보기에는 얼마나 가슴 아픈 모습이었을까? 다행히 아내의 보살핌으로 나는 빠른 속도로 회복될 수 있었다.

또 나는 나에게 간을 기증하신 뇌사자에게 매일같이 감사의 기도를 올렸다. 이름도 성도 모르는 그분을 위해 지금도 감사 기도를 드린다. 정말 고마운 분이다.

생체 간 이식과 사체 간 이식

급성, 만성 간 부전 및 간암 환자에게 새로운 삶을 제공하는 것이 간 이식이다. 간 이식은 기존의 손상된 간을 100% 제거하고, 100% 새로운 간을 이식한다는 점에서 기존 간질환의 완전한 치료를 가져올 수 있다. 하지만 이렇게 획기적인 치료법인 간 이식이 많이 시행되지 못하는 것은 기증자의 부족, 장기간의 수술 및 고비용, 평생에 걸친 면역억제요법의 필요성과 이에 따른 부작용 때문이다.

간 이식은 생체 간 이식과 사체 간 이식으로 구분할 수 있다. 서구 및 북미권에서는 장기 기증문화가 보편화하여 사체 간 이식이 주류를 이루지만, 우리나라를 비롯한 아시아권에서는 주로 생체 간 이식이 시행되고 있다.

생체 간 이식은 살아 있는 사람의 간 절반 정도를 환자에게 이식한 후, 1개월 정도 지나면 환자에게 기증된 50%가량의 간이 90%가량 재생이 되고, 기증자에게 남아 있는 50%의 간 역시 90%가량으로 재생되어 간의 크기가 원래의 크기로 복구된다는 원리에 근본을 두고 있다. 생체 이식은 2005년 이후부터 보편화했다.

우리나라는 문화적으로 자식이 부모에게 기증하는 경우가 가장 많고, 형제(가까운 친척)간의 기증, 부부간의 기증, 부모가 자녀에게 기증하는 경우가 다음으로 많다. 기증자의 조건은 수혜자와의 혈액형의 적합성(수혈 가능한 혈액형) 및 적절한 간의 크기이며, 수술 전 다양한 검사 방법을 통해 기증자 적합성이 평가된다. 간 이식은 수술 방법이 어려운 만큼 간 이식 후 많은 합병증이 발생할 수 있다. 담관 유착, 담즙 누출과 같은 담도계 합병증, 간동맥 혈전증 같은 혈관계 합병증, 거부반응, 감염 등의 면역계 합병증이 그것이다.

국내에서는 간 이식 수술을 받은 후 정상적으로 퇴원하는 경우는 85~95% 정도로 보고 있다. 모든 합병증이 다 위험할 수 있지만, 간 이식 수술 환자의 생명을 위협하는 가장 위험한 합병증은 당뇨와 면역력 감소로 알려져 있다. 감염은 장기간 면역억제요법의 결과 발생하는 것으로, 일반인에게는 감기 증상이 간 이식 환자에게는 폐렴으로 나타날 수 있다. 이와 같은 합병증은 이식 후 3개월 이내에 가장 많이 발생하며, 이식 후 1~2년간의 주의 기간을 견뎌내면 정상인과 동등한 모든 생활이 가능하다. 따라서 간 부전 및 간암으로 간 이식을 고려하는 환자들은 다음과 같은 질문에 답을 하고 담당 전문의와 상담하면 도움이 될 것이다.

첫째, 나의 간 관련 병이 간 이식으로 완치될 수 있는 병인가? 간 이식도 완전한 치료가 아니어서 B형 간염으로 인한 간 부전의 경우 간 이식 이후에도 B형 면역 글로불린의 투여가 필요하다. 또한 모든 간경변을 간 이식으로 치료할 수 있는 것은 아니며, 간암의 경우에도 크기 및 개수가 적은 조기 간암의 경우에 가능하다. 본인의 병이 간 이식으로 치료가 가능한지 알기 위해선 담당 전문의와 상담이 필요할 것이다.

둘째, 적절한 기증자가 있는가? 여기서 적절한 기증자라고 함은 자발적인 기증 의사가 있으며, 수혈 가능한 혈액형의 기증자를 말한다. 간의 크기의 적절성은 기증자 검사를 통해 평가한다.

셋째, 고비용의 수술을 감당할 경제적 여건이 되는가? 정확한 비용은 수술에 따라 다르지만 보통 입원에서 퇴원까지(기증자 비용까지 포함하면) 4,500만 원에서 8,000만 원가량의 비용이 예상되며, 수술 이후에도 평생에 걸친 면역억제요법을 받아야 한다.

결론적으로 간 이식은 말기 간 부전 및 간암 환자들에게 새 삶을 주는 치료법으로 간 질환을 근본적으로 치료한다는 점에서 다른 치료법보다 월등하다. 하지만, 수술 후에 여러 합병증이 발생할 수 있으며, 이러한 합병증이 발생했을 때 이를 극복하기 위해선 의료진과 환자의 협력 및 인내가 필요하다.

요즘 우리나라에선 대부분 생체 간 이식을 시행하고 있으며, 간 이식 수술을 받기 위해선 적절한 크기의 간을 가진 혈액형이 적합한 기증자가 반드시 있어야 한다. 또한 경제적 고비용도 감당해야 한다. 이러한 모든 부분이 해결되었을 때 환자에게 새 삶을 제공한다는 점에서 간 이식은 고려해 볼 만하다.

　나는 사체 간 이식 수술을 받았고, 또한 합병증으로 당뇨병이 생겨 고생했다. 퇴원 후 처음에는 2주에 한 번씩 병원을 방문하여 검사하고 약 처방을 받아왔다. 그 당시엔 의료보험 혜택이 없어 평균 200만 원 정도 지불했다. 1년 후 5급 장애인으로 인정받아 지금은 두 달에 한 번 검사하고 처방을 받아도 20만 원 정도만 지불한다. 국가의 건강의료보험제도에 감사할 뿐이다.

웃을 수도
울 수도 없는
간 이식 후의 일들

　간 이식 수술 후 몇 가지 웃지 못할 에피소드가 있었다. 수술 직후 나는 한동안 생리작용 조절기능상실로 어려움을 겪었다. 그 때문에 수술 후 다시 일을 시작했을 때 출퇴근이 두려웠다. 왜냐하면, 주변의 화장실을 못 찾으면 바지에 실수를 할 수 있기 때문이었다. 어떻게 할 방법이 없어 한 번은 지나가는 오토바이 아저씨에게 부탁해 석촌동에서 방이동의 집까지 달려왔다. 아저씨는 이상하게 생각하면서 나를 데려다 주었다.

　한 번은 잠실역에서 출발, 삼성역에 내려 도심공항터미널 쪽으로 가는 도중 갑자기 대변이 급해서 옷에다 실수를 하고 다시 집으로 돌아왔다. 전철을 탈 수가 없어 택시로 오면서 악취와 택시 시트 청소를 위해 10만 원을 추가로 지급했다.

또 한 번은 삼성전자에서 핸드폰 사업을 위해 해외 S급 인재를 채용하기 위해 고객 임원들과 현지 면접하러 핀란드 헬싱키까지 가기 위해 인천공항으로 갔다. 공항버스에서 내려 화장실까지 가는데 대변을 참지 못해 그만 실수를 했다. 화장실에서 방법이 없어 팬티와 속내의를 모두 벗어 쓰레기통에 버리고 팬티 없이 바지만 입고 헬싱키까지 갔다. 100회 이상 해외 출장을 다녔지만, 바지만 입고 비행기를 타 본 것은 그때가 처음이었다. 이런 일들이 일 년에 서너 번 정도 있었다. 그러다 보니, 사회활동을 하는데 많은 제약이 뒤따랐다.

별 경험을 다 해봤지만 '어쩔 수 없는 일 아닌가?' 하며 별것 아닌 듯 받아들였고, 시간이 지나면서 생리조절 기능도 정상으로 돌아와 지금은 아무 문제가 없다. 간 이식 후 1년이 지나고부터는 올림픽 공원도 산책하고 주말이면 등산도 간다. 이제 간 이식 수술을 받은 지 20년이 가까워져 온다. 요즘은 일상생활을 하는 데에 전혀 문제가 없다. 매일 아침이면 걸어서 도서관으로 간다. 공원을 가로질러 간다. 30분 정도 걸어서 간다. 이 길은 나의 새로운 길이다. 봄이면 진달래 피고, 개나리꽃도 만발하고, 새소리가 옛 노래처럼 아름답게 들린다. 여름이면 나무 그늘이 더욱 시원하다. 가을이면 아름다운 단풍에 나는 잠시 감상에 빠진다. 저 멀리 남한산성을 바라보며 나의 도서관 가는 걸음은 가볍다.

도서관에서 9시간 정도 책을 읽고, 글을 쓰고, 생각하고, 운동도 하고 집으로 돌아온다. 때로는 역사 탐방 길에 오르기도 한다. 주말에는 3시간 정도 등산을 한다. 내가 주로 가는 산은 집에서 4km 이내 있는 청계산, 남한산성, 아차산, 북한산, 구룡산, 대모산, 성곽 둘레길 등이다. 포기하지 않고 매일 일정한 시간에 끊임없이 노력하는 자만이 건강을 유지할 수 있다.

영국의 총리였던 처칠은 제2차 세계 대전이 끝난 후 옥스퍼드 대학에서 졸업식 축사를 맡았다. 그는 위엄 있는 차림으로 담배를 물고 식장에 나타났다. 처칠은 열광적인 환영을 받으며 천천히 모자와 담배를 연단에 내려놓았다. 청중들은 모두 숨을 죽이고 그의 입에서 나올 근사한 축사를 기대했다. 드디어 그가 입을 열었다.

"포기하지 말라!(Never Give-Up!)" 그는 힘 있는 목소리로 첫마디를 했다. 그리고는 청중들을 천천히 둘러보았다. 청중들은 그의 다음 말을 기다렸다. 그때였다. "절대로, 절대로, 절대로 포기하지 말라!(Never, Never, Never Give-Up!)"

처칠은 다시 한번 큰소리로 이렇게 외쳤다. 그것이 축사의 전부였다. 축사 시간이 30분간 잡혀 있었는데, 단 2분, 'Never give up!'을 여섯 번 외친 것이 축사의 전부였다. 이 짧은 축사에 옥스퍼드의 졸업생들은 감동을 하여, 벽돌공이나 잡부 등, 직업을 가리지 않고 자기 일에 충실하여, 전쟁 후 폐허가 된 영국을 다시 건설했다.

무슨 일이든 목적한 것을 포기하지 말라는 것이다. 나도 건강을 회복하기 위해 포기하지 않고 열심히 운동했고, 하루하루 즐거운 삶을 위해 도전했다. 30년간 병마와 싸움을 하면서도 가족을 위해 일을 했다. 열심히 했다기보다 꾸준히 일했다. 그저 최선을 다한 것이다.

사람들은 나를 '의지의 한국인'이라 한다. 어떤 어려운 일이 있어도 이루고자 하는 목적을 위해 포기하지 말고 끊임없이 계속하는 힘을 길러왔다. 운동만이 우리의 건강을 유지할 수 있다.

합병증의 아픔, 당뇨,
아픔은 다시 아픔을
불러온다

1999년 10월 27일, 간 이식 수술을 받고 퇴원 후 3개월 정도 집에서 요양하면서 면역 억제제 주사를 맞고, 약도 먹으며 2주에 한 번 통원치료를 받았다. 그 결과 찾아온 것은 합병증인 당뇨였다. 처음에는 당 수치가 400~500mg/dl이었다. 보통 정상인이 120mg/dl미만이니 나는 상당히 높은 편이었다. 간 이식 때문에 먹은 약과 주사 때문에 당뇨가 생긴 것이다. 죽을 때까지 간 면역 억제제와 추가로 인슐린 주사를 맞아야 한다니 눈앞이 깜깜했다. 치료하기 힘든 병, 인슐린 주사를 나 스스로 맞아야 했다. 처음에는 익숙지 않아 무섭기도 하고 겁도 났다.

1년 후부터는 간 이식센터에는 2개월에 한 번씩, 당뇨 때문에 내분비내과도 다녀야 했다. 3개월에 한 번씩 가서 주사를 처방받았다. 1년에 한두 번은 초음파, CT검사, X-레이 등, 정밀 검사를 했다.

2001년 3월, 간 이식을 받은 지 18개월이 지나서 미국으로 출장을 갔다. 면역 억제제를 간 이식을 하면서 복용해 왔다. 출장 중에도 면역 억제제를 계속 먹었다. 그런데 어느 날 갑자기 식사 전에 어지러움을 느꼈다. 왜 그런지 모르고 사탕, 초콜릿을 먹은 후 마음의 안정을 찾았다. 미국에서는 주로 햄버거와 요구르트, 계란 등만 먹었다.

1주일 출장 후 귀국해 병원에 갔더니 당뇨가 발병했다고 인슐린 주사액을 처방해 주었다. 나는 당뇨에 관한 관리 방법을 교육받고 그대로 따라 했다. 3년 동안 꾸준히 운동하고 식이요법도 병행했다. 드디어 2004년, 당뇨병 관리 우수 수상자로 선정되었다. 나의 식전 혈당은 100mg/dl, 취침 전 혈당은 120mg/dl, 당화혈색소는 6.5% 미만이었다.

그러나 3년이 지나자 다시 당뇨가 발병했다. 겨울에 날씨가 추워 3~4개월 운동을 하지 않았던 것이 원인이었다. 잠깐의 방심으로 운동을 게을리해 다시 당뇨가 발병한 것이다. 평생 이런 생활을 해야 한다고 생각하니 처음에는 나 스스로가 한심했다. 그런데도 그 후 정기적으로 병원에 다니며 검사를 받았고, 나름 관리 방법을 찾아서 꾸준히 실천했다.

그 방법의 하나는 계단 오르내리기였다. 추운 계절, 눈이나 비가 올 때면 아파트 계단을 이용해 운동했다. 우리 집은 15층이었는데, 올라갈 때는 계단으로 올라가고, 내려 올 땐 엘리베이터를 타고 내려오기를 실천했다. 관절에 무리를 주지 않기 위해서였다. 보통 4번 정도 오르내렸다. 4번 오르내리는 데 20분이면 충분했다. 짧은 시간에 아주 좋은 결과를 얻을 수 있었다.

이렇게 계단 오르내리기와 근력 운동, 걷기 운동 등을 병행하자 공복 혈당은 정상이 나오는 결과를 얻었다. 그 결과를 당뇨 잡지에 〈거듭나는 인생〉이라는 제목으로 기고도 했다. 병원에서 당뇨 환자를 대상으로 하는 교육 프로그램에 근육을 단련하는 방법을 모범 사례로 발표하기도 했다.

우리나라엔 당뇨로 고생하는 사람이 많아 일반 잡지사에서도 나를 찾아와 취재하기도 했다. 2001년도에는 병원에서 뽑은 모범 당뇨 인으로 선정되어 표창도 받고 사례발표도 했다. 그때 제안한 방법이 계단 오르내리기와 함께 근육 운동, 팔굽혀펴기 등이다.

근육 운동은 당뇨 치료에 아주 좋은 방법이다. 나는 아침에 일어나 세수를 하고, 40분가량 운동을 하는데, 50배(拜)의 절 운동과 10분의 명상을 한다. 매일 한다면 면역력 증가에 아주 좋은 방법이다.

팔굽혀펴기도 13회를 세 번 한다. 이는 근육 발달에 큰 도움이 된다. 1주일에 세 번은 헬스장에 간다. 스트레칭, 러닝머신에서 달리기, 역기 들기도 근력 운동에 도움을 준다. 특히 헬스는 한 번에 한 시간 이내로 끝낸다. 자기 몸에 무리하지 않도록 한다.

당뇨를 치료하기 위해 돼지감자를 끓여 마실 수도 있다. 최고의 치료 방법은 매일 오전과 오후 12,000보 이상 걷고, 저녁 식사 후에도 약 6,000보를 걸으면, 다음날 식전의 공복 혈당이 100정도로 정상이 된다. 처음에는 힘들었지만 이식 수술 후 여러 번 시행착오를 거쳐 나름대로 5가지 비법을 만들어 실천한다.

나의 별명은 '종합병원'이다. 정기적으로 병원에 검사하러 가면 피검사 후, 의사 선생님을 만나 결과를 통보받는다. 검사 결과가 좋지 않으면 병원 가는 횟수가 자동으로 늘어난다. 합격 결과를 받으면 종전과 같이 2개월에 한 번씩 검사 및 처방을 받으러 간다. 합격 결과를 듣는 순간 얼굴에 미소가 저절로 번진다. 인간은 참 간사하고 영악한 존재 같다. 이식환자들끼리는 피검사 후 '2개월 집행유예' 결과를 받았다고 농담도 한다.

당뇨 관리법

첫째, 긍정적인 마음가짐을 갖자. 당뇨와 함께 즐거운 인생을 살기 위해 항상 즐겁고, 밝은 마음을 가지는 것이 중요하다. 죽음, 불행, 불안, 초조 등, 나쁜 생각을 버리고 '내 병은 나 스스로 고칠 수 있다'는 신념으로 신나고 밝은 마음을 유지해야 한다. 모든 병은 병을 병으로 여기면 정말 환자가 되고 만다. 늘 건강한 생활을 할 자신이 있다고 마음속으로 다짐한다. 나는 매일 아침 세수 후 거울을 보고 밝은 미소를 짓는 연습을 한다.

둘째, 당뇨는 식사 조절로 관리한다. 야채 종류와 잡곡밥을 매일 같은 시간에 먹는다. 당뇨 관리를 위해 음식은 골고루, 적당히, 제때 먹어야 한다. 심적으로는 여유 있게 생활을 해야 하지만 먹는 것은 자신이 먹고 싶은 양의 80% 정도만 먹는다. 일정한 시간에 즐거운 마음으로 먹는다.

셋째, 운동 요법은 필수다. 매일 저녁 식사 20분 후 1시간 정도 걷는

(유산소 운동) 운동을 한다. 주말에는 등산, 공원 걷기를 2시간 정도 한다. 운동만이 당뇨의 특효약이다. '나는 건강하다'고 자기 암시도 하며, 자기 손으로 몸 전체를 가볍게 두드리고 비비는 습관도 아주 좋은 방법이다.

넷째, 손발을 많이 사랑한다. 손발을 청결하게 씻는 습관을 들인다. 아침저녁으로 손발을 씻고, 많이 비벼주고, 로션을 잘 발라준다. 특히 샤워한 후에는 로션은 발에 먼저 발라 주는 것이 좋다. 발을 손보다 더 사랑한다.

다섯째, 의사 처방과 지시 사항을 잘 지킨다. 항상 즐거운 기분과 열심히 걷는 것, 튼튼한 건강을 생활화하는 것이 중요하다. '할 수 있다'라는 자신감과 즐거운 마음으로 생활하고자 노력한다.

당뇨를 이기는 좋은 잠 습관

지난 30년간 투병 생활의 결론은 간 관리와 당뇨를 이기는 방법으로 피곤함을 잘 관리하고 하루에 만 보 이상 걷기 운동을 하여 몸 상태를 좋아지게 한다는 것이다. 피곤함의 관리는 잠을 잘 자는 것이다. 快(쾌)를 내세우며 그 해결책을 사토 도미오의 〈잠의 즐거움〉에서 찾아 노력하고 있다.

나는 '쾌'라는 말을 즐겨 쓴다. 이는 한마디로 '기분 좋은 상태'란 뜻이다. 나는 실제로 일상생활에서도 늘 쾌를 바라며 생활하고 있다. 앞으로 30년 동안 젊은이로 살아가는 실천 사항 6가지 수면 습관을 소개

한다. 기분 좋은 상태를 유지하기 위해 실천해 보자.

수면 습관 1

근육을 느슨하게 하기 위한 습관을 생활화한다. 잠을 잘 때는 똑바로 눕는 것보다 오른쪽으로 모로 눕되 두 다리를 굽혀서 최대한 근육을 느슨하게 해주는 것이 좋다. 이 자세로 자면 취침 중에도 소화가 잘되고, 심장에 압박을 주지 않아 혈액순환이 잘 된다.

수면 습관 2

잠자기 전엔 절대로 화내지 말고, 밝고 긍정적인 아름다운 내용의 책을 읽고 자는 것이 좋다. 수면 상태가 되는 과정은 체온과 혈압이 조금씩 떨어지는 과정이라 볼 수 있다. 하지만 화를 내거나 근심이 있으면 체온은 올라가고 혈압도 높아진다. 화는 잠에 못 들게 하는 적이 되어 수면을 망가뜨리고 젊게 사는 것을 방해한다. 그러므로 잠자기 전에는 되도록 언쟁을 피하고 편안한 마음을 가지는 것이 좋다.

수면 습관 3

잠자리에서 말하는 것을 피한다. 잠자리에 누워 책을 읽거나, TV를 본다거나, 이야기를 나누는 등 다른 일을 하면 '잠=수면'의 등식이 깨진다. 잠자리에서는 잠을 자는 것이라는 규칙을 몸이 인식하도록 해야 한다. 그러므로 잠자리에서는 되도록 다른 일을 하지 않고 잠에 집중한다.

수면 습관 4

잠자기 전에는 음식을 먹지 않는다. 음식을 먹으면 위는 소화 활동을 시작하고, 장으로 옮겨 흡수한다. 그 때문에 잠자기 전에 음식을 먹으면 위를 움직이는 자율신경계는 쉬지 않고 활동한다. 한마디로 피곤을 풀지 못한다. 피곤이 쌓이면 좋을 것이 하나도 없다. 생체 리듬이 깨지고, 온종일 짜증과 고통으로 힘들 수 있다. 잠을 자는 동안 쉬는 것처럼 자율신경에도 휴식이 필요하다. 잠자기 전에는 음식의 섭취를 가능한 한 하지 않는다.

수면 습관 5

머리는 항상 시원하게, 입은 다물고 잔다. 머리는 양(陽)의 기운이 모여 있는 곳이므로 시원하게 해 주어야 좋다. 머리가 시원하면 정신이 맑아지고 두통도 방지된다. 또한 입을 벌리고 자면 수면에 방해가 된다. 자는 동안에는 침의 분비가 적기 때문에, 입을 벌리고 자면 입안이 마르고, 심장 부근에 수분이 부족해진다. 입을 벌리고 자는 대부분의 사람은 코에 문제가 있음으로, 먼저 코에 대한 문제를 해결해야 숙면에 이를 수 있다.

수면 습관 6

이불은 꼭 덮고 잔다. 답답하다고 이불을 걷어차고 자는 사람을 볼 수 있는데, 잠자리에서는 자신의 체온을 그대로 유지하는 것이 중요하다. 사람의 체온은 수면 상태에 빠지면 떨어지므로, 체온 보호를 위해 이불을 꼭 덮어야 한다. 또한 잠을 잘 때 베개의 높이는 6~9cm가 바람직하다. 구체적으로 이불의 무게는 4~5kg이 적당하다. 자신의 몸에 무리가 된다면 부드럽고 보온성이 좋은 2~2.5kg 정도의 이불을 고른다.

담도
그리고
백내장

　2016년 3월 정기 피검사에서 황달 수치가 상승했다. 의사 선생님은 CT 검사와 복부 MRI를 지시했다. 검사 결과 담도가 막혀 담즙이 잘 분비되지 않으니 시술을 받고 스턴트를 삽입해야 한다고 했다. 소화기내과에서 시술하고 스턴트를 삽입했다. 2개월에 한 번씩 스턴트 교체를 세 번 정도 한 후 스턴트를 제거했다.

　나의 경우는 아주 미약했고, 시술이 잘 되어 별 어려움 없이 완치되었다. 그러나 어떤 환우들은 2년 넘게 고생하면서 담즙 주머니를 차고 다닌 분도 있었다. 나는 내 몸이 건강하기 때문에 가볍게 완치되었다고 생각한다. 항상 감사할 따름이다.

백내장

나는 근시안으로 10대부터 안경을 쓰고 살았다. 2017년 3월경 점점 사물이 뿌옇게 보여서 안과에 갔더니 백내장 진단이 내려졌다. 백내장은 수정체의 혼탁으로 인해 사물이 뿌옇게 보이게 되는 질환으로, 관련 질병으로는 당뇨, 노화, 외상 등이 있다.

눈은 검은자위와 흰자위로 구성되어 있는데, 안구 전면부에는 렌즈의 역할을 하는 수정체가 존재하여 눈의 주된 굴절기관으로 작용한다. 눈으로 들어온 빛은 수정체를 통과하면서 굴절되어 망막에 상을 맺게 되는데, 백내장은 이러한 수정체에 혼탁이 온 것이다. 그 원인으로는 소위 노인성 백내장이라 하여 노화 현상에 의한다.

간
건강 관리

간은 여러 가지 원인 때문에 기능이 저하될 수 있으며, 그 결과 정상으로 회복될 수 없는 상태에 이를 수 있다. 간 부전은 간경화 환자에서 볼 수 있듯이 만성적으로 장기간 진행되어 발생할 수도 있고, 약물성 간 부전과 같이 급격한 기능 저하를 가져올 수도 있다. 그러다 더 나아가서 간암에 이르면 치료가 매우 어려워질 수도 있다.

이식수술 후 여러 차례 경험을 바탕으로 건강 유지 비결 십계명을 다음과 같이 정리해 실천하였다.

① 나는 화가 날 때 무조건 웃는 연습을 했다. 이렇게 하는 것이 나를 이기는 것이다. 억지로 웃는 웃음도 항암제가 된다는 보고서를 보고 그 믿음을 더 해 갔다. 바보, 멍청이가 되는 것이 건강과 행복을

위한 지름길이다.

② 낙천적인 생활 습관으로 바꾸었다.

③ 병을 절대로 두려워하지 않고 평생 친구로 삼았다. 친구란 필요할 때도 있고, 멀리하고 싶을 때도 있지만 나이가 들면 필요할 때가 더 많다.

④ 나는 살 수 있다. 확신을 가지고 적극적인 삶을 추구한다.

⑤ 나에게 맞는 치료 방법을 찾으면 100% 믿고 미쳐보는 현명함이 필요하다.

⑥ 밥 한 수저를 먹더라도 10번 이상을 꼭꼭 씹어서 먹는다. 그러다 보니 지금은 식사 시간이 약 30분 정도 걸린다. 따라서 외식을 할 때면 상대에게 먼저 식사 시간에 대해 양해를 구한다.

⑦ 병이 좋아하는 마음, 생각을 만들지 않고 즐거운 삶을 살도록 노력 했다. 항상 웃는 얼굴로 생활하고 있다. 그래서 매일 아침 세수 후 에는 거울을 보고 웃는 연습을 한다. 3분 정도면 내 얼굴은 환하게 변한다. 즉, 스트레스를 만들지 않는다.

⑧ 나는 기름지고, 동물성 지방이 풍부하고, 화학적인 인공 조미료 대 신 현미밥에 야채, 생선구이, 김치류 등을 좋아하는 편이다.

⑨ 잠은 7시간 정도 잔다. 잘 먹고 잘 자는 습관을 반복하는 것은 건강 한 몸을 유지하는 데 기본이라고 생각한다.

⑩ 나는 모든 것에 감사한다. 가족, 친척, 친구 등 심지어 사물에도 감사하는 마음을 가지고 살아간다. 간 이식이 나를 성장시키는 데 더 좋은 기회를 주었다고 생각한다. 더 성찰하고, 새로운 목표를

위해 노력하고 도전한 덕분에, 위기는 새로운 기회를 주었기 때문
이다.

Chapter 2

건강을 부르는 습관의 힘

몸이 건강해야
정신이 건강하다.
그리고
정신이 건강해야
몸도 건강하다!

건강을 부르는
좋은
생각 습관

"좋은 생각이 긍정적인 자세를 만들고, 긍정적인 자세는 올바른 습관을 만들며, 행복한 삶을 만든다."

"삶의 목표는 행복에 있다. 종교를 믿든 안 믿든, 어떤 종교를 믿든, 우리는 모두 언제나 더 나은 삶과 가치를 추구하고 있다. 따라서 우리의 삶은 근본적으로 행복을 향해 나아가고 있다. 그 행복은 각자의 마음 안에 있다는 것이 나의 변함없는 믿음이다."라고 달라이라마는 말했다. 자기기 원하는 것(바라는 것)을 자기 것으로 만드는 것이 성공이다. 그러므로 행복한 삶의 성공전략은

첫째, 좋은 생각이 긍정적인 자세를 만들고,

둘째, 긍정적인 자세는 아름다운 행동을 만들고

셋째, 아름다운 행동은 올바른 습관을 만들고

넷째, 올바른 습관은 행복한 삶을 만든다.

나는 매일 하루에 두 번씩 좋은 생각을 하는 습관을 지니고 있다. 매일 아침 잠에서 깨는 순간 5분 정도는 '오늘도 새로운 하루가 시작되었군. 밝고 희망차고 즐거운 일이 많이 있을 것이다.'라고 몇 번씩 반복한 후 일어난다. 즉 '일일신우 일일신(一日新又一日新)'을 10회 정도 소리 높여 말한다.

잠자리에 들기 전 하루 중 가장 즐거웠던 일을 생각하면서 '감사합니다'를 10회 반복하면서 가장 편안하게 잠자리에 든다.

항상 좋은 생각을 가지기 위해 나는 매일 1시간씩 독서를 한다. 독서야말로 새롭고 좋은 생각을 할 수 있는 원천이다. 좋은 생각은 자신의 가치관과 능력을 변화시킨다. 자신에 맞는 목표를 새롭게 설정한다. 목표는 실현 가능한 작은 목표를 세워 차근차근 계획대로 실천한다.

작은 목표를 달성하면 스스로 행복감을 느낀다. 끝까지 최선을 다해 반드시 성공한다. 매일 매일의 행복은 먼 곳에만 있는 것이 아니고 가까이 있다. 밝은 면을 보도록 습관화하고, 의심스러운 점은 다른 사람에게 유리하게 해석한다. 역경과 고통을 새로운 기회로 생각한다. 다른 사람의 행동을 좋게 본다. 그들이 내 자신인 것처럼 다른 사람의 생각을 받아들인다. '감사합니다, 실례합니다, 천만에요'를 말한다. 최소한 하루에 두 번씩 '나는 할 수 있다, 나는 할 것이다'라 말한다. 다른 사람의 좋은 점을 칭찬해 준다. 긍정적인 자세는 희망차고, 적극적인 행동으로 변한다. 자랑스러운 행동은 열렬하게 행동하는 것을 말한다.

점진적으로 움직인다. 눈을 크게 뜨고, 말할 때는 풍부한 제스처를 쓴다. 상대방의 눈을 똑바로 응시하고 공손하게 말한다. 다른 사람들의 행동과 생각에 긍정적으로 대답한다. 조금 크게 말하고 약간 빠르게 말한다.

할 일은 즉시 실행한다. 좌절하거나 포기하지 말고 행동한다. 매일 잠깐이라도 재미있게 놀고, 큰 소리로 웃고, 단순하게 생각한다. 삶이 더욱더 즐거워질 것이다. 급변하는 환경변화에 순응하고 적응하게 된다. 자랑스러운 행동은 올바른 습관을 만든다.

올바른 습관을 만든다는 것은 잘못된 습관이나 행동을 끊는 것이다. 새로운 것을 시작하는 것이다. 이것이야말로 참다운 변화이다. 참다운 변화 관리를 통해 올바른 습관을 만들어야 한다.

"세월이 약이다."라는 말은 정말 맞는 말이다. 아무라 심하게 좌절하고 낙담하였거나 병마의 고통 속에서 슬픈 나날을 보냈어도, 슬픔과 고통은 잊히기 마련이며, 인생은 새로운 방향을 향해 또다시 나아가기 시작한다. 시간의 힘을 믿는다.

"인생은 승리하거나 패배하는 게 아니다. 그저 하루하루를 최선을 다해 살아가는 것이 인생이다." 일단 시작한 일은 끝을 보아야 한다. 제대로 하는 것은, 되는 대로 아무렇게나 해버리는 것처럼 쉽지 않지만 훌륭하게 일을 마무리하고 나면 기분이 훨씬 좋아진다. 습관은 하루아침에 만들어지는 것이 아니다. 매일 매일 21일 정도는 지속해서 해야 기본 습관이 생길 수 있다. 또한 100일 정도는 지속해서 해야 생기는 습관이다.

적극적인 생각을 적극적 행동으로, 올바른 습관으로 바꾸어주는 중요한 요소는 긍정적 믿음, 신념의 힘이다. 좋은 생각, 긍정적 생각, 긍정적인 자세, 자랑스러운 행동, 올바른 습관이 근본적인 변화를 가져온다.

성공의 기회는 지금이다. 지금부터 미래가 시작된다. 성공은 이미 결정된 운명이 아니라 선택과 훈련에 의해 만들어지는 것이다. 나의 행복한 삶을 위한 실천 행동은 다음과 같다.

"다리가 바빠야 건강하게 오래 산다." 많이 움직이는 것은 나의 건강 비결이다. 아침에 일어나 세수를 한 후 나는 '절 운동'을 한다. 매일 아침 50배 정도 한다. 기본 체력운동으로는 절 운동이 제일 좋은 운동이다. 저녁에도 50배가량 한다. 몸무게를 조절하고 기초체력 단련에 아주 좋은 운동이다.

그리고 오전과 오후에 2시간 정도 걷기 운동을 한다. 8km(약 12,000보)를 걷는다. 내가 가려는 목적지의 한두 정거장은 걸어서 다닌다. 저녁에도 식사 후 20분 뒤 1시간 정도 올림픽 공원을 걷는다. 밤에 걸으면 집중할 수 있다. 4km(약 6,000보)를 걷는다. 하루 3시간, 약 18,000보를 걷는다. 걷기 운동은 생활의 활기를 찾는 데는 최고의 운동 방법이다.

내 운명을
바꾼
습관의 힘

　루소가 말하기를 "사람은 두 번 태어난다. 한 번은 존재하기 위해, 또 한 번은 일하기 위해. 산다는 것은 숨을 쉬는 것이 아니라 무언가 뜻 있는 일을 하는 것이다." 즐거운 삶을 맛보는 사람은 위대하다. 이런 사람은 운명을 바꾼다. 운명을 바꾸는 '21일 법칙'은 무엇이든 21일간 계속하면 습관이 된다. '1년 법칙'은 꿈을 이루는 목표를 세우고 나아가려면 작은 목표를 세우고 달성해 가는 것도 매우 의미 있는 일이다. 인생의 1년은 성취감을 느끼며, 10년을 달려가게 만드는 원동력이 된다. '10년 법칙'에 의하면 어떤 분야에서 대가가 되려면 1만 시간의 집중적인 연습을 투입해야 한다. 이처럼 계속하는 즐거움은 대가들만 느낄 수 있는 것이다. 즉 10년은 꾸준히 해야만 얻을 수 있다고 말할 수 있다.

간 이식 수술 후 생활의 안정을 찾았을 무렵, 아내는 자기 스스로 할 수 있는 봉사 일을 찾다가, 강동점자도서관에서 시각장애인들을 위해 책을 읽어 녹음하는 봉사를 시작했다. 아내는 어려서부터 책 읽기를 좋아했고, 정확한 발음의 부드러운 목소리를 갖고 있어, 녹음 봉사는 적성에 잘 맞았다. 그래서 2002년부터 2011년까지 10년 동안 500권의 책을 읽어 녹음했다. 다시 10년의 계획을 세워 2012년부터 10년 동안 500권의 책을 더 녹음하려고 했고, 2015년까지 700권의 책을 녹음했다. 일주일에 4회 정도는 도서관을 찾아간다. 아내야말로 계속하는 즐거움을 그대로 느끼고 있다.

이 세상에는 두 종류의 사람이 있다. 바로 꿈꾸는 사람과 실천하는 사람이다. 꿈꾸는 사람은 말하고, 생각하고, 꿈꾸며 희망한다. 어떤 거창한 일을 해내겠다는 계획을 세우기도 한다. 하지만 실천하는 사람은 그 모든 것을 실제 행동으로 보여준다. 이제부터는 실천가가 되어야 한다.

그렇다면 어떻게 해야 꿈꾸는 사람이 실천하는 사람으로 바뀔 수 있을까? 실천하는 사람은 꿈꾸는 사람보다 더 큰 성공을 거둔다. 실천하는 사람은 목표를 세우고 끊임없이 노력하지만, 꿈꾸는 사람은 목표를 위해 출발하지도 못하고 쉽게 포기한다. 반면에 꿈꾸는 사람은 그런 것을 꿈꾸기만 한다.

실천하는 사람은 스스로 자기 삶을 변화시킬 능력을 갖추고 있다. 스스로 목표를 정하고 달성한다. 실천하는 사람을 성공으로 이끌고, 꿈꾸는 사람을 실패로 이끄는 힘은 바로 습관이다. 독일의 시인이자 문학가인 괴테는 "인간의 일생에 대해서, 또는 운명 전체에 관해서 결정하는 것은 습관이다."라고 말한다. "진실로, 실패한 사람과 성공한 사람들의 차이는 단지 그들의 습관에 있다. 좋은 습관은 모든 성공의 열쇠이다. 나쁜 습관은 실패로 가는 문이다. 그러므로 우리가 지켜야 할 제1 법칙은 좋은 습관을 만들어 좋은 습관의 노예가 되는 것이다." 오그 만디노의 〈위대한 세일즈맨의 비밀〉 중에서 발췌한 것이다.

건강한 삶을 살고 싶다면 규칙적으로 운동하고 식생활 습관을 바꾸어야 한다는 사실은 누구나 알고 있다. 끊임없이 운동하고, 고지방 음식 섭취를 줄여야 한다고 누구나 말한다. 여러분도 원하는 성공이 무엇이며, 그 성공을 달성하기 위해 어떻게 해야 하는지 잘 알고 있을 것이다. 인생을 성공으로 이끈 사람은 자기 자신들을 더욱 성공적으로 만드는데 필요한 일을 끊임없이 지속한다. 습관은 그렇게 중요하다. 일상적인 행동의 90%는 습관을 바탕으로 하고 있다. 우리가 매일 행동하는 것은 대부분이 습관이다. 성공한 사람과 보통 사람의 차이는 지능이나 재능, 능력이 아니라 습관의 차이에 있다.

"나는 누구일까? 나는 습관이다." 바람직한 생활 자세는 정리, 효율적 시간 관리, 강력한 의지, 신속한 처리 등 좋은 습관의 결과이다. 좋은 습관은 좋은 결과를 낳는다. 나쁜 습관은 나쁜 결과를 낳는다. 성공한 모든 사람, 이 세계의 모든 '실천가'들의 특징은 행동이다. 방향성이 없는 무의미한 행동이 아니라 지속적이고 목적의식을 지닌 행동이다. 성공한 사람들은 좋은 습관을 계발했으며, 보다 행동 지향적, 더 많이 배우고, 더 효과적으로 커뮤니케이션하며, 더 효과적인 행동을 하고 있다. 스스로 정한 한계는 우리 삶에서 하나의 습관이 되어 잠재력을 충분히 발휘하지 못하게 만든다. 과거의 경험 때문에 미래를 제한하지 않는 방법은. 습관을 바꾸는 것이 그 열쇠이다.

존 맥스웰은 말했다. "일상을 바꾸기 전에는 삶을 변화시킬 수 없다. 성공의 비밀은 자기 일상에 있다."

삶을 변화시킬 때는 7가지 장벽이 있다. "성장은 저절로 이루어지는 거야."라는 '추측의 장벽', "어떻게 생각해야 하는지 모르겠어!"라는 '지식의 장벽', "아직 때가 아니야."라는 '시간의 장벽', "실수하면 어쩌지?"라는 '실수의 장벽', "시작하기 전에 최상의 방법을 찾아야 해."라는 '완벽의 장벽', "그럴 기분이 아니야."라는 '영감의 장벽', "이것보다 쉬운 줄 알았는데."라는 '기대의 장벽'이 있다. 무의식적으로 나쁜 일상이 더 많이 형성되도록 내버려 두지 말고, 의식적으로 새롭고 좋은 일상을 만들겠다는 결심을 해야 한다. 일상의 모습이 바로 자신이기 때문이다.

토마스 헉슬러는 인생에 대해 "인생의 커다란 목적은 지식이 아니라 행동이다." 존 맥스웰은 "여러분이 싫어하는 것을 매일 꾸준히 하라."라고 말했고, 생텍쥐페리는 "하나의 새로운 습관이 우리가 전혀 알지 못하는 우리 내부의 낯선 것을 일깨울 수 있다."라고 말했다.

"하고 싶지 않은 일을 매일 하도록 해라. 이것이 바로 고통 없이 자기 의무를 수행하는 습관을 갖는 황금률이다. 연습과 훈련은 자기 통제를 키우는 핵심 요소이다. 자기 통제는 여러분의 잠재력을 최대한 발휘하는데 필수적인 핵심요소이다."라고 피타고라스는 말했다. 가장 위대한 힘이자 자산이 자기 통제이다.

세계 최초로 8,848m의 히말라야 산을 정복한 뉴질랜드 힐러리 경은 이렇게 말했다.

"내가 정복한 것은 산이 아니라 나 자신이다."

자신감, 의지, 인내, 집중, 자기 신뢰, 자부심을 키우기 위한 자기 통제의 산물은 치열한 노력으로만 얻을 수 있다. 수없이 반복하여 연습해야 자신을 완벽하게 통제할 수 있다. 반복적인 노력과 반복적인 의지의 훈련을 통해 얻는 습관이다. 습관의 변화는 없애는 것이 아니라, 좋은 습관으로 바꾸는 것이다. 하나의 습관이 다른 습관을 정복한다.

우리는 기존에 행동하던 방향으로 계속하려는 경향이 있다. 이를 '습관의 법칙'이라 한다. 우리가 하는 일의 대부분은 몸에 밴 습관화의 결과물이다. 사람이 어떤 것을 이룰 수 있을 것인지 그렇지 못할 것인지 차이는 어떤 습관을 지니고 있는가에 달려 있다.

한자로 습관이라는 단어는 어린 새가 날갯짓하는 모양의 '익힐 습(習)'과 엽전을 줄로 꿰듯 마음에 꿰는 '익숙할 관(慣)'자로 이루어져 있다. 습관이란 어린 새가 날갯짓을 연습하듯 늘 반복하여 마음에 꿰인 듯 익숙해진 것을 말한다. 꿈꾸고 실천하는 데는 사소하지만 날마다 되풀이되는 행동들이 중요하다.

성공을
위한
독서 습관

성공하는 사람들이 실천한 가장 좋은 방법은 매일매일 습관처럼 했던 독서였다. 독서의 '5가지 습관(HABIT)'을 정리하면 다음과 같다.

습관 1 Have a purpose. 독서의 목적을 세워라

독서를 통해 무엇을 할 것인가를 결정하면 책을 읽을 필요성을 깨닫게 되고, 열정을 일깨울 수 있다.

첫 번째, 독서를 학습의 수단으로 한다. 사람들은 학창 시절 배웠던 지식을 활용하여 직업을 얻고 사회생활을 한다. 그런데 세상의 변화가 매우 빠르다. 과거의 천 년간의 변화 속도보다 최근 백 년간의 변화 속도가 더 빠르며, 인류가 만들어 내는 지식의 양도 훨씬 많다. 현재 알고 있는 지식이 몇 년 후에는 전혀 쓸모없게 될 가능성이 높다. 이러한 때에 책은 우리에게 최신 지식을 전해 준다. 책을 활용해 꾸준히 학습하고, 미래의 변화에 대응할 수 있는 실력을 갖추어야 한다.

두 번째, 업무를 잘하기 위해 독서를 한다. 현재 하는 업무를 잘하기 위해서는 경험도 중요하지만 제대로 하는 방법을 아는 것이 중요하다. 책에는 전문가들이 실험과 현장 경험을 통해 정리해 놓은 방법론이 존재한다. 그것을 현재 업무에 적용해 보면 내가 하는 일의 수준을 판단할 수 있고, 제대로 일하는 것이 무엇인지 깨달을 수 있다.

세 번째, 독서의 목적은 꿈을 찾는 것이다. 랠프 월도 에머슨은 "책을 읽는 것은 자신의 미래를 만드는 행위"라 했다. 나는 무엇을 하고 싶은가, 무엇을 하면 잘할 것인가를 알지 못하는 사람이 많다. 성적에 맞춰 대학에 입학하고 전공에 맞춰 직장에 가다 보니 현재의 직업을 하고 있다. 그런데 늘 무엇인가 아쉽고 허전한 게 있다. 하고 싶은 일이 있다고 하더라도 그것을 잘할 수 있다는 보장은 없다. 그런데 관심이 있는 분야가 있다면 지금부터라도 기회를 찾을 수 있다. 그때 필요한 게 바로 독서라는 도구이다.

네 번째, 독서의 목적은 자녀에게 본보기를 보여 주는 것이다. 뛰어난 학습자의 집에는 좋은 서재가 있다. 요즘 학교에서 좋은 성적을 거두는 학생들의 특징은 책 읽기 능력이 뛰어나다는 점이다. 성공한 사람의 어린 시절에 부모님이 갖춰놓은 좋은 서재가 있었듯이 지금의 학생들에게도 마찬가지다. 독서를 성공의 수단으로 삼은 사람들은 어린 시절 부모의 영향에 의해 독서습관이 몸에 밴 사람이 많다. "오늘은 인생에서 가장 젊은 날이다."라는 말이 있다. "어릴 때 배우면 청년 시절에 유익하다. 청년 시절에 배우면 늙어서 쇠하지 않는다. 늙어서 배우면 죽어서 썩지 않는다." 일본 막부 유학자 사토 이사이가 남긴 말이다.

습관 2 Ability to move. 책을 통해 능력을 키워라

책은 중요한 학습 도구이다. 현재보다 더 나은 나를 생각하고 성찰할 수 있도록 책이라는 도구를 활용하여 능력을 향상할 수 있다. 독서를 열심히 한다는 것은 자신의 정서, 지식, 역량을 계발한다는 것이다. 정서적 안정이 필요할 때는 거기에 적당한 책을 골라서 감성 지향적으로 읽어야 하고, 지식을 쌓기 위해서는 지식을 추구하는 방법으로 책을 읽어야 한다. 그런데 현대사회는 변화의 속도가 점점 빨라져 자신이 기존에 가진 지식만으로는 사회생활을 하기가 점점 어려워지고 있다. 경영의 구루인 피터 드러커는 "지식 근로자는 자신을 관리해야만 하며, 자신을 계발하는 방법을 배워야 한다."고 말한다. 자기 자신을 관리한다는 것은 다음과 같은 질문으로부터 출발한다.

첫째, 나의 강점은 무엇인가? 둘째, 나는 어떻게 성과를 올리는가? 셋째, 나는 읽는 자인가, 듣는 자인가? 넷째, 나는 어떻게 배우는가? 다섯째, 나는 일을 어울려서 하는 편인가, 혼자 하는 편인가? 여섯째, 나의 가치는 무엇인가? 일곱째, 나는 어디에 속하는가?

습관 3 Break through. 나의 수준을 돌파하라

어떤 상황에 있든지, 어떤 환경에 있든지 노력 여하에 따라 미래가 달라진다. 자신이 가지고 있는 한계를 넓힘으로써 미래로 나아가는 원동력을 만들어낼 수 있다. 어떻게 독서 수준을 높일 것인가?

첫 번째 방법은 알고 있거나 관심 있는 분야의 책을 골라 집중적으로 읽는다. 업무 능력 향상을 목적으로 둔다면, 자신이 현재 일하고 있는 분야에 대한 책을 집중적으로 읽는다. 미래를 위한 독서라면 달성하고자 하는 최종 수준을 목표를 두고 읽어나간다. 현재 시점에서 독서 경험이 있는 분야라 하더라도, 아직 전문가 수준을 달성한 것이 아니라면 집중적으로 더 읽는다. 앞에서 말한 전작 주의처럼 한 사람의 저서를 집중적으로 읽는 것도 수준을 높이는 데 기여한다.

두 번째 방법은 단계적으로 접근하는 것이다. 능력을 키우려 해도 단시일 내에 원하는 수준으로 도달하기는 쉽지 않다.

습관④ Improve myself. 끊임없이 노력하라

노력 없이 주어지는 것은 없다. 책 읽기를 통한 학습은 쉬운 과정이 아니다. 때로는 지루하고 재미없다. 그러나 열매는 달콤하다. 습관이란 여러 번 되풀이함으로써 저절로 익혀지고 굳어진 행동이며, 치우쳐서 고치기 어렵게 된 성질이라고 사전에서 정의한다. 한두 번 한다고 될 일은 아니고, 여러 번 되풀이하여 몸에 굳어지도록 하면서, 일정한 기간이 필요하다. 책을 읽는 습관이 몸에 배게 하는 것도 노력의 과정 자체를 몸에 완전히 밀착시키는 습관의 기간이 필요하다.

습관⑤ To the top. 최고를 지향하라

목표를 높이 세울수록 달성되는 결과물이 달라진다. 자신의 한계를 규정해버리고 목표를 세우는 것보다 더 높은 목표를 세운다면, 더 나은 결과물을 얻을 수 있을 것이다. 독서는 간접적으로 최고의 사람들을 만나게 수 있게 해준다. 최고의 지식을 나에게 전해준다. 그럼으로써 나의 수준을 지속해서 높여준다. 내가 꿈을 어떻게 꾸느냐에 따라 결과가 달라진다. 이러한 큰 꿈을 꾸는 것도 독서의 힘이고, 노력하게 만드는 것도 독서의 힘이다. 성공 수단으로서 독서 수단을 익혀보자. 성공한 사람들의 독서습관을 하나씩 자기 것으로 만들어 독서 습관이 나의 미래를 어떻게 변화시키는지 확인해 본다.

천천히 걷기에서 창의적인 생각이 나온다

걷는다는 것은 살아 있다는 것을 느끼는 것이다. 그것은 땅과의 교감이다. 흙은 생명이다. 소채를 키워내고 나무를 자라게 하고 과일을 익게 한다. 동물이 걷는 것은 그 생명력과 만나는 것이다. 아스팔트로 덮여 있지 않은 자연의 길을 천천히 걸으며 마치 흙 속에 뿌리내리듯 그렇게 천천히 걸으며, 땅의 기운을 몸 안으로 받아들이는 것이다. 걷는다는 것은 생각한다는 것이다. 인간의 생각하는 동물이다. 생각한다는 것은 정신적으로 살아 있다는 것을 의미한다. 걷는다는 것은 인간이 자신의 속도로 움직인다는 뜻이다. 육체가 허용하는 적절한 속도로 걸을 때 우리의 정신은 편안하다. 가장 생각하기 좋은 속도다. 속도가 빨라지면 조급해진다. 통제할 수 있는 속도를 조금씩 벗어날 때마다 조금씩 더 불안해진다. 불안은 무한히 확대되고 하나의 엑스터시가 되어 미래를 잊게 한다.

작가 밀란 쿤데라의 〈느림〉이라는 소설 속에 다음과 같은 구절이 나온다. "이제 느림은 아주 귀중한 자산이 되었다. 지난 시대에는 모든 사람의 것이었지만 이제는 가장 부유한 사람들만 마음 놓고 즐길 수 있는 것이 되고 말았다."

알제리 출신의 프랑스 경제학자 자크 아탈리는 느림을 "가장 부유한 사람들이 추구하는 가난한 시대로의 퇴보, 하이퍼 계급 안에서 유행하는 자기 컨트롤의 미학."이라고 말한다.

커다란 톱니바퀴에 물린 작은 톱니바퀴에 느림이란 없다. 느림은 큰 바퀴만이 즐길 수 있다. 산업화 시대의 효율성이라는 덫에 걸린 사람들에게 느림이란 가당찮은 것이다. 오직 톱니바퀴에서 풀려나 자신의 속도로 움직이는 것이 가능한 사람들에게만 느림은 창조적 에너지로 작용한다. 휴가조차도 전투적으로 보내야 하는 짧은 휴가밖에 가질 수 없는 사람들에게 느림은 너무나도 멀리 있다.

'천천히 걷는다는 것'은 가난한 사람도 느림의 혜택을 즐길 수 있게 하는 거의 유일한 현실적 방법이다. 이것 또한 쉬운 일이 아니다. 그래서 몇 가지 방법을 터득할 필요가 있다. 방법이라 보다는 정신적 자세가 중요하다.

작은 습관을 만들어 그 습관이 일상의 일부를 지배하도록 허락하자. 새로 만들어 낸 습관이란 변화 속에서 그 변화를 지속하게 하는 관성이니까. 그래서 나는 이것을 '3S' 방법이라 한다. '천천히, 느리게 하라(slow), 단순하게 살아라(simple), 작게 시작하라(small)'이다.

그러자면 자신의 자동차에서 조금이라도 더 멀어져야 한다. 가능하다면 차를 이용하지 않는다. 2018년 화재 사건으로 더 유명해진 'BMW(Bavarian Motor Works)'라는 자동차 회사가 있다. 어떤 사람들은 그 'BMW'를 버스(Bus), 지하철(Metro), 걷기(Walking)의 약자라 부르기도 한다. 그 'BMW'는 나의 교통수단이기도 하다. 지하철 세 정거장 이상은 지하철로(Metro), 대부분은 걸어서(Walking) 간다. 필요시엔 버스(Bus)나 혹은 택시를 이용한다. 그래서 나는 유행가 '나그네 설움'을 좋아한다. 왜냐하면 퇴직 후 6년 후부터 나의 일상이 되었기 때문이다. '오늘도 걷는다마는 정처 없는 이발길, 지나온 자욱마다 눈물 고였네.'

건강과
취미 생활은
평생 필수과목이다

사람이 살면서 건강하게 오래 살기 위해서는 자신이 좋아하는 일을 하는 것이 가장 중요하다. 그런 점에서 봤을 때 하나 정도 자신만의 장기나 취미를 계발하는 일은 분명 삶에 윤활유와 같은 역할을 한다. 취미는 인생을 보람되고 알차게 살 수 있는 비결 중 하나이다. 나이가 들어갈수록 삶의 즐거움도 그만큼 사라지는 게 인생의 법칙이다. 모든 것이 익숙해지고 더 새로운 것도 없는 무료한 일상 속에 매몰되곤 하는 것이 노년의 인생이다.

그 때문에 노년에는 익숙해지는 세상의 모든 여유로움과 맞설 준비를 해야 한다. 작게(small), 단순하게(simple), 천천히(slow) 즉, '3S'를 항상 실천해야 한다. 낯익은 것들에서 벗어나고, 일상으로부터 일탈할 수 있는 용기와 도전이 필요하다.

장년의 가슴 벅찬 삶을 준비하고 있는가? 그렇다면 지금 당장 가슴이 끓어오르는 열정적인 일을 준비해야 한다. 이때 우리는 '지금 당장(From now)', '작게 시작하기(From small)', '나부터 시작하기(From me)'를 하는 것이 좋다. 이를 '3F'라 한다.

　취미와 건강 같은 것은 그저 필요한 순간에 닥쳐서 금방 얻을 수 있는 것이 아니다. 나는 서예를 3년 전에 취미 삼아 시작했다. 앞으로 최소 10년은 계속할 생각이다. 나는 항상 중얼거린다. '걸어서 천천히 가다 보면 언젠가 부산까지 가겠지.'

　이 책을 쓰면서 한 가지 흥미로운 사실을 하나 발견했다. 지적인 생활을 오래 한 사람일수록 장수했다는 사실이다. 그렇다면 지적인 활동과 수명의 연장 사이에는 어떤 보이지 않는 연관성이 있는 것은 아닐까? 현재로서는 그저 지적인 생활로 평생을 살아온 사람들의 삶을 통해 그 연관성을 추적할 뿐이다. 하지만 인간의 육체를 관장하고 지배하는 것이 두뇌라는 점을 생각해 본다면, 두뇌를 적극적으로 활용하는 삶은 어떤 이유에서건 장수와도 깊은 연관성이 있을 듯싶다.

　평균수명이 40세 정도에 불과하던 16세기에 미켈란젤로가 90세까지 장수할 수 있었던 것이나 80세까지 왕성한 지적 활동을 했던 괴테나 칸트 경우에도 마찬가지 상황에 해당 된다고 말할 수 있을 것이다. 그들은 당대의 가장 대표적인 지성인들이었고, 가장 두뇌를 많이 사용한 사람들이었다. 그리고 남들보다 장수한 인물들이었다. 이런 사례를 보면 적극적인 독서와 사색, 창의적인 활동은 분명 우리 삶에 커다란 에너지를 안겨주고 있는 것이 분명하다.

두뇌는 이성적인 판단과 사고를 하는 기능 외에도 우리 몸에서 일어나는 모든 기관의 활동을 조절하는 기능도 한다. 특히 뇌 속에서 존재하는 여러 가지 호르몬을 통해서 우리 몸 전체를 조절한다. 중요한 것은 가장 핵심적인 역할을 맡고 있다는 사실이다. 따라서 뇌를 건강하게 활동하게 하는 것만큼 좋은 게 없다. 운동이 건강에 도움을 주듯이, 두뇌의 운동에 해당하는 지적 활동이야말로 건강에 필수적인 요소이다.

영혼과 육체를 지닌 인간은 육체의 건강을 위해 다양한 운동이나 활동을 하듯, 정신건강을 위한 지적 활동을 함께 하여 균형을 이뤄야 한다. 근육을 강화하려면 무거운 역기를 들거나 운동을 하여 근육에 자극을 주어야 하듯이, 두뇌를 강화하기 위해서는 두뇌를 자극할 수 있는 지적인 활동을 하여 뇌에 자극을 주어야 한다. 이를 위해서는 독서만큼 간편하고 좋은 것도 없다. 독서야말로 작은 서재나 벤치 위에 앉아서도 세계를 여행할 수 있다. 또한, 수천 년의 세월을 거슬러 시간 이동을 할 수도 있다. 수많은 사상가가 남겨놓은 문학과 작품을 통해 우리의 지성과 감수성을 깨우는 일종의 자각 활동이 독서이기도 하다.

누구나 자신의 삶을 돌이켜 보면, 삶의 갈림길에 서 있을 때, 그 길을 찾도록 인도해 준 것도 결국은 한 권의 책인 경우가 많다. 지금까지 살펴본 지성인과 예술가들의 삶에서 공통으로 존재했던, 열정적인 삶으로 들어가는 비결은 독서라 할 수 있다. 이런 과정을 거쳐 우리는 또 하나의 소박한 결론에 이른다. 결국 책을 좋아하는 사람이 오랜 삶을 살았다는 결론이다.

과학자들은 인간의 뇌세포가 하루에 몇십 만 개씩 죽는다고 한다. 나이와 더불어 인간의 두뇌도 퇴화한다고 믿는 것이다. 하지만 최근의 연구는 이런 속설이 잘못된 것임을 입증하고 있다. 인간의 뇌세포는 다른 어떤 기능 보다 장기적인 자기 유지 기능을 지니고 있다. 기억을 담당하는 뇌의 한 부분인 해마의 경우에도 길이 5cm, 지름 1cm의 작은 부분에 불과하지만, 1,000만 개 정도의 뉴런으로 구성되어 있고, 한 개의 뉴런이 대략 2만~3만 개의 뉴런과 복잡한 네트워크를 형성하면서 우리의 기억능력을 강화해준다. 두뇌를 더 많이 쓸수록 해마도 증식을 계속한다. 이는 기억력이나 판단력도 노력하기에 따라서 얼마든지 좋아질 수 있다는 것을 의미한다.

최근 뇌 신경 과학자들은 책을 읽는 기능을 하는 두뇌의 특별한 부위를 밝혀냈다. 그곳은 관자놀이 근처의 측두엽과 전두엽 등에 해당한다. 책을 읽을 때는 이런 부위가 활발하게 활동한다. 책을 읽는 행위를 통해 두뇌가 끊임없이 자극을 받고 새로운 뇌세포의 증식으로 연결된다는 점이다. 이것은 책을 읽는 행위를 통해서 우리가 새로운 것을 배우고 경험하는 과정이 반복되기 때문이다. 새로운 것을 배우는 인간에게는 뇌가 늙을 틈도 없다.

〈책 읽는 뇌〉라는 책을 쓴 인지 신경 과학자 매리언 울프는 독서와 뇌의 연관성을 오랫동안 연구했다. 그녀에 의하면, 글을 읽는 소리를 듣는 행위가 청각에 의해서 선천적으로 수용되는 감각적 기능이라면, 문자를 읽는 행위는 단지 선천적인 행위가 아니라는 것이다. 여기에는 매우 오랜 시간에 걸친 인간의 수고스러운 학습 과정이 뒤따른다. 말을 하거나 소리를 듣는 행위가 유전적으로 연결된 인간의 선천적 기능이라면, 문자를 읽는 행위는 단지 유전적으로 물려받은 것이 아니라, 인간 두뇌의 오랜 진화 과정이 만들어 놓은 산물이다. 결국 '독서란 뇌가 새로운 것을 배우고 스스로 재편성하는 과정에서 탄생한 인류의 기본적인 발명'이라는 것이 그녀의 결론이다. 독서라는 행위는 곧 그 책을 쓴 작가의 의식과 세계 속으로 들어가는 것을 의미한다.

마키아벨리는 책을 읽기 전에 그 작가가 살던 시대의 복장을 하거나 식사를 할 때 테이블 위에 1인분의 음식을 더 준비하게 했다고 한다. 그것은 마키아벨리가 갖고 있던, 책을 쓴 작가에 대한 경외심을 표현하는 방식이었다고 한다.

다른 사람이 쓴 책에는 그 사람의 생각이나 감정은 물론이고, 그 사람이 수십 년 동안 경험한 다양한 이야기가 담겨 있다. 책을 읽으면서 독자도 책을 쓴 사람의 경험을 간접적으로 체험한다. 북극의 오로라에 관해 썼다면, 독자는 자기가 가보지 못한 북극 오로라의 세계를 머릿속으로 상상하면서 끊임없이 작가와 자기를 동일시한다. 그 과정은 실로 엄청난 에너지가 포함된 두뇌의 활동이 아닐 수 없다.

독서는 다른 사람의 생각, 다른 시대, 다른 문화의 영역을 통해서 자기 자신을 풍요롭게 만드는 인간만의 아주 특별한 행위다. 책에 담긴 텍스트의 메시지를 이해한다는 것은 자신만의 독자적인 추론과 생각, 상상이 가능하다는 뜻이다. 독서는 책에 기록된 주어진 정보를 뛰어넘어 그 이상의 훌륭한 사고를 가능하게 한다. 한 권의 책을 통해서 독자와 작가는 곧바로 연결된다. 마르셀 프루스트의 말을 빌린다면, 그것은 작가의 지혜가 끝나는 곳에서 우리의 지혜가 시작되는 것이다.

반복적인 책 읽기를 통해 뇌에 인지적 자극을 주면, 뇌세포는 활력을 얻고, 심지어 죽어가는 뇌세포를 살릴 수 있는 놀라운 현상이 일어난다. 뇌의 회춘이라는 기적이 일어날 수 있는 것이다. 이것은 최근의 두뇌 과학자들이 발표한 연구 결과에서도 잘 드러난다. 한 연구 결과에 따르면, 문맹 노인과 글을 읽을 수 있는 노인의 치매 발병률에는 큰 차이가 나타나고 있다고 한다. 글을 읽지 못하는 문맹 노인의 경우에는 치매에 걸릴 확률이 38.5% 정도인 데 반해서, 글을 읽을 줄 아는 노인의 경우에는 이 수치가 6%대로 떨어졌다. 책을 읽는 행위 하나가 두 노인 집단의 치매 발병률을 5배나 낮출 수 있었다. 그뿐만 아니라 독서는 만성적인 스트레스에 시달리는 사람들에게도 효과를 보이는 것으로 나타났다. 심한 스트레스에 시달리는 경우, 독서를 했을 경우와 독서를 하지 않았을 경우에 집중력에 차이가 현저하다. 스트레스를 받으면 많이 발생하는 하이베타파의 경우에도 독서를 했을 경우에 현저히 감소하는 것으로 나타났다. 독서라는 행위 자체가 스트레스 해소에도 효과가 있다는 것이 입증되었다.

일반적으로 독서를 할 때는 영화를 보거나 게임을 할 때와는 달리 우리 눈에 전달하는 이미지 자극이 상대적으로 약하다. 단순히 하얀 종이 위에 있는 까만 글자들만을 바라보기 때문에, 강렬한 이미지 자극이 전달되는 영화나 TV, 게임을 할 때 보다 훨씬 뇌에 가해지는 자극도 줄어든다.

결국 스트레스를 풀기 위해 영화나 TV, 게임에 몰두하는 것보다 한 권의 책을 읽는 것이 훨씬 적은 피로를 느끼게 한다. 현대인의 만성적

스트레스를 푸는 데도 독서가 효과적이란 뜻이다. 여기에 독서의 자기 성찰적 기능도 빼놓을 수 없는 긍정적 기능이다. 독서는 자신을 돌아보는 거울이 된다. 삶과 죽음의 의미를 생각해 볼 수 있고, 지금까지 살아 온 인생을 차분하게 되돌아 볼 수 있는 성찰의 시간을 준다. 다른 이의 삶을 통해 나의 삶이 살아 왔던 과정을 되돌아보고, 아직 도달하지 못한 미래에 대한 꿈을 꾸게 해준다. 이것은 5천 년 인류의 문화사에서 책이 지닌 가장 강력한 것이기도 하다. 인간은 책을 통해 자신이 살아가는 이유와 의미를 되찾는다. 살아가야 하는 이유를 깨닫는 순간보다 더 강렬하게 두뇌가 활성화되는 순간이 또 있을까?

나쁜 습관을
좋은 습관으로
바꾸자

　습관은 인생의 방향을 결정한다. 성공의 길일 수도 있고, 실패의 길일 수도 있다. 그리고 일단 선택된 습관은 아주 오랫동안 지속한다. 그러므로 자기 인생을 결정하는 습관을 신중하게 선택해야 한다.

　긍정적 강화나 부정적 강화는 모두 무의식이 더욱 주의를 끄는 것들이다. 습관은 무의식 깊숙이 자리 잡고 있다. 또한, 하나의 습관을 바꾸기 위해서는 의식이 무의식을 사로잡아 커뮤니케이션하면서 훈련하고, 프로그램을 다시 입력해야 한다.

　나쁜 행동을 할 때마다 그에 상응하는 부정적 조치를 취함으로써 자기의 무의식을 훈련하는 것이다. 무의식이 더욱 주의를 끄는 또 다른 것이 바로 즐거움이다. 의식이 무의식과 커뮤니케이션하면서 통제하고, 훈련하고, 프로그램을 다시 입력하는 것이 습관을 바꾸는 열쇠이다. 나쁜 습관을 좋은 습관으로 바꾸려고 할 때, 이런 정신적 준비가 특히 필요하고 중요하다.

습관적인 반응을 극복하기 위해 미리 정신적 준비를 하는 것은 전두엽 피질이 활성화되기 때문이다. 활성화된 전두엽 피질은 앞으로 어떤 일이 벌어지면 이렇게 대처하라고 뇌를 훈련한다. 전두엽 피질이 활성화되지 않는 사람은 습관적으로 바람직하지 않은 행동을 할 가능성이 크다.

로마는 하루아침에 세워지지 않았다. 한 번에 하나씩, 한 번에 습관 하나씩, 천릿길도 한 걸음부터다. 행동을 뿌리면 습관을 거두고, 습관을 뿌리면 성격을 거두고, 성격을 뿌리면 운명을 거둔다는 말이 있듯이 한 번에 하나 이상의 습관을 바꾸려고 하는 것은 좋은 생각이 아니다. 한 번에 너무 많은 것을 하려고 하면 실패로 끝날 가능성이 크다. 단지 몇 개의 습관만을 바꾸어도 인생에 큰 변화를 줄 수 있기 때문이다.

구체적인 습관의 구체적인 결과는 더 크고 넓은 습관으로 이어지며, 더 크고 의미 있는 결과를 낳는다. 더 크고 의미 있는 결과를 쉽게 예측하기는 어렵지만, 우리의 삶에 큰 영향을 주는 것만은 분명하다. 습관을 바꾸려면 집중력이 요구된다. 집중력은 빛의 초점을 맞추는 것과 비슷하다.

생각은 크게,
일은 소박하게
시작하라

    한 번에 습관 하나씩 바꾸는 데 집중해야 하며, 어떤 습관을 바꾸려고 결정할 때는 작게(small) 시작하는 것이 좋다. 점진주의의 원칙을 적용한다. 점진주의는 장시간에 걸쳐 일관되게 작은 실천을 계속하면 커다란 변화를 낳는다. 점진주의는 엄청난 위력을 발휘한다. 목표를 달성하려면 매일 하는 습관을 들이고, 피나는 노력을 해야 한다.

    단순하게(simple), 작게 시작하고, 점진주의의(small) 힘을 활용하면 습관을 바꾸기가 훨씬 쉬워지며 성공확률도 커진다. 나는 이것을 3S(Slow, Simple, Small) 원칙이라 한다. 제2의 인생을 시작할 때면 3S 원칙을 적용하는 것이 좋다.

    끓는 냄비에 개구리를 집어넣으면 개구리는 즉시 튀어나온다. 하지만 개구리를 냄비에 넣고 천천히 끓이면 그 개구리는 점진적 변화를 인식하지 못하고 냄비 속에 그대로 있을 것이다. 죽을 때까지 그대로 머문다. 이런 점에서 우리는 개구리와 비슷하다. 변화가 천천히 일어나면 사람들은 그 변화를 알아차리지 못한다. 우리 대부분은 나쁜 습관을 한 가지 이상은 가지고 있을 것이다. 하지만 나쁜 습관이 어느 날 갑자기 생긴 것은 아니다. 그런 습관이 자기에게 생기는지 알지도 못한 채, 오랜 시간에 걸쳐 천천히 그 습관을 갖게 된 것이다. 목적의식을 가진 삶이 중요한 이유가 바로 여기에 있다.

우리는 나쁜 습관을 고치고 좋은 습관을 계발할 수 있다. 모든 종류의 변화에 꼭 필요한 한 가지 요소가 있다. 사실 습관을 성공적으로 바꾸는데 필요한 모든 전제 조건은 이 한 가지 요소로 귀결된다. 바로 끈기이다. 유명한 심리학자이자 철학자인 윌리엄 제임스는 "끈기는 자기 통제를 행동으로 보여준다."라고 말한다. 또한, 괴테는. 또한 괴테는 "위대한 일을 하고 중요한 목표를 달성하는 두 가지 길이 있다. 힘과 끈기이다. 힘은 일부 소수만이 가질 수 있다. 하지만 강인하고 지속적인 끈기는 누구나 가질 수 있으며, 목표달성에 꼭 필요한 것이다. 조용한 끈기의 힘은 시간이 지나면서 돌이킬 수 없는 엄청난 위력으로 발전한다."고 한다. 결론적으로 나의 힘은 전적으로 나의 끈질긴 고집에서 나온다.

가장 중요한 것은, 하루의 시작을 어떻게 했느냐에 따라 나머지 시간이 달라진다는 것이다. 뚜렷한 목적을 가지고 이른 아침을 시작하는 바람직한 습관을 갖는다면, 원하는 인생을 만들기 위한 위대한 첫걸음을 내디딘 것과 같다. 그만큼 아침은 중요하다. 매일 아침 그날의 일에 대한 계획을 세우고, 그 계획을 실천하는 사람은 삶의 미로를 헤쳐갈 수 있도록 인도하는 끈기를 가진 것과 같다. 아침에 하는 생각은 그날의 행동을 결정한다.

아침이 생산적이지 못하고, 일어나 출근 준비를 하느라 정신없이 보내는 이유는 우리의 아침이 너무 짧기 때문이다. 스트레스를 받으며 생산적으로 아침을 보낼 여유가 없는 것이다. 아침에는 항상 조금 더 자기를 바라며, 할 수 없이 일어나야 할 때까지 침대에 누워 있으려 한다. 이렇게 아침을 맞이하는 대부분의 사람은 저마다 이유로 변명한다.

하루 가운데 두 번째로 중요한 시간이 저녁이다. 저녁을 보내는 방식은 아침을 보내는 방식에 영향을 준다. 그날 있었던 일을 정리하고, 다음날 할 일을 계획하는 것은 아침을 올바르게 시작하고, 미리 하루를 시작하는 중요한 작업이다. 하루의 계획을 세우고 그 계획에 따라 하루를 보낸다면 시간을 보다 효과적이고 효율적으로 활용할 수 있다. 달성하고자 하는 어떤 것을 달성하지 못한다면 그 이유는 계획이 없기 때문일 것이다. 계획을 세우지 않는 것은 실패를 계획하는 것과 같다. 하고 싶은 일을 계획하고 실천하라. 그렇지 않으면 원하는 것을 얻지 못할 것이다.

Chapter 3

하루하루 누리는
소소한 행복

행복해서 웃는 게 아니라
웃어서 행복하다.
웃어라, 많이 웃어라.
거리낌 없는 웃음은
세상 속에 자신을 내보내는 것이다.
자신의 벽을 허물고
자신을 열어 보이는
타인과의 긍정적 교류를 의미한다.

오늘 눈부신
하루를 위해
최선을 다하자

"얼굴이 잘생긴 사람과 목소리가 좋은 사람 가운데 누가 더 좋은가?" 이러한 질문을 받은 여자는 별 망설임 없이 목소리가 좋은 남자가 더 좋다고 말한다. 목소리가 외모보다 오래도록 마음을 잡아두기 때문이라고 한다. 사라지는 것이 남아 있는 것보다 더 매력적일 수 있기 때문일 것이다.

목소리와 외모는 마음과 떨어져 있지 않다. 마음의 깊이는 목소리에 묻어 나오고, 나이가 들면 얼굴에 그 살아온 인생이 쌓인다. 몸은 마음과 분리되지 않고, 사라지는 것은 남아 있는 것과 떨어져 있지 않다. 몸은 죽었지만, 사랑하는 사람의 마음에 아직 살아 있는 사랑도 있고, 육체적으로 멀쩡하지만, 연인의 마음에서 이미 지워진 사랑도 있다.

나는 70 평생, 현재를 불만스러워하면서도, 현재를 바꾸기보다는 참고 견디는 쪽을 선택했는지, 어째서 오늘은 어제와 다르지 않고 내일 역시 오늘의 연장이 되는 지루한 일상에서 벗어나기 어려운지에 반성한다.

거울 속의 내 모습이 바뀌어 있다는 것을 알면, 다른 사람이 듣는 내 목소리와 내가 듣는 내 목소리가 다르다는 것을 알면, 다시 말해 생의 틀을 조금만 넓히면 징검다리의 간격이 그다지 넓지 않다는 것을 알 수 있으리라.

공자의 〈학이편〉에 '배우고 때때로 익히면 어찌 기쁘지 아니한가(學而時習之, 不亦說乎)'라고 말한, 바로 그 '익힘'에 관한 이야기들이다. 몸이 익숙하게 받아들이게 하고 마음으로 체득해 그 진수를 얻으면 일상은 참으로 그윽하고 깊어질 것이다.

여기 깨끗한 유리잔이 있다. 반쯤 물이 채워져 있다. 이 물은 이미 누군가가 채워 놓았다. 누군지 이름이 분명치는 않다. 때로는 '유전적 재능'이라고 불리기도 하고, '그동안 받아온 교육'이라고 불리기도 하고, 혹은 '개인적 경험을 할 수 있는 기회'라고도 한다. 물론 '부모나 귀인의 도움'이라고 불리기도 한다. 무엇이라 불리든 인생의 반 정도를 채워놓은 것은 내가 아니다. 내가 아닌 다른 무엇인가 이미 내 인생의 반을 좌우한다.

나는 이 잔에 물을 가득 채우는 것이 삶이라고 생각한다. 어떤 사람은 자신의 손으로 물을 채우고, 어떤 사람은 또 다른 '무엇인가'가 그 잔을 채우는 것을 방관한다. 마치 자신의 인생이 아닌 것처럼.

나는 우리가 자신의 손으로 이 잔의 나머지 반을 채워야 한다고 믿는다. 그것이 인생에 대한 즐거운 책임이라 생각한다.

무엇을 익힐 때, 처음 배울 때의 마음을 잃지 않는 것보다 중요한 것은 없어 보인다. 그러나 초심(初心)만큼 어려운 것도 없다. 초심은 자신이 잘 알지 못한다는 것을 아는 마음이다. 알고 있지만 겉도는 앎을 깨우쳐 일상의 지혜가 되게 한다면 그것이 곧 나아짐일 것이다.

하루하루
괜찮은 삶을
살자

　몇 걸음만 옮겨놓아도 어제는 보이지 않던 것을 볼 수 있다. 우리는 먼 길을 가고 있다. 인생은 자기를 데리고 먼 길을 가는 것이다. 길을 가다 보면 앞에 간 사람들의 발자국이 보일 때가 있다. 발자국들은 점점 찍혀 있다. 발자국들은 길을 따라 죽 이어지지만, 발자국 하나하나는 모두 작은 도약의 연속이다. 발자국과 발자국이 서로 떨어져 있다는 것이 바로 그 도약의 증거이다. 마치 시간의 궤적 속에서 존재하는 하루하루 같다. 어제오늘 내일은 서로 티 안 나게 연결된 듯하지만, 하나의 발자국 없이는 다른 발자국을 찍을 수 없듯이 어느 하루도 그것 없이 다른 하루를 만들어 낼 수 없다.

　우리에게 중요한 것은 길을 계속 가는 것이다. 삶은 산다는 것 자체가 중요하다. 우리의 발걸음 하나하나가 바로 아름다운 본능적 도약의 모임인데, 우리는 길을 가다 어느 징검다리 위에 멈추어 서서 투덜거리고 있다. 개울의 중간쯤에 이르러 다음 징검돌 하나가 조금 멀리 있다거나, 건너뛰어야 할 곳에 놓인 그 돌이 내 발을 지탱해주기에는 너무작아 보이거나, 불안정하게 놓여 있다고 여긴다. 징검다리가 거기 놓여사람들이 개울을 건너는 다리로 쓰이고 있다면, 한 번의 아름다운 비상으로 건너뛸 수 있다.

지금 마음에 절실하지 않은 것은 얻을 수 없다. 지금 읽은 것 가운데마음에 절실한 하나만 새로 익히면 어제보다는 나은 삶을 살게 될 것이다. 만일 두어 개를 익혀 활용할 수 있다면 그저 괜찮은 인생을 살게 될것이다. 그 이상을 익힐 수 있다면 일상은 깊고 매혹적일 것이다.

웃자,
그리고
또 웃자

웃어라, 많이 웃어라. 거리낌 없는 웃음은 세상 속에 자신을 내보내는 것이다. 자신의 벽을 허물고 자신을 열어 보이는, 타인과의 긍정적 교류를 의미한다.

소설가이며 철학자인 조르주 바타유는 웃음은 '자기 중심성에서 벗어나고 싶은 소망을 털어놓은 소통의 상태'라고 정의한다. 그러므로 웃을 수 없다는 것은 자기 안에 격리되어 있다는 것이며, 폐쇄된 자아의 영역에서 살고 있다는 것을 말한다. 많이 웃으려면, 또는 남을 많이 웃기려면 재능과 수련이 필요하다. 같은 내용의 난센스 퀴즈라도 얼마나 웃기는가는 말하는 사람에 따라 아주 다르다. 어떤 사람이 어떻게 이야기하느냐에 따라 웃음의 양과 강도는 현저히 달라진다. 어떤 사람이 이야기할 때는 배꼽이 빠지다가도 다른 사람이 같은 내용을 이야기하면

썰렁해진다. 웃기는 그 내용보다 화자에 의존하는 경향이 크다. 부르는 사람에 따라 노래도 그 정조를 달리하듯이.

누구나 많이 웃을 수 있다. 많이 웃어라. 마음을 조금만 열어 놓으면 작은 구멍으로 황소바람이 몰아쳐 들어오듯이 그렇게 웃음이 찾아온다. 웃음이 찾아오면 세상은 달라진다. 웃음은 전염성이 강하다. 일상의 기분을 고양시키고 활력을 불어넣는다. 창조성을 높여준다.

행복은 행복한 사람만 전달할 수 있다. 행복한 사람이 없는 행복한 사회란 없다. 많이 웃기 위해서는 약간의 준비가 필요하다. 우선 웃음에 대한 편견을 없애라. 웃음이 헤프면 푼수 같고, 너무 많이 웃으면 만만해 보이기도 한다. 하지만 조금만 우스워도 웃음을 터트리는 것은 사람 좋은 어리석음도 아니다. 푼수여서 웃는 것이 아니고 신중하지 못한 것도 아니고 진정함이 결여된 것도 아니다. 많이 웃기 때문에 머리가 신통치 못해 보이는 사람보다는 늘 심각해 보이는 사람들 가운데 상종 못 할 인종이 더 많다.

아리스토텔레스는 인간을 '웃는 동물'이라고 개념 지었다. 웃음이라는 순수하게 생리적인 행위는 인간에게만 있는 것임을 고려하면 매우 탁월한 지적이다. 인간을 규정할 때 많이 쓰이는 '생각하는 동물'이라는 개념보다 훨씬 더 인간을 동물과 구별 지어준다.

언제든 웃을 준비를 해라. "우리는 행복하므로 웃는 것이 아니다. 웃기 때문에 행복해진다."는 현대 심리학에 공헌이 큰 윌리엄 제임스의 말을 기억하자. 코미디언들은 아침에 일어나 5분 동안 웃는 것으로 하루를 시작한다고 한다. 웃기기 전에 먼저 웃어야 한다는 것을 터득한 사람들이다. 그들은 작은 일에서 웃음을 찾는다.

어린 아이들은 기어 다니면서 즐거워한다. 노름꾼은 자신을 잊도록 몰두한다. 축구 시합은 수없이 많은 사람을 열광시킨다. 놀이 속에는 이처럼 열광하고 몰두하게 하는 힘, 즉, 미치게 만드는 힘이 깃들어 있다. 놀이 정신이 없으면 모든 문명은 존재 할 수 없다. 모든 문명은 '놀이 속에서 놀이로서 생겨나며 놀이를 떠나는 법'이 없다. 놀이는 긴장과 쾌락과 재미를 준다.

일하면서 웃는 사람은 놀고 있는 것이다. 일 속에 몰입하고 열광하는 것이다. 그러므로 일하며 많이 웃는 사람들은 훌륭한 일꾼들이다. 웃음 지수는 그 사람이 얼마나 훌륭한 일꾼인가를 말해 주는 것이다. 우리는 온전한 사람들이 필요하다. 머리와 가슴, 영혼과 육체 모두를 필요로 한다. 영혼이 없으면 재능도 발휘할 수 없다. 개미 떼나 꿀벌 떼를 닮은 사회는 새로운 자생력과 적응력을 간절히 요구한다. 이때 웃음은 절대적이다. 웃음이란, 사람들이 기계적인 행동을 할 때 저지르는 실수를 목격할 때 개인으로서 사회의 모든 구성원을 꾸짖는 방법이기도 하다. 우리가 여전히 꿀벌과 개미일 때는 기계적인 반응을 만들어 내는 실수에 대해 웃을 수 없다. 웃는다는 것은 우리가 개미나 꿀벌이 아니라는 것, 더욱이 로봇도 기계도 아닌 살아 있는 사람이라는 뜻이다.

열심히 일해 분기별 성과가 좋았다. 그때 상사가 자기 사무실로 직원을 불렀다. 그리고 그날 3시에 상영되는 영화표를 나누어 주었다. 모두 기뻐했다. 그들은 훤한 대낮에 떼 지어 웃고 떠들며 극장으로 향했다. 일찍 학교를 파한 아이들처럼 날아갈 듯한 기분으로 보낸 그 날은 기분 좋은 날이었고 역시 오래도록 잊히지 않는 날이었다. 이 상사는 훤한 대낮에 행한 '땡땡이'의 맛을 알고 있는 사람이다.

　당신은 어떤 상사가 되고 싶은가? 잘 웃는 웃음은 신선하고 상큼하다. 웃음에 관대해져라. 그러니, 어깨에 힘주고 목소리를 낮추지 마라. 웃어라, 또 웃어라. 처음의 큰 웃음보다 마지막의 미소가 오히려 낫다.

쓸데없는
약속은
하지 말자

　사람들은 바쁘다고 말한다. 바빠 죽겠다고 죽는시늉을 한다. 이런 사람들은 시간관리라는 말에 혹한다. 그러나 '시간 관리'란 말은 새빨간 거짓말이다. 시간 관리는 '우리가 소유한 가장 소중한 자원이 시간'이라는 것을 전제로 한다. 그러나 시간은 소유할 수 있는 것이 아니다. 소유할 수 있다고 믿는 것은 우리의 오만일 뿐이다. 시간을 소유할 수 있다면 영원한 생명을 누리는 사람도 있을 테지만 누구도 그렇지 못하다. 그러고 싶은 사람은 수도 없이 많았지만, 누구도 성공한 적이 없다. 그러므로 시간은 소유할 수 없다.

　시간 관리는 시간의 통제를 전제한다. 그러나 시간은 통제의 대상이 아니다. 오히려 시간이 우리를 통제한다. 시간을 통제하려는 사람은 시간 대신 자기를 통제하게 된다.

'만일 내가 시간을 통제한다면, 나는 시간을 벌 수 있다.'라는 가정은 시간 관리를 전제로 한다. 그러나 그렇게 시간을 번 사람이 더 시간이 없다. 하루를 작은 조각으로 나누고 분해하는 사람은 적어도 그 일을 하느라 더 바쁘다. 그 사람은 하나의 약속에서 다른 약속으로 이동할 뿐이다. 여전히 그는 시간에 쫓긴다. 시간의 부족은 유감스럽게도 오히려 성공적인 시간 관리의 결과다. 역설적으로 가장 한가한 사람은 시간을 절대로 가지지 못하는 사람이다. 그들은 시간을 그대로 놓아둔다. 그들은 그들의 삶을 선물거래(先物去來)의 대상으로 만들지 않는다. 다시 말해 조각조각 분해된 시간의 조각을 먼저 어딘가에 배타적으로 묶어놓지 않는다는 말이다.

한가롭기 위해서는, 좀 더 정확히 말하자면 시간의 존재를 잊고 시간 속에서 자기 일에 몰입하기 위해서는 시간 약속을 줄이는 것이 가장 현명하다. 약속에 대한 압박을 받지 않아야 '시간의 주인' 될 수 있다.

우리는 육체를 가지고 있으므로 시간에 자유로울 수 없다. 또한 사회적 동물이기 때문에 약속에서 벗어날 수도 없다. 그러나 중요한 일을 선택하고 거기에 집중해 살 수는 있다. 중요한 일의 반대말은 중요하지 않은 일, 즉, 쓰레기다. 무엇이 중요하고 중요하지 않은지는 주관적이다. 그러니까 자신이 중요한 일이라고 동의한 일에 시간을 많이 쓸 수 있다면 현명하다. 시간을 자기편으로 만드는 가장 확실한 방법은 쓰레기를 버리는 것이다. 시간과 친해지는 방법은 없을까?

우선 쓸데없는 약속을 만들지 않는다. 약속은 의무이며 책임이다. 약속은 커다란 입을 가지고 있어서 시간을 통째로 꿀꺽꿀꺽 삼킨다. 최선의 방법은 쓸데없이 약속하지 않는다. 약속이 불가피한 경우는 즐긴다. 자기가 좋아하는 방식으로 약속을 지킬 수 있는지 생각한다. 예를 들어 고객과의 관계를 유지하기 위한 약속은 불가피하다. 그러나 만나서 술을 마시거나 골프를 치는 방법이 다는 아니다. 생각날 때 편지를 쓰거나, 이메일을 보낼 수도 있다. 생일에 꽃바구니 하나와 포도주 한 병을 선물할 수도 있다. 좋은 책을 선물할 수도 있고, 연주회 입장권을 선물할 수도 있다. 좋은 관계는 마음을 얻을 때 깊어진다.

약속 장소를 자신의 취향에 맞는 곳으로 정하는 것도 약속을 즐기는 법 가운데 하나다. 나는 행복청국장과도 같은 오금공원이 내려다보여서 좋다. 식사 후 커피 한 잔 들고 오금공원 정자로 가서 즐거운 대화를 나누는 것을 즐긴다. 일 때문에 이루어지는 만남이라도 마음의 한 자락을 공유하기 위한 것임을 잊지 않는다.

벨이 울릴 때마다 전화기를 들지 않는다. 요즘 전화는 때와 장소를 가리지 않는다. 몰입해 있을 때는 맥을 끊으면 안 된다. 지금 받지 않아도 괜찮은 내용이 대부분이다. 여자도 그런지 잘 모르겠지만 전화와 버스는 다시 온다. 그런 기다림을 배운다.

기다리지 못하는 사람에게 시간은 특별하다. 하지만 모든 농부는 자연스럽게 익은 사과가 가장 맛있다는 것을 알고 있다. 여름 태양을 흠뻑 담은 달콤한 과일은 모두 기다림이 선사한 것이다. 기다림은 시간을 죽이는 것이 아니라 정성스러운 창조적 행동이다. 기다림은 맛을 깊게 한다.

나는 3년 전부터 서예를 배우고 있다. 최소 10년 정도는 기다리며 쉼 없이 꾸준히 노력해야 서예의 멋을 느낄 수 있음을 경험한다. 아니 10년은 노력해야 서예를 좀 한다고 말할 수 있다.

또한 나는 시간의 효율성보다 효과성에 집중한다. 전략경영자로 유명한 게리 해멀은 〈꿀벌과 게릴라〉에서 다음과 같은 취지로 말한다. '지나간 20세기는 진보의 세기였다. 그래서 효율성은 지상의 명제였다. 전 세계의 직장인들은 "더 빠르게, 더 우수하게, 더 싸게"라는 수레바퀴에 얽매여 있었다. 그러나 우리는 지금 새로운 시대의 출발선 위에 있다. 21세기는 혁명, 혁신의 시대다. 이제 진보의 세기는 끝났다. 변화 자체가 변했다. 이제 변화는 더는 점진적이지 않으며, 직선적 변화란 존재하지 않는다.

21세기의 변화는 불연속적이고 돌발적이며 선동적이다. 점진적으로 발전하는 기업은 이미 멸종의 길로 들어섰다. 혁명의 시대에는 어떤 거대 기업도 권위를 인정받지 못한다. '신경제' 혹은 '디지털 경제'라고 불리는 지금의 혁명은 새로운 산업 질서를 만들어냈다. 그래서 지금은 5차 산업에 도전하고 있다.

사람마다 잘할 수 있는 것이 다르다. 개인이 잘할 수 있는 일에 즐겁게 도전하는 것, 혁명의 시대에는 있는 것을 개선하는 점진적 진보에 바탕을 둔 효율성보다는 전혀 새로운 것을 만들어 벌 수 있는 효과성이 중요하다. 중요한 일에 집중하는 것이 시간을 친구로 만드는 법이다. 이보다 더 중요한 것은 성실함과 책임감, 그리고 상당한 충성심이 바탕이 되어야 한다.

놀지 않으면
창조할 수
없다

톨스토이의 소설 〈안나 카레니나〉는 다음과 같은 유명한 문장으로 시작한다. "행복한 가정은 모두 비슷하다. 그러나 불행으로 가득 찬 가정은 모두 그 나름의 이유로 불행하다."

인간의 역사는 이유 있는 불행을 선택하는 쪽으로 진행되어온 듯하다. 이유 없는 전쟁과 살육이 있었던 적은 한 번도 없었다. 그러나 어느 싸움도 생명을 죽여야 할 만큼의 충분한 이유를 가진 적은 없었다. 그래서 인간은 재앙의 원인이었다.

예전에 나는 평화란 전쟁이 없는 것, 다툼과 싸움이 없는 것으로 생각했다. 젊었을 때 내게 평화란 어쩐지 무기력한 무엇이었다. 그때 나는 좀 더 치열하게 살고 싶었다. 그때 내게 '평화'란 어떤 감동도 주지 못하는 그저 하찮은 단어였다. 더욱이 그것은 나의 일상과 별 관계가 없어 보였다.

평화는 일요일 아침 늦게까지 잠자리에 머무는 조금 게으른 휴식이다. 평화는 아직 햇볕에 데워지지 않은 청량한 아침 공기 사이로 잠시 산책하러 나가는 것이다. 평화는 조용한 숲길 속에서 문득 새 한 마리가 내는 날갯짓 소리다. 평화는 갓 젖 떨어진 아주 작은 강아지 한 마리가 제 키보다 높은 계단 한 칸을 온 힘을 다해 기어오르는 것을 미소 지으며 바라보는 것이다. 평화는 오후에 책장에 떨어지는 햇빛이다. 평화는 어린아이의 눈망울이고, 가을 들녘이다. 평화는 아주 편하게 숨을 쉬는 것이다.

평화는 무엇보다 모든 생명체가 우리 모습 그대로 존재하게 하는 아름다움이다. 평화는 자기 자신을 찾아 돌아가는 조용하지만 확고한 인내와 확신이다. 평화는 한 번도 갈 길을 의심하지 않고 흐르는 강물과 같다.

그저 바쁘기만 한, 작고 평범한 무력하기 그지없는 한 사람이지만 지금 내 자리에서 참으로 작은 평화 하나라도 유지하고 만들어내지 못한다면 우리에게 평화에 대한 어떤 희망이 남아 있겠는가?

걸으며
만나는
행복한 삶

    목적지에 도착하는 것만 중요한 것은 아니다. 어디를 가기 위해 어느 거리에 있는 것, 그리고 그 거리를 걷는 것 역시 내 삶의 어떤 풍경이다. 영화 〈닥터지바고〉 속에는 볼만한 풍경이 많다. 그 가운데서도 내게 잊히지 않는 광경 하나는 영화의 거의 마지막에 지바고가 눈 쌓인 거리에서 쓰러져 죽는 장면이다. 전차에서 그는 라라가 길 위를 걸어가는 모습을 보았다. 털모자를 쓰고 그녀는 아무 생각 없이 걸어간다. 전차에서 내린 지바고는 가슴을 부여잡고 뒤에서 라라를 부른다. 그러나 그의 목소리는 밖으로 나오지 못하고 쓰러진다. 그녀는 몸을 꼿꼿이 세우고 조금 빠른 듯한 걸음으로 단호하게 주위를 돌아보지도 않고 앞만 보고 걸어간다. 이윽고 그는 쓰러지고 라라의 뒷모습은 모퉁이를 돌아 사라진다.

길 위에 있는 인생의 한때가 어찌 가볍기만 하겠는가! 여행은 목적지에 도착함으로 절정에 다다르게 되지만, 지도를 펴놓고 계획을 잡는 것, 그리고 기차를 타고 혹은 버스를 타고 가서 거기서 배낭을 메고 걷는 것 역시 여행의 진미다. 사람을 만나기 위해 혹은 일을 보기 위해 거리를 나서는 순간 우리는 가벼운 여행을 하는 것이다.

천천히 걸으려면 넉넉한 시간에 나서야 한다. 예전에 나는 약속 시각에 일찍 도착하는 것을 싫어했다. 시간을 낭비한 것 같았다. 그리고 먼저 약속 장소에 나와 기다리는 것이 자존심 상하는 일이기도 했다. 그러나 퇴직 후 5년 전부터 깨달은 그것은 나의 일상이 되었다.

일찍 나와야 천천히 거리를 걸으며 느긋한 햇살도 마음의 여유로 느낄 수 있다. 언제든 도서관에서 책을 읽다가 조용히 나와 10분쯤 걷다 들어가도 좋다. 별 눈치 주지 않고 잠시 자리를 비울 수 있는 시간을 낸다. 그리고 건물 밖으로 나와 창문에 갇히지 않는 공기를 마시며 걷는 습관을 들인다. 누구에게도 말하지 않는, 잠시 화장실에 간 것처럼, 잠시 커피 한 잔 뽑으려고 간 것처럼.

그렇게 아무에게도 '허락받지 않은' 일탈을 가슴을 자유롭게 하는 두근거림이 있다. 한낮 찬란한 시간에 누구의 허락도 없이 빠져나온 10분은 다시 자리로 돌아와 한나절 좋은 기분으로 일할 수 있게 도와준다. 지난 5년간 나는 이런 환경에 잘 맞는 도서관 세 곳을 찾아 애용하고 있다.

첫 번째 도서관은 전철 두 정거장 거리에 있는 오금공원이다. 나는 이곳을 가장 사랑한다. 왜냐하면 30분 정도 걸으면서 갈 수 있는 야산 같은 공원 때문이다. 계절에 따라 꽃과 나무들도 피고 자란다. 아침 인사를 노래로 대신하는 새들이 나를 가장 반갑게 맞는다. 적당한 오르막도 있고 내리막도 있어 체력 단련에도 안성맞춤이다. 지나다니는 사람도 뜸한 상쾌한 아침을 걸으며 여유와 행복을 느낀다.

두 번째 도서관은 일주일에 세 번 다니는 서예실을 가는 도중에 위치한 올림픽공원이다. 이곳에도 전철 한 정거장 거리를 걸어 다닌다. 30분 정도 책을 읽고 간다. 느긋한 마음으로 천천히 걷다 보면 보이지 않던 여러 가지를 보고 느낄 수 있다.

지하철역 입구에서 찹쌀떡 한 뭉치 또는 계절 채소 한 다발을 팔고 있는 할머니의 얼굴이 어떻게 생겼는지 어떤 표정을 짓고 있는지 알게 된다. 걷는 것에 좀 익숙해지면 걷기를 즐긴다. 2주일에 한 번은 간다.

세 번째 도서관은 집에서 가까운 산들이다. 우리나라는 산이 아름다운 나라다. 어디에 살든 한 시간 안에 아름다운 산어귀에 닿을 수 있다. 자연에 들어가 신의 창문을 통해 그 경이로움을 자세히 들여다보면 몸도 마음도 싱싱해진다. 한국에 살면서 산에 가지 못한다면 가장 아름다운 것을 놓치고 산다.

요즘은 둘레길도 곳곳에 생겨 장애인 혹은 노인네들에게 아주 좋은 장소가 됐다. 산에 가서 걸을 때도 천천히 주위의 경관을 완상(玩賞, 즐겨 구경함)하며 걷는 게 좋다. 산은 산 그대로다. 거대하고 육중한 생명 그 자체, 바로 자연이다. 산에 가는 것은 자연으로 들어가는 것이다. 그리하여 자연이 되는 것이다. 오솔길을 돌아 그 푸른 숲속으로 들며, 푸르름의 일부가 되어 묻히는 것이 산에 드는 법이다. 돌아오는 길에 몸과 마음에 그 푸른 산 내음을 조금 담아서 속세로 나오는 것이 바로 산행이다. 다친 늑대가 호젓한 곳에서 상처를 치료하듯, 우리도 바스러진 마음에 들고 들어가 잠시 호젓한 곳에서 푸르름으로 적셔 나오는 곳이 바로 산인 것이다.

어디를 걷든 걸을 때는 걱정거리를 놓아두고 간다. 고민은 책상과 서류 위에, 돈을 내라는 고지서는 탁상 어디엔가 놓아두고 밖으로 나와 두고 걷는다. 며칠 안에 질 것이지만 오늘 피어 있는 꽃은 아름다움의 절정에서 자신을 움츠리지 않는다. 내가 이 세상에 있음에 대해 오늘 세상을 등져야 하는 많은 사람에게 오늘은 무엇과도 바꿀 수 없는 특별한 날임을 또 생각하며 이 모두에 감사한다.

많이 걷는다. 나는 매일 약 18,000보를 걷는다. 세 시간 정도면 가능하다. 될 수 있으면 자연 속을 걸을 수 있도록 애를 쓴다. 나무와 흙길을 아주 천천히 걷는다.

접지를 통해 물리적 생명력을 받아들이고 사고를 통해 정신적 순환을 막힘없게 하는 것이 곧 걷는다는 것이다. 천천히 자연 속을 걷는 것처럼 우리를 살아 있게 하는 것은 없다. 자연은 호흡이고 명상이다. 움직임이며 또한 고요함이다. 마음의 평화는 이렇게 온다.

나의
보금자리

　결혼하면서 의·식·주 중 보금자리는 살기 편리하고, 주위 환경이 조용하고, 편리한 교통망을 갖춘 그런 곳이라 생각했다. 큰 평수보다 작고 적당한 집을 더 선호했다. 가장 중요한 것은 가족 구성원들이 서로 웃으며 어려움을 이해하고 도와줄 수 있는 가족 관계가 더 중요하다는 생각 때문이었다. 훈훈한 가풍이 있는 그런 집을 만들어 가는 것이 나의 꿈이었다. 그래서 이웃들과 서로 인사하고, 서로 정을 나누는 분위기가 사람 사는 곳이라 생각한다. 편안함을 느낄 수 있는 그런 집, 마음과 마음이 통하는 단란한 집, 그런 집을 찾았는데, 1988년 하계 올림픽 때 송파구 방이동 중형 아파트로 이사하여 31년째 살고 있다. 참 긴 세월이다. "10년이면 강산이 변한다."는 말에 비추면 지난 30년 동안 내 인생도 세 번이나 변했겠다고 생각하니 길다. 또한 벌써 고희를 맞이하니, 인생이 참 짧은 것 같다.

나는 40년간의 직업 생활을 마무리하고 5년 전부터 제2의 인생을 살고 있다. 그때부터 매일 아침 송파 도서관으로 간다. 도서관에 갈 때면 지하철 두 정거장 거리를 오금공원을 가로질러 걷는다. 30분 정도 걸어가는 이 길은 나에게 희망과 에너지를 불어넣어 준다.

공원을 지나가는 길옆엔 봄, 여름, 가을, 계절에 따라 여러 가지 꽃들이 피고 지고 한다. 개나리, 진달래, 산유화, 찔레꽃, 벚꽃 외에도 이름 모를 많은 꽃이 나를 반긴다. 나는 질러가는 공원길을, 어제도 가고, 오늘도 가고, 내일도 갈 것이다.

한편 집 근처에는 남한산성, 아차산, 대모산, 구룡산 등 있어 언제라도 3시간 정도는 손쉽게 산책을 할 수 있다. 생각할수록 최고의 주거지다. 모든 사람이 자기가 사는 곳이 최고라 말하지만 30년 넘게 사는 내 집이 최고라 생각한다. 그래서 행복하다.

집에서 내려다보이는 정원에는 봄, 여름꽃이 피고, 가끔 겨울에는 밤새 소리 없이 내린 눈이 나를 시인으로 만든다. 여름이면 우거진 숲이 나의 마음을 시원하게 해 준다.

아파트 단지 내에도 아름다운 정원이 있다. 시원하게 두 팔 벌린 메타세쿼이아, 은사시나무, 감나무, 소나무, 잣나무, 모과나무, 목련 등이 숲을 이루고 있다. 창밖으로 내려다보이는 광경은 나의 마음을 푸근하게 한다. 아파트 정원에는 붉은 지붕의 노인정이 여러 나무와 잘 어울려 있다.

그래서 나는 내가 사는 아파트를 좋아하고 사랑한다. 영원히 살고 싶은 곳이다.

내 집은 주변 환경 중 특히, 올림픽공원 내에 있는 아름다운 장미공원은 나의 마음을 늘 편안하게 해주며 아름답고 향기로운 곳이다. 여러 나라 장미꽃들이 나의 마음을 순수하게 만들어 준다. 매일 저녁 식사 후 1시간 정도 걸을 수 있는 올림픽 공원이 나의 건강을 지켜주는 데 아주 큰 역할을 한다. 이런 위치에 있는 아파트가 또 어디에 있을까?

나의
어머니

청명, 한식이면 형제들과 같이 강원도 동해시 부곡동 선산으로 부모님을 뵈러 간다. 산소에는 매년 할미꽃 하나가 무덤 옆에 매년 같은 자리에서 피고 진다. 할미꽃이란 이름은 참 순수하고 겸손한 것 같다. 항상 겸허하게 머리 숙여 피고 지고 한다. 보랏빛 할미꽃은 아무에게도 자랑하지 않는다. 누가 지었을까? 할미꽃은 허리 굽은 내 어머니 노후의 모습과 같다. 그래서 할미꽃을 보는 순간 나는 어머니 생각에 잠기곤 한다.

어려서 어머니로부터 '착하게 열심히 살아라.' 말씀을 들으며 자랐다. 어머니 하면 씩씩하고 인자하신 분, 힘세시고 부지런하신 분, 명랑하고 조용하신 분, 키 크고 미녀이신 분, 희생정신이 많으신 분으로 기억한다. 어머니의 성격을 다 표현하지 못하지만 한마디로 현모양처셨다.

매일 같이 새벽부터 밤늦게까지 많은 일을 하셨다. 하신 일도 계절 따라 다양했다. 여덟 식구의 식사 준비에서부터, 빨래하고, 애들 돌봐주는 일을 하루도 빠짐없이 매일매일 하셨다. 겨울에는 더운물도 없이 개울가에서 빨래하셨으니 고역 중 고역이다. 얼음을 깨고 흐르는 물에 빨래했기 때문에 손이 꽁꽁 얼 정도였다. 기온이 내려가면 빨래들도 꽁꽁 얼어붙었다. 그래서 얼었다 녹았다 여러 번 반복해야 간신히 입을 만큼 말랐다. 겨울이면 빨래하기가 보통 어려운 일이 아니었지만 그렇다고 어디 하소연할 데가 없었다.

그러고도 어머니는 봄부터 가을까지 텃밭에 호박, 고추, 상추, 쑥갓, 배추, 무, 등 각종 채소를 기르는 일을 하셨다. 가을 겨울에는 덕장을 만들어 오징어, 명태 등을 건조하는 일도 하셨다.

일 년 내내 잠시도 쉴 수 없는 나날을 보냈다. 어머니는 일꾼을 데리고 논 농사일도 하셨다. 봄이면 씨 뿌려 모내기도 하셨다. 가을이면 추수도 하셨는데, 탈곡기도 없어 손으로 벼 이삭을 조그마한 손 탈곡기로, 원시적인 방법으로 탈곡을 하셔야 했다. 그래서 가을이 지나면서 갈잎같이 변한 거친 어머니의 손을 차마 볼 수 없었다.

겨울이면 깊은 산 속으로 나무를 하러 가셨다. 겨울을 따뜻하게 보내려면 땔감을 준비해야 했다. 나무를 하러 가려면 온종일 걸리기 때문에 도시락을 가지고 가야 했다. 도시락은 노랑 좁쌀밥에 겨울 김치 몇 쪽이 전부였다. 초등학생 때는 나도 어머니를 따라 나무하러 다녔다. 내 몸에 맞는 지게를 지고, 도시락도 챙기고 높은 산으로 따라다녔다. 나는 나무 하는 것보다 도시락 먹는 재미로 따라다녔다. 나의 어머니, 전지전능하신 분으로 생각했던 어머니도 결국엔 세상을 떠나셨다.

허리 때문에 고생하셨던 우리 어머니는 인자하시며 인내심이 큰 분이셨다. 환갑이 지나 돌아가실 때까지 25년 동안 허리 때문에 많은 고통을 겪으셨다. 매일 밤이면 어머니는 내가 홍콩에서 사 온 호랑이 기름을 바르시고 파스도 붙이시고 주무셨다. 걸어 다니실 때면 열 발짝 정도 걸으시고 잠시 쉬셨다가 다시 걸으셨다. 불편을 호소하지 않고 '아이고 허리야!' 하시던 어머니, 얼마나 힘드셨을까?

또한 우리 어머니는 동네 사람들과도 잘 어울리시고 리더십도 강하셨다. 동네 친목계를 항상 이끄셨다. 당시 특별한 놀이도 없을 때, 20여 명이 앉을 수 있는 방이 있는 우리 집엔 한 달에 한 번 정도 동네 분들이 모여 당시 가장 저렴한 강냉이를 튀긴 뻥튀기 과자를 먹으며 웃음꽃을 피웠다.

어머니는 조용하면서도 매사에 치밀하신 분으로 상대의 말을 잘 들어주시고 공감도 잘 해주셨다. 그 당시 어머니는 초등학교도 안 다니셨지만, 아이들한테 배워 책을 읽으셨고, 글도 쓰셨다. 우리 형제들이 크면서 잘못을 했을 때는 골방에서 조용조용 타이르듯 말씀하셨다.

어머니는 우리 4남 2녀를 잘 키우시고 중년이 넘어서는 정미소를 운영하셨다. 힘센 남자들이나 할 수 있는 정미소를 어머니는 전기 다루는 일이며, 천장 높은 곳에서 돌아가는 피댓줄도 척척 잘 다루셨다. 어머는 아침 일찍 식사 준비를 해 우리에게 먹이시고는 바로 정미소로 향하시곤 하셨다. 그리고 저녁때가 되어서야 집으로 돌아오셨다. 돌아오실 때면 머리에는 쌀자루를 이시고 한 손에는 보리쌀 자루, 다른 손에는 좁쌀을 조금 들고 오셨다. 그러고도 빠른 걸음으로 집으로 오시는, 열심히 살아가시는 어머니 모습이 늘 자랑스러웠다. 나는 솟을대문 앞에 앉아 어머니가 돌아오시기를 눈이 빠지도록 기다렸다. 어머니가 늦으시면 혹시 저 멀리 보이는 숲 무덤에 묻히신 건 아닌지, 온갖 상상을 하며 무서운 마음으로 동구 밖을 응시했다. 3살 위인 작은형은 나보고 집 잘 지키라고 하고는 동네 친구들과 놀러 다녔다. 동네 사람들은 나를 진돗개라 불렀다. 끈질기게 집을 잘 보았기 때문이었다.

어머니 덕분에 우리 집은 늘 조용한 편이었다. 그 이유는 어머니는 항상 인자하시고, 큰 소리를 내지 않으시고, 많이 참으시며, 조곤조곤 타이르는 편이셨다. 그런데 한 번은 술이 좀 과하신지 몸을 가누지 못하셨다. 나는 형과 같이 어머니에게로 달려갔다. 어머니는 우리 형제를 보고 반가워서인지 더욱 큰소리로 말씀하시며 주정하시던 모습이 눈에 선하다. 어린 나이였지만 나는 어머니의 그런 모습을 이해할 것 같았다. 환갑을 넘긴 나이에 많은 어려움이 예상되는 이런 큰일을 한다는 것에 걱정이 많으셨던 것으로 생각했다.

어머니께서 중년쯤 되었을 때 봄 꽃놀이를 하러 수원지로 가셨다. 어머니는 동네 아주머니들과 같이 오랜만에 하루 휴식 차 놀러 가셨다. 오랜만에 풀어진 긴장에 소주도 한 잔씩 하셨다. 노래도 부르시고 춤도 두둥실 추셨다.

서울에 사는 우리 형제들은 일 년에 두 번, 한식과 추석에 성묘를 하러 간다. 부모님 산소에서 내려다보이는 경관은 참 아름답고 힘이 솟는 느낌을 준다. 십 리 정도엔 동해가 보이고, 오리 정도엔 수원지 벚꽃이 나의 가슴을 뛰게 한다. 어머니가 놀러 가셨던 수원지를 내려다보니 문득 어머니가 그립다.

어머니께서 늘 하신 말씀이 생각난다. '착하게 열심히 살아라.' 어머니의 좌우명이었다. 이 말씀이 인생살이에 딱 맞는 말이라고 생각한다. 나도 좌우명을 '착하게 열심히 살아가자.'로 정하고 하루하루 실천하련다.

Chapter 4

책에서 찾는 소소한 행복

책은 천천히 읽는다.
책은 음식과 같다.
천천히 씹으면
그 맛이 오래가지만
대강 씹어 삼키면
그 맛을 알 수 없다.

한 달에
2권의 책을
읽는다

사람에게서 묵향(墨香)이 나면 좋다. 묵향은 선비의 향기다. 진짜 묵향 냄새를 맡기 위해 일주일에 세 번은 서예실에서 서예를 배우고 있다. 올해부터는 한글 궁체를 쓰고 있다. 옛날의 서책(書冊)에서는 은은한 묵향이 흘렀으나, 요즘 책에서 그것까지 기대할 수는 없게 되었다.

우리는 선비의 나라였지만 이제 사람들은 점점 더 책을 읽지 않는 것 같다. 정보와 지식의 시대에 책을 읽지 않고 어떻게 살아날 수 있는지 나는 알지 못한다. 맹자는 책을 읽는 것은 '잃어버린 마음을 찾는 일'이라고 말했다. 주자는 '도리란 이미 자기 자신 속에 갖추어져 있는 것이니 밖에서 첨가될 수 없다.'라고 했다.

독서의 길은, 자기 속에 이미 있었으나 잃어버린 마음을 찾는 것이다. 마음을 거두어들이지 못한다면 책을 읽어 무엇을 하겠는가? 그러므로 책을 읽는 것은 '두 번째' 일이 된다. 책을 읽는 것 자체가 목적이 될 수 없다. 첫 번째 목적은 '잃어버린 마음을 되찾아오는 것'이다. 좋은 책을 읽는 것은 간접 경험이다. 책은 자신의 절실하고도 긴요한 곳에서 이해되어야 한다.

선인들이 알려준 독서 방법에 나름의 경험을 더해 소개한다. 익혀서 실천하면 평생을 계획하고 살아가는 데 크게 도움이 될 것이다.

많이 읽을수록 나의 두뇌는 차츰 회복되는 것 같다. 젊은 사람들은 특히 많이 읽어야 한다. 일 년에 100권 정도 읽으면 아주 많이 읽는 것이다. 이런 사람은 독서광이다. 50권 정도 읽으면 일주일에 한 권을 읽는 것이니 꽤 많이 읽는 편이다. 24권 정도 읽으면 2주일에 한 권을 읽는 것이니 적당하다. 보통 사람도 그 정도는 읽을 수 있다. 12권을 읽으면 적게 읽는 편이고, 그보다 더 적게 읽는 사람이 있다면 배우는 데 게으른 사람이다. 이런 사람들에게는 얻을 것이 없다.

책의 전체를 처음부터 다 읽어야 할 의무는 없다. 좋은 책은 어느 페이지를 펼치든 매력이 있다. 책을 많이 읽다 보면 좋은 책과 그렇지 못한 책을 구분할 수 있다. 좋은 책을 구별해 내는 것은 일종의 지혜다. 잘못 고른 책에 시간을 쓰지 않는 것이 좋다. 그러니 끝까지 다 봐야 할 이유가 없다. 그냥 덮어두었다가 기회가 되면 두어 페이지 다시 훑어보고 그래도 마음을 휘감지 못하면 버리는 것이다. 쓰레기는 공간을 차지한다. 마음의 공간을 비우지 못하면 좋은 것이 들어와 머물 수 없다. 그러므로 쓰레기는 버리는 것이 좋다.

책을
맛으로
읽자

책은 천천히 읽는다. 책은 음식과 같다. 천천히 씹으면 그 맛이 오래 가지만 대강 씹어 삼키면 그 맛을 알 수 없다.

공자는 "배우되 생각하지 않으면 얻는 것이 없고, 생각하되 배우지 않으면 위태롭다."라고 말했다. 한 번 읽고 다시 한번 생각하고 다시 읽는 것이 책을 읽는 좋은 방법이다. 생각할 것이 없는 책은 책이 아니다. 그런 책은 시간을 죽이고 돈을 죽인다. 가장 나쁜 투자다. 좋은 책을 고르면 투철해진다. 지금 읽고 많이 숙고해야 한다. 젊은 시절은 기억력이 좋고 정신의 활력이 왕성할 때다. 되도록 많이 읽는 것이 좋은 이유가 거기 있다. 그러나 중년 이후에는 많이 읽는 것보다 조금씩 깊이 생각하는 것이 좋다. 중년이 되면 기억력이 많이 떨어지기 때문이다. 반면 이해의 폭과 깊이는 넓고 깊어지므로, 중년 이후의 독서는 한

두 단락을 보더라도 마음을 여유 있게 풀어놓아야지 많이 읽으려고 탐내서는 안 된다.

좋은 책을 읽을 때는 반드시 그 속에 들어가 한바탕 맹렬히 뒤섞어야 한다. 마치 앞뒤의 글이 막혀 더 갈 곳이 없는 것처럼 되어야 한다. 투철해져야 비로소 벗어날 수 있다. 그러니 공부할 양은 적게 하고 공력은 많이 기울여야 한다.

물을 잘 주는 농부는 채소와 과일 하나하나에 물을 준다. 물을 잘 주지 못하는 농부는 급하고 바쁘게 일을 처리한다. 한 지게의 물을 지고 와서 농장의 모든 채소에 한꺼번에 물을 준다. 남들은 그가 농장을 가꾸는 것으로 볼 테지만 작물은 충분히 적셔진 적이 없다. 우리의 정신도 이와 같다.

배우는 사람이 늘 조심해야 할 것이 있다. 그것은 예전에 받아들인 가설에서 벗어나지 못하는 것이다. 그래서 책을 읽을 때는 우선 의심이 일도록 해야 한다. 그리고 의심이 생기면 반드시 의심을 없애야 한다. 책을 읽다 이해할 수 없는 곳에 이르면 옛 견해를 씻어버리고 새로운 의미를 얻어야 한다. 그러면 크게 나아질 수 있다.

글을 볼 때 이해한 곳에서 다시 읽어 나가면 더욱 오묘해진다. 작가의 언어는 꽃밭과 같다. 멀리서 바라보면 모두 좋게 보이지만, 분명히 좋은 것은 가까이 다가가서 봐야 보인다.

공부는 자세히 보는 것이다. 책을 읽는 것에 지름길은 없다. 지름길은 사람을 속이는 깊은 구덩이다. 껍질을 벗겨야 살이 보이고 살을 한 겹 다시 벗겨내야 비로소 뼈가 보인다. 뼈를 깎아내야 비로소 골수가 보인다. 책을 읽을 때는 마음을 비우고 자신에게 절실해야 한다.

마음을 비운다는 것은 한 걸음 물러나 생각하는 것이다. 한 걸음 물러난다는 것은 공부하며 느껴보지 못한 사람에게는 설명하기 어렵다. 사람들은 책을 볼 때 먼저 자기 생각을 세우고 저자의 말을 끌어다가 자기 생각에 맞추어 넣는다. 이것은 저자를 읽는 것이 아니라, 다만 자기 생각을 미루어 넓히는 것이다. 한 걸음 물러난다는 것은 스스로 생각을 지어내지 말고 저자의 말을 앞에 놓고 그들의 생각이 어디로 향하는지 보는 것이다. 자기 생각을 저자의 뜻에 꿰맞추지 말고 저자의 뜻을 붙잡으려 해야 한다. 저자의 생각을 알면 크게 진보할 수 있다. 이것이 자기를 없애고 마음을 비운다는 뜻이다.

약을 짓는 것은 병을 치료하기 위해서다. 약을 보기만 해서는 효험을 볼 수 없다. 책도 그렇다. 체득하여 실천해야 한다. 보기만 해서는 안 된다. 이해한 것을 몸으로 체득한다면 이해하기도 쉽고 실천하기도 쉽다.

책 읽기는 그림을 그리는 것과 같다. 화공은 자신이 그린 사람을 알고 있다. 다른 사람은 그림 속의 실제 인물을 모르기 때문에 의지할 수밖에 없다. 그러나 그림이 곧 사람일 수는 없다. 이해한다는 것과 체득한다는 것은 이렇게 다르다. 사물에 따라 사물 자체로 보자. 자기를 통해 사물을 보려 하지 말자. 책 한 권을 천천히 여러 번 여러 시기에 걸쳐 평생 읽으면 글쓴이의 마음을 조금은 알게 될 것이다.

생각할 것 없는 쉬운 독서와 킬링 타임의 통속성 속에 익숙해진 우리에게 배움과 독서의 향기를 선사하는 책은 다 읽고 버리는 책이 아니다. 평생을 곁에 두고 봐야 한다. 좋은 책이란 마음이 떨어진 낙엽처럼 바스러질 때, 혹은 바람에 날려 어디로 날아갔는지조차 알지 못할 때 몇 페이지 펼쳐 보면 청량함을 느끼게 해준다. 이런 책은 책이라기보다는 향기다.

책을 읽는 것은 저자와 함께하는 여행이다. 마치 붉고 정정한 적송들이 즐비한 오솔길을 산책하는 듯하고, 대숲이 우거진 암자에 앉아 바람을 쐬는 것 같다. 천천히 책 속으로 걸어 들어가면 상쾌하고 시원하다. 그것은 깊은 여행이다. 그와 나 혹은 그녀와 나만의 매우 은밀하고 비밀스러운 여행이다. 여행이 그 정도는 되어야 함께 했다 할 수 있을 것이다.

아포리아 시대를
건너는 지혜는
책 속에 있다

지금 우리는 '아포리아(Aporia)' 시대에 살고 있다. 아포리아란 그리스어로 통로가 없는 길을 의미한다. 즉 갈등과 혼돈의 시대란 말이다. 사자성어로 '혼용무도(昏庸無道)'라 한다. 공감한다. 아포리아 시대의 가장 지혜로운 방법은 책을 벗으로 삼는 것이다. 책은 부자와 빈자 남녀노소 누구도 반가이 맞이한다. 책을 통해 나를 성찰하고 순간순간 선택하고 실천할 수 있어야 한다. 책 읽기는 몰입을 준다. 몰입은 즐거움이고 행복이다. 몰입은 우리에게 정신적 안정을 주기도 한다.

훌륭한 사람은 확고한 이념과 비전을 가지고 있다. 비전은 위대한 미래의 모습이다. 인문학적인 감수성에 기초한 생생하고 구체적인 미래의 그림이다.

아일랜드 작가 조지 버나드 쇼는 "인간이 현명해지는 것은 경험에 의한 것이 아니라, 경험에 대처하는 능력에 따른다."라고 했다. 그의 묘비명에는 "우물쭈물하다가 내 이렇게 될 줄 알았지."라는 글이 쓰여 있다.

퇴직 후 지난 5년 동안 나는 매일 책 읽기를 즐기면서 나의 비전과 가치관을 만들어 왔지만, 현재 나의 독서는 미약하지만 배우고 익히고 또 익히면 반듯이 새롭게 태어날 것이다.

진정한 독서는 삶의 변화와 연결을 하는 것이다. 논어 〈학이편(學而篇)〉에 나오는 '호학(好學)이란, 죽을 때까지 배우고 익히고 자신의 생각, 행동을 바꾸어 가는 것을 말한다. 독서와 학습은 아주 밀접한 관계에 있다. 독서는 학습의 기본이다. 어떤 대상을 인식하고, 그것을 이해하고, 그것에 관해 사고하고, 그렇게 얻은 결과를 말하거나 쓰는 것이다. 지식은 어떤 대상에 대하여 배우거나 실천을 통하여 알게 된 명확한 인식이나 이해, 알고 있는 내용이나 사물이다. 독서를 잘하는 아이들은 보편적으로 학업 성적이 우수한 이유가 여기에 있다.

정보란 관찰이나 측정을 통하여 수집한 자료를 실제 문제에 도움이 될 수 있도록 정리한 지식이다. 그러나 지혜는 사물의 이치를 빨리 깨닫고 사물을 정확하게 처리하는 정신적 능력이다. 사고는 생각하고 궁리하는 것이다. 생각은 사람이 머리를 써서 사물을 헤아리고 판단하는 활동을 말한다. 궁리는 사물의 이치를 깊이 연구하고 마음속으로 이리저리 깊이 생각하는 것을 이른다. 감성은 외계의 대상을 오관으로 감각하고 지각하여 표상을 형성하는 인간의 인식능력이며 자극이나 자극의 변화를 느끼는 성질을 말한다.

'수불석권(手不釋卷)'은 손에서 책을 한시도 놓지 않고 열심히 학문을 닦는다는 말이다. 나뭇잎은 왜 떨어지나? 낙엽은 다가올 봄에 새싹을 위해 떨어진다. 좀 더 싱싱하고 새로운 싹이 나오게 하기 위해서다.

나뭇잎 떨어지는 소리는 새로운 탄생을 위한 일시적인 고통이다. 새로운 탄생을 위해선 인내와 고통, 노력이 요구되기 때문이다. 끊임없는 배움과 노력 없이 탄생은 생각할 수 없다.

독서의 시작은 한 걸음 한 걸음 다소 느리게 할지라도, 매일매일 하루도 거르지 않고 꾸준히 보람차게 1,000일(약 3년)을 실천하면 독서의 달인이 될 수 있다. 이처럼 독서습관을 만드는 과정에서 겪는 고통은 순간이므로, 항상 즐겁게 배우고 익히는 '호학락(好學樂)'을 실천해야 한다. 1,000일 동안 뜻있고 가치 있는 생각과 행동으로 하루하루 즐기면서 지내야 한다. 한 권의 책을 읽으면 한 권의 보탬이 있고, 오늘 하루를 잘 보내면 하루의 보람이 있다. 평생 배우지 않음이 한 가지 애석한 일이고, 오늘 하루를 등한시 보내면 두 번째 애석한 일이다. 나는 오늘도 책을 소리 내 읽으며 하루의 새벽을 시작한다. 자신이 게을러 스스로 닦지 않는다면 한순간에 낙오자로 전락한다.

나는 왜
공부를
하는가?

　〈공부의 즐거움〉, 이 책은 공부는 삶이고, 새로움이고, 즐거움이고, 깨달음을 담고 있다. 장영희, 김열규, 윤구병, 고미숙, 최완수, 정진홍 등 우리 시대 공부 달인 30인이 "나는 왜 공부를 하는가?"라는 물음에 대한 진솔한 공부 분투기를 담고 있다. 책에서 저자들은 학창 시절 어려운 여건 속에서도 포기하지 않고 꿋꿋이 걸어온 공부의 길과 이에 얽힌 숨은 일화를 소상히 밝히고 있는데, '지금의 자신'을 만든 것은 공부라는 외롭고 긴 여정을 잘 견디며 열심히 해온 것이 가장 큰 원동력이었다고 강조한다.

　이 책의 저자들은 문학, 철학, 역사, 종교, 과학 등 다양한 학문 분야에서 선도적인 위치를 차지하고 있다. 책에는 그들의 다양한 전공만큼이나 학창 시절 공부에 매료된 동기와 그에 얽힌 일화도 흥미롭고 다양하다.

　천생 공부밖에 잘할 게 없었고, 순전히 장애인이라는 이유로 단 하나의 재능까지도 봉쇄하려는 사회와 싸워 이기기 위해 열심히 공부했다는 장영희 교수, 주부가 되어 십 년간 신문 한 장 제대로 읽지 않다가, 오랫동안 묵혀온 지적 갈증으로 만학의 길에 올라 학자가 된 정옥자 서울대 교수, 어린 시절 책에만 빠져 평범한 학교생활을 못 하다 늦깎이 공부로 고위 공직에 오른 김동회 대전지방노동청장, 하도 공부를 안 해서 아버지가 우물가에 내다 버리려고까지 했다는 이재호 성균관대 명예교수, 자연의 아이로 자라면서 오늘 배운 것이 내일이면 쓸모없는 새로운 삶 속에서 공부의 참뜻을 발견한 윤구병 선생, 미지의 공룡 세계에 매료되어 공룡의 흔적을 찾아 전국을 누비는 이융남 한국지질자원연구원 선임연구원 등, 평생 '공부'하는 삶을 살게 된 이야기를 솔직하고 진지하게 풀어내고 있다.

　그렇다면 이들이 이렇게 공부에 도사가 될 수 있었던 비결은 무엇일까? 흔히 공부는 어렵고 힘들고 자신과의 치열한 싸움이라고 생각한다. 그러나 이 책의 저자들은 입을 모아 "공부는 즐거움이다."라고 역설한다. 즉 공부를 어렵고 힘들게 대하는 것이 아니라 일상적으로 즐기는 놀이처럼 한다면, 누구라도 즐기면서 공부할 수 있다고 강조한다.

　"'왜 그렇게 열심히 공부하는가?'라는 질문을 자주 받는다. 즐거우니까 한다."(조동일 계명대 석좌교수), "공부하는 것이 노는 것이요, 노는 것이 공부하는 것이다. 그래야만 공부도 재미있어 지속해서 할 수 있고, 노는 것도 건강하게 할 수 있다.(學而遊 遊而學)"(임형택 한문학자)는 말에서 알 수 있듯이, 공부의 달인들은 일상 속에서 즐거운 공부 삼매경에 빠져 열심히 공부한 결과, 오늘날 자신의 분야에서 최고의 위치를 차지할 수 있었다고 확신한다.

　이 책에서 지관스님은 공부에 대해 "나를 비우지 않고는 이루 수 없다."고 말한다. 다시 말해 '공부'라는 힘들고 지난한 과정을 통해 자기자신은 물론, 세상에 대한 근본적인 성찰을 하게 된다는 뜻이다. 그런 의미에서 〈공부의 즐거움〉은 미래의 비전을 일구어 나갈 청소년들에게 훌륭한 역할 모델을 제시하는 책이라 할 수 있다. 인생 선배들의 소중한 공부 이야기를 통해 배움의 진정한 가치와 의미를 되새길 수 있기 때문이다. 또한 공부도 하나의 출세수단과 권력이 된 오늘날, 이 책의 저자 30인이 전하는 공부에 대한 순수한 열정은 우리에게 귀한 가르침을 선사하고 있다.

독서의 힘은
어디서
나올까?

오직 도서관뿐이다! 도서관처럼 인간을 완전하게 바꿀 수 있는 공간은 없다. 도서관은 자유로운 영혼과 책이 만날 수 있는 그들만의 유일한 공간이기 때문이다. 도서관은 인간을 완전하게 순수하게 만들고, 자유롭게 만들고, 위대하게 만든다. 그런 점에서 도서관은 기적의 공간이며 마법의 장소이다. 아무리 열심히 살아도 어제와 다른 내일을 만날수 없다. 중요한 것은 열심히 일하는 것이 아니라 위대한 사상의 집합체인 책을 열심히 읽는 것이다. 인생 후반기에 "어떻게 사는 것이 잘사는 것일까?" 오직 운동, 공부, 서예, 놀이이다. 인간을 성장시키고 인생을 바꿀 수 있게 해주는 것은 돈이나 능력이나 학식이나 기술이 아니라 독서이다. 독서는 책이라는 마법의 주문을 외우는 행위이며 자신을 위대한 예술품으로 조각하는 행위다. 그리고 마하의 속도로 날 수 있는 제트기에 몸을 싣는 행위다. 그래서 자동차나 자전거로 목적지를 향해 열심히 나아가는 사람들과 비교도 할 수 없을 정도로 빠르게 목적지에 도달할 수 있도록 돕는다. 자동차나 자전거가 유일한 운송수단이라고 생각하는 수많은 사람이 죽었다가 깨어나도 도저히 상상도 하지 못하는 수만 가지 방법과 생각이 책 속에 있다. 독서를 통해 제트기에 올라탄 사람들은 이것을 안다.

나는 수많은 사람의 인생이 힘들고 고달프고 불행하고 고통스러운 이유는 독서를 하지 않거나 제대로 독서 방법을 깨우치지 못했기 때문이라고 생각한다. 반대로 독서를 하는 사람은 같은 상황에서 덜 힘들고 덜 불행하다. 그뿐만 아니라 행복하며 위대한 인생을 만들 수 있다.

그것을 보여주는 인물 중 대표적인 인물이 공자이다. 공자는 동양인으로서 서양인을 비롯한 세계인에게 존경받는 인물이다. 공자의 인생을 살펴보면 그가 실패를 많이 한 사람임을 알 수 있다. 그래서 그는 '집 잃은 개'라는 별명까지 얻었다. 공자는 너무나 많은 좌절과 실패를 경험했다. 그는 자기 뜻을 펼치지 못해 여기저기를 유랑하며 떠돌아다녔다. 심지어 돌아갈 집도 없는 떠돌이 개와 같은 처지였다. 그런데도 그가 위대한 인생을 살 수 있었던 것은 공부 덕분이었다. 그 당시 공부는 독서였다.

인생을 역전 시키고 노후준비를 위해 재테크를 공부하고, 돈을 모으고, 부자가 되고, 성공하는 데 주력하는 사람들이 많다. 그러나 인생을 위대하게 만들 방법은 오직 책과 독서뿐이다. 인생 역전 또는 노후준비를 잘하는 최고의 방법은 독서라는 사실을 아는 사람은 많지 않다. 독서는 무엇보다 사람의 몸과 마음을 동시에 강하게 만들어준다. 그리고 독서는 사람을 행복하게 하고 올바르게 만들어준다.

독서에 몰입하는 것보다 더 큰 자기 치유는 없다. 독서에 몰입하는 것보다 더 큰 즐거움은 없다. 인간은 독서를 통해서만 자신의 인생길을 개척할 수 있다. 오직 독서뿐이다. 독서만 한다고 해서 인생이 달라질까? 달라질 수 있다. 아니, 달라질 수밖에 없다. 책을 많이 읽거나 집필한 사람들, 교육학을 전공한 학자들, 이들은 책을 통해 지식을 얻고, 책을 통해 천재가 될 수 있다고 말한다. 위대한 인물들은 책을 통해 지식만 얻는 것이 아니라, 생각을 바꾸고 의식을 바꾼다고 말한다.

자신의 부족한 어리석은 사고를 개선하기 위해서는 독서를 하는 것이 바람직하다. 지식은 결코 상상력보다 낫지 않다. 이미 지식의 시대는 지나갔다. 지금은 상상력과 창의력의 시대다. 아무리 지식이 많아도 그것을 통합하고 융합할 수 있는 사고력이 뒷받침되지 않으면 그 지식은 무용지물이다. 오히려 지식은 좀 부족하더라도 사고력이 뛰어난 사람이 죽은 지식만 가지고 있는 사람보다 훨씬 더 지혜롭다. 독서의 하수들은 책을 통해 지식만을 섭취한다. 하지만 독서의 고수들은 지식보다 지혜를 섭취한다. 독서의 고수들은 바보인 척 자신을 낮춘다. 이것이 독서의 힘이다. 독서의 고수들은 독서를 통해 지혜를 기르므로 자신을 위태롭게 하는 교만한 마음을 품지 않는다.

물론 독서를 많이 한다고 지식인이나 식자(識者)는 아니다. 독서를 많이 하면 현명한 사람, 현자(賢者)가 된다. 지식인이 되고자 독서를 하는 사람이 있다면 독서보다 더 빠른 길을 차라리 찾는 게 낫다. 바로 학교다. 학교에서는 교사를 통해 직접 지식을 얻을 수 있다. 그런데 독서는 스스로 지혜를 만들어나가는 과정이며 행위이다. 지혜는 학교에서 배울 수 없다. 누군가에게 가르쳐줄 수도 없다.

인생을 현명하게 사는 법을 배울 수 있는 곳은 오직 도서관이다. 학교가 지식인을 양성하는 지식의 장소라면, 도서관은 현자를 양성하는 지혜의 장소이다. 도서관은 우리를 기적의 세계로 나아가게 해주고, 천재로 도약할 수 있게 해주고, 위대한 삶으로 자신의 삶을 바꿀 수 있게 해주는 공간이다. 도서관은 읽고 사색하고 체득하는 공간이다.

160cm도 안 되는 작은 키의 농부의 아들 마오쩌둥이 중국이란 대국을 이끄는 국부가 될 수 있었던 것은 학교 교육 덕분이 아니었다. 그는 학교를 포기하고 6개월 동안 도서관에 파묻혀 엄청난 독서를 했기에 가능했다. 그곳에서 그는 6개월 동안 책과 오롯이 만나는 시간을 가졌다. 그 마법의 공간에서 마오쩌둥은 사회에 필요한 사람이 아니라 사회를 이끌어갈 수 있는 새 사람으로 탈바꿈했다. 그의 자서전을 보면 이러한 사실이 잘 서술되어 있다. '붓을 들지 않는 독서는 독서가 아니다.' 마오쩌둥이 한 말이다. 글쓰기를 하지 않는다면 독서는 무용지물이 될 수 있다.

인간이 책을 만들고 도서관을 건립했지만, 그 책과 도서관은 인간을 더 위대하고 놀랍게 만들어준다. 이 사회를 더 나은 사회로 발전시키는 원동력이 되어준다.

이렇듯 도서관은 한마디로 '도전과 응전의 공간'이며 '도전과 응전이 활발하게 이루어지는 시스템'이라고 정의할 수 있다. 삶에는 고통과 즐거움이 모두 있듯이, 독서에도 이중성과 양면성이 있다. 독서하고 책을 가까이하는 것은 곧 인간답게 살아간다는 것을 의미할 뿐 아니라, 바로 그 자체이다. 책을 읽지 않으면 세상과 단절되어 살아가는 것과 같다. 인생을 주체적으로 살지 못하여 겉돌며, 빈껍데기로 살아가는 것과 다를 바 없다.

왜
인문학인가?

    인문학 읽기는 인간의 삶을 탐구하는 것이다. 인간은 일정한 시간과 공간에서 구체적인 삶을 살아간다. 우리는 삶 속에서 느끼고, 이해하며, 생각하고 계획하는 조각들의 묶음이다. 매 순간 살아가는 실존과 사건의 연속 묶음이다. 인간을 인간이라 말할 수 있는 이유는 현재를 이해하고 해석하는 행위를 한다는 데 있다.

    우리네 삶으로 다시 회귀하는 것이 독서이다. 독서는 우리 뇌를 바꾼다. 독서는 우리 인생도 바꾼다. 특히 인문학 독서는 우리 생각의 폭을 넓혀준다. 헤르만 헤세는 〈독서의 기술〉에서 이렇게 말했다. "책을 통해 스스로 도약하고 정신적으로 성장해 나가고자 하는 데는 오직 하나의 원칙과 길이 있다. 그것은 읽는 글에 대한 경의, 이해하고자 하는 인내, 수용하고 경청하려는 겸손함이다."

인문학 독서의 올바른 자세는 친구를 사귀듯, 스승을 대하듯, 인생의 선배를 만나 차 한 잔 나누면서 삶에 대한 이야기 나누듯 하면 된다. 인문학 독서는 끊임없이 나오는 바다의 보물을 캐는 것과 다를 바 없다.

사람들은 정조 때 실학자 이덕무를 '간서치전(看書痴傳)'이라 불렀다. 간서치전이란 '책만 보면 그저 즐겁다.'란 말이다. 그에 관한 이야기다. 남산 아래 사는 어떤 바보는 말재주도 없고, 성품은 게으르고 용렬하여 세상을 알지 못했다. 바둑이나 장기 등 잡기는 더더욱 몰랐다. 남들이 욕을 해도 말하지 않았고, 오직 책보는 즐거움으로 살았다. 추위도, 더위도, 배고픔도, 아픈 줄도 아주 몰랐다.

독서는 좋아하고, 즐겨야 그 맛을 느낄 수 있다. 물 흐르듯 한 걸음씩 천천히 걷는 것처럼 독서를 해야 한다. 조급한 마음으로 한 번에 많은 것을 말하고 많이 하려는 마음은 가장 경계해야 할 마음가짐이다. 인문학은 글을 읽고 쓰는 것으로 구성된 언어의 집합체다. 어디까지나 인간의 머리에서 만들어낸 허구이다. 상상력과 언어라는 두 요소가 합쳐진 창작품이 바로 문학에 속한다. 문학은 인간의 감정에 호소한다. 따라서 가장 많이 인간의 감성에 호소하는 작품일수록 훌륭한 작품이다. 우리가 문학 작품을 읽을 때 그저 소일거리로 읽지 않고 삶을 좀 더 풍요롭게 하며, 우리의 정신을 확장 시키고, 넓고 넓은 타인의 삶과 다른 세상으로 여행을 떠나는 마음가짐을 가지게 되면 삶의 도피처에 불과했던 책 읽기가 삶의 탐사자가 되는 경험을 할 수 있다. 문학 작품을 읽는 본질적인 이유는 누구의 삶에 빠져들어 사랑하고, 연민을 느끼고, 감동을 하기 위함이다. 인간의 삶을 함축하고 있는 풍요로운 함의를 유추하려는 노력의 일환이다.

철학의 로마자 표기 필로소피(Philosophy)란 말은 원래 고대 희랍어의 필로소피아(Philosophia)에서 유래했다. 필로(Philo)는 '사랑한다.' '좋아한다.'라는 뜻의 접두사이고, 소피아(Sophia)는 '지혜'라는 뜻이므로 '지혜를 사랑하는 것'이다. 소크라테스는 제자들에게 "가치 있는 삶이란 그냥 사는 것이 아니라 잘 사는 것이네."라고 말했다. 부와 명예, 권세를 누리는 삶이 아니라, 올바른 삶이 지혜로운 삶이며, 의미 있는 삶이 아닐까? 그런 삶이 잘 사는 삶이 아닐까? 그렇다면 필요한 것은 사고력, 상상력일 것이다.

독서를 많이
하지 않으면
좋은 글을 쓸 수 없다

꾸준한 독서가 글쓰기의 밑거름이요, 밑밥이다. 글쓰기를 시작하자마자 손에서 책을 떼지 말고, 오랜 시간 글쓰기를 연마한 작가가 쓴 좋은 문장을 밥을 먹듯 섭취하자. 독서 기록장을 만들어 몇 줄이라도 책을 읽은 후 감상을 적자. 아니면 제목만이라도 적어 장기간이 지난 뒤 몇 권의 책을 읽었는지 점검하도록 하자.

모든 책이 다 글쓰기 교재다. 독서 일기로 유명한 장정일 작가는 독서일기는 다른 일기와 달라서 '독서' 체험을 주 내용으로 하는 일기라고 했다. 그는 독서의 중요성을 다음과 같이 설파했다.

"글을 쓰기 위해서는 부지런히 '사고의 땔감'을 주워 오고, 그것을 태워 열량을 얻어야 한다. 그런 의미에서 책을 쓰는 사람은 늘 책을 가까이하는 독자가 될 수밖에 없다. 또 어떤 의미에서 그것은 '사회 환원'과 같은 것이다."

우리나라 국민들의 독서량은 세계에서 제일 낮다. 술 마실 돈은 있어도 책 살 돈은 없다고들 한다. 한 달 수입의 일정액을 도서 구매에 쓰는 사람은 많지 않다. 한 달에 만 원을 독서에 투자한다면, 이것이 일 년, 삼 년, 십 년 쌓이면 엄청난 결과를 가져다줄 것이다. 그것이 무엇이든 오래 할 수 있다는 것은 대단하다. 작은 것도 쌓이면 크다. 크다는 것은 그만큼 나를 바꾸는 데 기여했다는 뜻이다.

책 속에서 내 나름의 보석을 찾아서 아름다운 목걸이를 만들어 낼 수 있다. 보배를 만들려면 구슬을 가져야 한다. 구슬 서 말 만들기가 독서다. 읽지 않으면 글쓰기가 두렵다. 콘텐츠를 생산하느라 자기 속을 비웠다면 읽어서 빈 곳을 채워야 한다. 만일 읽지 않고 살기 위해 글만 쓴다면 참 불행한 생이다. '읽지 않으면 쓸 수 없다'는 극단적인 말이다.

독서는 글쓰기의 연료다. 빈약한 어휘와 거친 문장으로는 아무리 좋은 내용을 담고 있어도 독자를 설득할 수 없다. 탄탄한 인문학적 소양과 정확하고 유려한 문장은 독자와 소통하기 위한 도구다. 요리하기 위해 칼을 갈 듯, 글을 쓰기 위해 독서에서 배운 대로 문장을 다듬어야 한다.

독서는 사람의 타고난 기질과 성품을 변화시킬 뿐만 아니라 정신과 지혜까지 닦고 기를 수 있도록 해 준다. 이것은 이치와 뜻이 사람의 마음을 한 가지로 모으기 때문이다. 책의 잘못된 내용을 바로잡을 때, 의심스러운 곳을 제멋대로 고치지 않는 사람은 평생 공허한 주장이나 허튼소리를 하지 않을 것이라는 사실을 짐작할 수 있다.

오직 독서만은 사람에게 이로움을 주고 해로움을 주지 않으며, 오직 자연만은 사람에게 이로움을 주고 해로움을 주지 않는다. 오직 바람과 달, 꽃과 대나무만은 사람에게 이로움을 주고 해로움을 주지 않으며, 오직 단정하게 앉아 말없이 고요하게 지내는 생활이 사람에게 이로움을 주고 해로움을 주지 않는다. 명심보감 〈훈자편(訓子篇)〉의 "지락막여독서(至樂莫如讀書)"란 표현에서 "'지극한 즐거움'은 독서가 최고이다."라고 하였다.

왜
글쓰기인가?

요즘 쉰 살 언저리에 사회생활을 접는 사람이 늘어났다. 소위 말하는 '베이비부머 세대'이다. 명예퇴직이라는 절대 명예롭지 않은 명패를 붙이고 사회에 나온 사람들의 관심사는 뭘까? 바로 코앞에 놓인 인생일 것이다.

이제 새로 시작해야만 하는 후반기 인생, 그것은 분명 전반기 인생과는 다를 것이고, 달라야만 한다. 그런데 어디서부터 시작해야 하나? 그 고민으로 한동안 막막한 시간을 보낼 것이다.

퇴직하기 전에도 현재 삶에 심각한 위기나 회의를 느끼고 새 삶을 모색하는 사람이 많다. '투잡'이라는 형태로 한 가지 일에서 얻지 못하는 만족을 해결하는 사람의 숫자도 상당하다. 직업을 바꿀 것인가? 태도를 바꿀 것인가? 생각을 바꿀 것인가? 하루도 생각하지 않는 날이 없을 것이다.

젊었을 때, 직장에 다니면서 마음속으로 새 인생을 모색하는 사람이라면 후반기에는 글쓰기를 실행에 옮기는 것도 바람직하다. 변화는 두렵다. 삶의 토대를 완전히 바꾸는 이직이나 실직, 이혼이나 이사 등을 겪으며 우리는 삶이 불안정하고 안전하지 않다는 것을 실감한다. 현재의 안전조차 얼마나 오래 갈지 누구도 장담할 수 없다. 함께 고민을 공유하고 어깨를 나란히 할 사람이 곁에 있다면 행운이겠지만, 그조차 여의치 않다. 무엇보다 이제부터 나 혼자 뭐든 스스로 해결해 나가는 사람이 되어야 함을 뼈저리게 느낀다.

나는 남은 인생은 어느 조직의 부품이 아니라 나 자신이 스스로 감당하고 책임지는 내 인생을 살고자 글쓰기를 한다. 누구나 처음에는 글쓰기를 어려워한다. 글쓰기는 분명 말하기와는 다르고 노력이 더 들어간다. "말은 생각하지 않아도 할 수 있지만, 글은 생각해야만 쓸 수 있다."는 잠언처럼 글을 쓰는 가장 큰 이유는 생각을 정리하거나 표현하기 위해서다. 흥미로운 여정을 직접 발로 걸어 보는 것, 손으로 만져 보는 것이 글쓰다. 치유나 의미, 감동을 목적으로 하지 않아도 쓰는 자체로 치유가 되며, 읽는 것 자체가 삶의 위안이 된다. 실수투성이 인간 중의 하나라는 사실을 스스로 나서서 변호해주는 것이 인문학의 정점인 글쓰기이다.

무조건 쓰자. 글 쓸 용기를 내는 것이다. 글쓰기는 손이 하는 일 중에서 가장 자연스러우며 아름다운 일이다. 잘하면 조력자, 적어도 '동병상련(同病相憐)'의 벗이다. 글쓰기는 느리더라도 꾸준히 하는 것이 핵심이다. Slow but Steady!

인생은 '스토리텔링'이다. 쓸 것은 무진장하다. 아직 세상을 보는 눈이 밝지 않아서, 세상을 듣는 귀가 어두워서, 자신이 가진 것을 다 알지 못할 뿐이다. 내가 세상에서 가장 훌륭한 텍스트라는 사실만 잊지 않는다면, 글쓰기는 곧 일상의 한 부분으로 자리 잡을 것이다. 이제 첫걸음을 내디딜 때다. 글쓰기는 문학의 뿌리지만 아울러 인문학의 정점이기도 하다. 내가 가지고 있는 정신의 내용을 정확하고 선명하게 보여 주는 것이 내가 쓴 글이다. 가감 없이 나를 드러내고, 심지어 그 이상을 보여줄 수 있는 게 글쓰기다.

그렇다면 글을 어떻게 써야 할까? 우선 문학을 예로 들어보자. 소설(小說)은 한자가 담고 있듯이 작은 이야기, 소소한 삶의 이야기다. 담고 있는 내용이 크더라도 그것을 전하는 이야기는 사소한 것에서 시작한다. 우리 삶을 있는 그대로 보여주는 것이다. 나와 비슷한 인물이 이 세상을 돌아다니며 겪은 생고생을 그리는 것이 소설이다.

시(詩)는 무엇인가? 역시 한자를 보면 말로 절을 짓는 것이다. 그러니까 기도에 가까운 무엇이 되거나, 기도하는 마음에서 시작된 글이라 짐작할 수 있다. 사전에는 '정서나 사상을 함축적으로 표현한 문학 장르'라는 뜻 말고도 '삶을 노래한다.'는 뜻도 포함한다. 글은 삶과 분리할 수 없음을 말한다.

누군가 대화를 할 때 말로는 무엇이든 다한다. 감정을 과장하고, 속이고, 숨길 수 있다. 글은 누군가를 상대로 하는 대화일 수도 있지만, 작가가 아닌 이상 자신과의 대화인 경우가 더 많다. 나 자신에게 할 말이 있어서, 나 자신을 좀 자세히 알고 싶어서 글을 쓴다. 내 안에 있는 얼굴을 확인하고 싶은 거다. 엉키고 뒤섞인 생각과 감정을 글로 풀어 내면 비로소 지금의 나를 명확하게 볼 수 있다. 글은 나를 비추는 거울이다.

"중요한 것은 속도가 아니라 방향이다. 서두르지 말고, 그리고 쉬지 말라."라는 괴테의 말이 생각난다. 모든 면에서 완벽하다고 자부하던 사람도 이유가 어떠하든 정년퇴직하면 몹시 당황한다. 어디 가서 누구를 원망할 수도 없고, 동료들이나 만나 술과 넋두리로 세월만 보낸다. 더욱이 한 분야에서 20년 이상 인정받던 사람이, 어느 날 갑자기 자신의 부족한 면을 지적받으면 정신적으로 큰 혼란을 겪을 수 있다. 그러면 빨리 변해야겠다는 조급함이 생긴다. 하지만 이때 중요한 것은 변화의 속도가 아니다. 중심을 갖고 변화해야 하는 이유를 조직 및 사회에서 기대하는 것들을 분명히 파악하고 변화의 방향을 설정해야 한다. 그러니 조급해할 필요가 없다. 다만 멈추지 말고 꾸준히 변화의 노력을 기울여라. '자강불식(自强不息)'하는 자세가 필요하다. 나는 퇴직 후 지난 500일 동안 도서관에서 인생 전환기를 준비해 왔다. 나는 인생 후반기의 출발점을 한 치의 의심도 없이 '50세'라고 정했다. 내가 무슨 일을 하든 그것은 50세라는 명제에서 시작하고, 진행했다. 감히 말을 빌리자면 50세가 나의 화두였다. 젊지도 늙지도 않은 나이 쉰 살. 그러나 쉰 살은 아니다. 50세다. 50세라는 말이 가장 이성적이고, 가치 중립적이고, 어떤 감정도 섞이지 않은 의미이기에 중요하다.

그렇다고 나의 50세는 50세만을 지칭하지는 않는다. 60세, 70세도

50세다. 대략 50~70세까지를 염두에 두었다. 일할 수 있는 나이, 일하고자 하고, 일할 수 있으면 79세도 50세다. 서른다섯 살이지만 전반기의 인생을 정리하고 전혀 새로운 후반기를 준비하고 있다면, '절반'의 의미를 담은 50세로 볼 수도 있다. 이때부터 인생은 후반기를 시작한다. 전반기의 인생은 사회에서 요구하는 외부의 삶이었다면, 50세부터는 나 스스로 세운 내부의 발원에서 시작하는 삶이다.

Chapter 5

인생 후반기의 즐거움

인간은 새로운 것을
끊임없이 느끼고 배우지 않으면
죽음에 직면할 수밖에 없는 존재다.
학습을 중단하면
삶도 즉시 쇠퇴하기 시작한다.

인생 후반기
삶의
즐거움

　전반기 인생은 성공의 삶이다. 성공은 중독성이 있다. 마약이 그렇듯 결코 만족하는 법이 없다. 아무리 많이 가져도 충분치 않다. 내가 이제까지 바라본 바로는 성공의 중독성은 긍정적이었지만 좋은 것들이 다 그렇듯이 성공도 해로울 수 있다. 성공이 어느 수준에 이르면 삶을 통제하기 때문이다. 그러면 성공에 발목이 잡혀 성공에 갇힌 것처럼 되고 만다. 그러나 목적이 있는 후반부는 일과 의미, 행복을 합친 곳이다. 자신의 기술, 능력, 사명에 맞는 활동에 참여할 수 있는 일을 찾아야 한다. 일을 그만두려고 안달할 필요 없다. 일은 생각보다 건강을 준다.

　나는 인생의 계절은 현재 내가 있는 계절, 이제 막 다가올 계절이라 생각한다. 실제로도 대개는 그러하다. 그러기 위해서는 나를 이끌 꿈이 있어야 한다. 꿈을 잃는다는 것은 추진력을 잃는다는 뜻이며, 과거에 산다는 뜻이다. 나는 좋은 과거든 나쁜 과거든, 절대로 과거에 갇히고 싶지 않다. 쉬지 않고 꿈을 꾸는 사람에게 중요한 것은 결과가 아니라 꿈 그 자체를 위한 '실천'뿐이다.

데카르트는 "좋은 책을 읽는 것은 지난 몇 세기에 걸쳐 가장 훌륭한 사람들과 대화하는 것."이라 했다. 삼장법사는 "책 읽기를 할 때는 저자와 대화하듯 끊임없이 질문하면서 읽어라. 질문에는 답이 있고, 마음을 열게 하고, 스스로 설득이 된다."고 했다. 인간은 새로운 것을 끊임없이 느끼고 배우지 않으면 죽음에 직면할 수밖에 없는 존재다. 학습을 중단하면 삶도 즉시 쇠퇴하기 시작한다.

어떤 변화를
맞이할
것인가?

나이가 들수록 인생은 참 가차 없다는 생각이 든다. 공짜도 없고 횡재도 없다. 정확히 내가 노력한 만큼 들어온다. 내가 일하고, 경험하고, 공부한 것의 종합이 노년의 인생이다. 성실하게 내 삶을 꾸미고 타인에게 배려 깊고 친절했던 사람에겐 따사로운 노년이 기다리고, 나만을 위한 삶에 집중했던 사람에겐 혼자 꾸려갈 삶이 기다린다. 그도 저도 아닌 사람, 방심하고 헛꿈을 꾸었던 사람에겐 또 그것에 맞는 인생이 기다린다.

물론 한 가지 함정은 있다. 아무리 인생을 잘 대비하고 최선을 다했다 한들 인생의 변수까지는 어떻게 할 수 없다. 나를 믿고, 내가 이끌어온 인생을 믿고, 예기치 않은 시간에 맞서야 한다. 갑자기 어떤 사고로 돈을 잃을 수도, 인간관계에 문제가 생길 수도, 건강에 이상이 올 수도 있다.

피할 수도 없다. 예고도 없다. 그러면 어떻게 할 것인가? 이 질문에 정답은 없다. 각자 자기가 살아온 인생대로 어떤 해법이든 찾을 것이다. 인생의 어떤 순간도 나를 특별히 이상한 사람으로 바꾸지 않는다. 여태까지 살던 대로 산다. 낙관적이었던 사람은 그대로 낙관을 유지할 것이고, 비관적인 사람은 작은 재앙에도 큰 절망을 느낄 것이다. 그래도 움직일 것이다. 어떻게든 뭐라도 해보려고 할 것이다.

갑자기 다가온 문제에 대한 해결, 글을 쓰는 것도 한 가지 방법이다. 문제가 무엇인지, 내가 왜 이렇게 허둥대는지, 왜 가슴이 아픈지, 다 괜찮은데 왜 아쉬운 느낌이 남는지 알기 위해 펜을 든다. 그리고 적어 내려간다. 내 마음에 흘러가는 물줄기를 따라간다. 처음에는 큰 물줄기만 보여서 그것만 쓴다. 차츰 작은 여울이 보이고 그사이의 돌들도 눈에 들어오고 송사리도 보인다. 내가 힘들었던 것은 큰 물줄기 때문이 아니었음을 알게 된다. 자잘한 것들 속에 숨어 있는 것들, 자세히 눈을 부릅뜨지 않으면 안 보이는 것들의 틈에 내 고통과 슬픔, 기쁨의 원인이 있었다.

나를 바라보면 현재의 내가 보인다. 마음에 어떤 편견도 담지 않고 눈에 어떤 색안경도 쓰지 않고 바라본다. 짐작보다 더 아름답고 씩씩할 수도 있고, 내가 알던 나보다 더 늙고 힘들어 보일 수도 있다. 나를 책임질 사람, 나를 지키고 보살필 사람은 나밖에 없다.

우리는 너무 바쁘다. 인생의 짐만으로도 무겁다. 소설이든 자서전이든 대부분의 책은 한 인간이 어떻게 장애물을 극복하고 여기에 이르렀는가의 경험담이다. 어떤 사람이 농담으로 '내 인생은 개고생한 인생'이라고 하던데 맞는 말이다. 성공한 사람들도 나름 저마다 우리는 알수 없는 고생을 한다. 내 얘기를 책으로 쓰면 10권도 넘는다고 하지만, 보통 사람들도 그에 못지않게 파란만장하다. 외부의 시선이나 평가와 상관없이 글을 쓸 때만이라도 오로지 나 자신에게 집중하자.

타인은 내 편을 들어주고 박수를 쳐주기보다 흠을 잡고 깎아내리는 경우가 더 많다. 나를 격려하는 사람이 가까이 있다면 그 사람을 친구로 붙들어 두는 게 좋다. 이런 말이 있다. "슬픈 일을 같이 슬퍼하기는 쉬워도 기쁜 일을 같이 기뻐하기는 어렵다." 그만큼 인간은 자기중심적이고 자기의 기쁨이 중요하고 자기 아픔만 아픔인 줄 아는 존재다.

거꾸로 생각하면 내가 남의 아픔을 내 아픔처럼 알고 공감해준다면 친구를 사귀기가 쉽고, 사람들에게 인정받고 사랑받기도 쉽다는 뜻이다. 그만큼 그런 사람이 귀하니까. 남이 나한테 무언가 해주기를 바라는 게 얼마나 소용없고 어리석은 일인지 충분히 겪어보았을 것이다. 가장 빠른 길은 내가 먼저 해 주는 거다. 더 나은 사람이 베풀 수 있다. 약한 사람이 되어 남의 도움을 받기보다 강하게 너그러운 사람이 되어 베풀어야 삶의 여유가 생긴다.

인간이 가장 오랫동안 기억하고 고통받는 감정이 억울함이라고 한다. 또 하나는 죄책감이다. 누군가가 나를 가해한 경우와 내가 누군가를 가해한 경우, 둘 다 결과는 치명적이라는 얘기다. 억울함을 느끼지 않기 위해서는 소통능력이 필요하다. 피할 수 없이 억울함이 생겼다면 스스로 치유해야 한다. 어떤 글이든 써서 그것을 마음속에 가두지 말고 바깥으로 끌어내 햇빛을 보게 해야 스스로 자유로워진다. 글을 쓰면서 그때 일을 상세히 적다 보면 역지사지(易地思之)의 감정도 생기고, 상대방의 입장을 조금이라도 상상해보며 비로소 내가 편안해진다.

인생 후반부를 위한 지혜

용서(容恕)의 '서(恕)' 한자를 보면 같을 '여(如)'와 마음 '심(心)'으로 이루어져 있다. 마음이 같아져서 공감되어야 용서할 수 있다는 뜻을 담고 있다. 타인이 아니라 나를 위해 빗장을 열고 묵은 감정을 내보내자.

앞으로의 인생을 위해 어떤 변화를 맞이할 것인가? 참 빠른 변화가 예상된다. 지금은 100세 시대이다. 100세 시대의 3가지 특징은 장수와 풍요, 그리고 선택이다.

1900년대의 남자들의 수명은 45세 전후였다. 21세기의 남자들은 이보다 무려 40년, 여자는 45년을 더 산다.

〈하프 타임(전환기)〉의 저자 밥 버포드는 지혜의 스승인 피터 드러커를 찾아갔다. 피터 드러커는 그에게 이런 말을 해 주었다.

"버포드, 자네는 아직 40년이 남았잖은가. 자네 인생에서 제일 생산적인 40년이 될 거야." 베이비붐 세대에게도 아직 40년은 남아 있다. 40년은 아주 긴 시간인 1만 일 이상이 남아있는 시간이다. 앞으로 활기차고 의미 있는 인생 2막인 후반부를 활짝 열어야 한다. 그렇게 하기에는 충분한 시간이 있다. 불안해하거나 걱정하지 말고 힘차게 하루하루 도전과 노력을 하면 된다.

120세 시대, 첫째로 장수의 시대다. 예전에는 꿈의 숫자였던 120세, 그런데 이제는 현실의 숫자가 되었다. 우리는 이제 120세를 살 수 있다.

둘째, 우리는 전에 없이 풍요로운 시대에 살고 있다. 오늘날 가난하다는 사람도 1950년대 상위층 보다 잘산다. 후반부 삶의 새로운 중심이 될 병행경력(투잡)에 시간과 힘과 돈을 투자해야 한다. 이를 기회 삼아 후반부 경력계발에 뛰어들어 봄직도 하다. 평생직업 시대란 '지속적인 행복한 삶을 만들어 가는 과정'이다. 9시에 출근하여 6시에 퇴근하고 나머지 시간은 건강을 위해 운동하고, 생각을 위해 독서습관을 가져야 한다. 자신의 몸과 마음을 닦는데, 운동과 독서의 생활화는 기본이다.

셋째, 선택의 폭이 넓은 시대다. 오늘날의 고용 환경에서 선택의 폭은 다양하다. 서른다섯에서 쉰다섯 사이의 사람들 가운데 지금도 첫 직장에서 일하는 사람은 흔치 않을 듯싶다. 아마 네 번째나 다섯 번째 직장에서 일하고 있을 확률이 높다.

당신 앞에는 무수히 많은 선택이 놓여 있다. 안식 휴가, 재택근무, 조기퇴직, 창업 등. 삶을 우리 스스로 제한한다는 것은 비극이며, 우리 삶을 즐길 수 없다. 우리는 변화를 끌어내기 위해, 의미를 남기기 위해 창조되었다. 우리는 이 기회를 이용해 행복과 충만을 얻고, 필요한 경우 삶을 개선할 수 있어야 한다.

후반부 인생도 평생 직업을 위해 인생의 새로운 규칙을 만들어야 한다. 피터 드러커는 "자신을 관리하는 법을 터득해야 한다."고 강조한다. 전반부에서는 나를 조직의 필요에 맞추었다면, 후반부에는 다른 어느 때보다 자신에게 맞는 일을 해야만 한다. 당신의 가치는 분명히 더 높아질 것이다. 후반부에는 내가 사는 지역에서, 시간을 두고, 다른 사람들과 함께해야 한다는 점이다. 한 가지 명심할 점은 내가 누구인지를 파악하는 것이다. 그렇지 않은 사람들은 후반부에 들수록 '빈 둥지'가 되어갈 것이다.

인생 후반부를 위한 6가지 방법

① 가족부터 챙겨라.

② 내 꿈을 실현할 조직을 찾아라. 즉, 비영리 단체에서 의미 있는 일의 필요성을 느끼고 동참하라. 세상은 명상이 아닌 행동에 의해서만 파악할 수 있다. 나는 이런 사람을 '글로벌 인재'라 정의한다. 즉 '글로 쓰고 발로 뛴다는 것'이다. 즉 실천을 강조한다. 계획은 간단히, 실천은 많이 한다는 말이다.

③ 힘과 강점을 토대로 삼아라.

④ 즐겁게 받아들이는 사람과 일하라. 전반부에는 뜻이 맞지 않는 사람과도 일해야 한다. 후반부는 꿈이 같은 사람들, 또는 단체와 일할 수 있다.

⑤ 모든 일은 팀에서 이루어야 한다. 후반부 당신의 중요한 목표 중 하나는 꿈을 실현할 팀을 짜야 한다.

⑥ 이익보다 사람에 투자하면서 인생 조언자를 찾아라. 당장 하던 일을 멈추고 자문하라. 무엇이 바뀌었는가? 내 후반부의 새로운 규칙은 무엇인가? 나의 업(業)은 무엇인가? 이제 새로운 목표를 세우고, 계획한 일을 실천한다. 자기가 하는 일을 즐긴다. 진정으로 내가 하고 싶은 분야에서 전문가로 새로 태어나도록 한다.

위대한
인생의 멘토를
찾자

제2의 인생은 '참 나'를 깨닫는 즐거움이다. 우리 민족에게 널리 사랑받아온 '아리랑' 민요가 있다. 아리랑 아리랑 아라리요, 아리랑 고개를 넘어간다. 나를 버리고 가시는 임은, 십 리도 못 가서 발병 난다.

여기 '아리랑'의 아(我)는 '참 나', 리(理)는 '깨달음', 랑(朗)은 '즐거움'을 뜻한다. 즉, '참 나를 깨닫는 즐거움'이라는 의미다.

다시 풀어보면 참 나를 깨닫는 즐거움이여, 참 나를 깨닫는 즐거움이여, 우리네 인생은 참 나를 깨닫는 고갯길이네. 참 나를 깨닫지 못하고 가는 사람은, 완성을 이루지 못한 채 병이 난다네. 이는 한 민족의 노래요, 우리의 지혜로운 외침이다.

우선 간단히 알고 있는 유명한 인물 몇 명을 찾아보겠다. 보통 우리가 위인이라고 부르는 익히 잘 알려진 인물들이다. 사실 그동안 우리는 성공한 삶을 살았던 이들을 말할 때, 그들이 이룬 업적이나 결과만을 이야기해 왔다. 그러나 잠시 시선을 돌려 그들이 성공에 이르기까지의 과정에 초점을 맞춰보자. 이럴 경우, 몇 가지 새로운 사실들이 등장한다. 그것은 바로 그들이 매우 늦은 나이에 성공의 문턱에 도달했다는 사실이다. 오늘날의 나이로 치면 50~60대는 기본이고 심지어 70~80대에 원하는 성공적인 삶을 시작한 사람도 있다.

중요한 것은 남들이 이미 늦은 나이라고 포기하는 연령대에 이르러서도 그들은 결코 자신의 꿈을 포기하지 않았다는 사실이다. 그들은 말그대로 나이는 숫자에 불과하다고 생각했다. 하지만 작은 생각의 변화하나는 엄청난 결과를 가져다주었다.

먼저 르네상스 시대의 천재적인 예술가 미켈란젤로부터 시작해 보자. 이탈리아 피렌체의 〈라우렌치아나 도서관〉을 설계할 당시 그의 나이는 55살이었다. 평균 수명이 지금의 절반밖에 되지 않았던 당시의 상황을 감안 한다면 55세라는 나이는 꽤 늦은 나이였다. 그는 63세에는 〈성 베드로 성당〉 건축을 시작했다. 그가 성당 건축을 맡았을 때, 나이가 들어서 노쇠해진 그에게 성 베드로 성당 건축처럼 막대한 비용이드는 큰 공사를 맡기는 것이 적절한지 회의적인 시각을 갖는 사람들이 있었다. 그는 그들에게 이렇게 말했다. "나는 지금도 배우고 있다. 천재란 곧 끝없는 인내심이다."

나이 들어감을 배움과 동일시했고, 괜히 나이가 많다고 허세를 부리지 않고 오히려 자신의 경험과 지식을 겸손하게 사람들과 나누려고 했다. 덕분에 그는 반대 여론을 물리치고 계속해서 창조적인 작업에 매

진할 수 있었다. 그렇게 해서 노년에 이르러 그의 역작인 〈천지창조〉와 〈최후의 심판〉이 탄생했다. 작업은 끊이지 않고 이어졌고, 성 베드로 대성당의 반구형 지붕이 완성되었을 무렵 그의 나이는 무려 88세였다. 40~50세만 되어도 늙었다고 생각되던 시절 그는 무려 90세 가까운 나이까지 혈기왕성한 창조 작업에 몰두할 수 있었다.

문학에서는 독일의 작가 괴테가 이런 범주에 들어간다. 그가 〈파우스트〉를 완성했을 때, 이미 그의 나이는 죽음 직전에 이른 83세였다. 그는 나이가 들어서도 항상 변화하고자 했다. 새로워지고 거듭나지 않으면 마치 돌덩이처럼 머리가 굳는다고 생각했다.

괴테에게는 특히 여행이 중요한 의미를 지니고 있었다. 〈젊은 베르테르의 슬픔〉이 한창 인기를 얻어가던 시기, 그는 자신의 주변에서 다가오는 안락함에서 벗어나고자 무작정 이탈리아 여행길에 올랐다. 덜컹거리는 마차를 타고 몇 달 동안 독일에서 이탈리아의 여러 도시를 여행하면서 괴테는 진정한 자신의 내면과 대화를 시도했다. 불편하고 고생스러운 여행을 통해서 그는 자신의 자만과 싸워나갔다. 그가 여행하면서 하루하루 써 내려간 일기 형식의 책 〈이탈리아 여행기〉는 그렇게 해서 그가 가장 사랑하고 아끼는 책이 되었다. 그는 그 여행을 통해서 대중적인 인기 작가에서 인류의 위대한 사상가로 거듭나는 계기를 맞이했다. 80대까지 오랜 작가 생활로 장수할 수 있었던 결정적 계기는 바로 괴테가 자기 자신을 찾아 떠난 이탈리아 여행에서 찾을 수 있었다.

미국에서는 발명왕 토머스 에디슨의 삶이 이들과 유사했다. 그는 지금까지 역사상 가장 많은 특허출원을 한 사람으로 기록되어 있을 만큼 수많은 발명품을 남겼다. 그가 마지막 1,093번째 특허를 신청할 당시 그의 나이는 83세였다. 그는 말 그대로 불굴의 사나이였다. 에디슨이 백열전등을 발명할 당시, 그는 자신이 성공에 대한 믿음을 잃어버리지 않기 위해 실패한 실험을 기록에 남겼다. 그리고 그 기록을 깨기 위해 자신과 싸웠다. 그가 남긴 노트에는 '1만 번의 실패'에 대한 기록이 꼼꼼하게 적혀 있었다. '천재는 1%의 영감과 99%의 땀과 노력으로 이뤄진다.'는 말이 허세가 아니었음을 실감할 수 있는 대목이다.

과학자이자 정치가였던 벤저민 프랭클린은 여러 가지 과학적 실험과 발명을 성공 시켜 과학사에 괄목할 만한 업적을 남겼다. 특히 그가 이중초점 안경을 발명했을 당시, 그것은 바로 자기 자신을 위한 발명품이었다. 그의 이중초점 렌즈는 노화로 인해 시력감퇴를 스스로 극복하려 했던 벤저민 프랭클린의 눈물겨운 자구책이었다. 앞이 보이지 않고 점점 침침해 가는 자기 눈을 위해 그는 시간을 아끼지 않았다. 그때 그의 나이는 78세였다.

그뿐만 아니라 미국 건국의 아버지로 추앙받는 그가 고작 비누제조업자의 아들로 태어나 대학교육은 고사하고 고등학교 정도의 교육밖에 받을 수 없었다는 사실 또한 흥미롭다. 그가 나이 들어서까지 결코 자신의 인생과 목표를 포기하지 않을 수 있었던 것은 바로 이런 젊은 시절의 역경을 이겨낸 불굴의 정신에서 찾아볼 수 있다. 나이를 먹는다는 것은 인격이 성숙해지고 지적으로 더욱 발전하는 것이라는 믿음을 그는 한 번도 잃어버린 적이 없었다.

1998년 〈타임〉지가 세기의 무용가라 극찬했던 마사 그레이엄은 극심한 우울증으로 젊은 나이에 무용을 포기해야 했다. 그러나 그 모든 정신적 갈등과 고뇌를 극복하고, 화려하게 무대 위로 복귀했다. 그녀가 무용단 감독직을 맡으면서 다시 무용계 복귀를 선언했을 때, 그녀의 나이는 78세였다. 그녀는 그 뒤 생의 마지막 순간까지 무용계를 깜짝 놀라게 만든 수준 높은 작품들을 제작한 뒤 아름답게 생을 마감했다.

40대 후반이면 삶을 마감해야 했을 정도로 평균 수명이 짧았던 15세기, 〈모나리자〉를 완성한 레오나르도 다빈치의 나이는 당시로써는 노년에 해당하는 50대였다. 그는 67세까지 생존했다.

아이작 뉴턴 역시 당시 사람들보다 훨씬 늦은 나이인 85세까지 생존하면서 인류를 위한 사상과 이론을 창조했다.

역시 우리의 시선을 끄는 것은 그들이 끝까지 갖고 있던 삶에 대한 무한한 열정이다. 그들은 늘 새로운 것에 대한 호기심과 배움에 대한 열정으로 가슴 뛰는 인생을 살았다. 그들은 늘 뭔가를 배우는 것에서 즐거움을 찾았다. 그래서 다빈치는 라틴어와 그리스어로 된 고전을 읽기 위해 40대부터 그 언어들을 독학으로 공부하기 시작했다. 언어를 배우는 것은 새로운 세계를 체험하는 것이라고 믿었던 그에게 나이는 중요하지 않았다.

고대 로마의 정치인이었던 카토는 그리스 원전을 읽기 위해 80세의 나이에 그리스어 공부를 시작했다고 〈플루타르코스 영웅전〉은 기록하고 있다. 그들에게 배움은 끝이 없었고, 그 배움의 길에서 그들은 늙을 시간조차 없었다. 두렵고 공포로 가득 찬 세계에 대한 도전을 통해서 그들은 늘 삶을 발전시켰다. 그래서 위대한 노년을 살다간 다빈치는 말년에 자신의 젊은 제자들에게 이런 말을 남겼다.

"하늘의 별을 지표로 삼으면 어떤 폭풍우가 와도 길을 잃지 않고 항해할 수 있다."

인간이 살아가면서 왜 살아야 하는지, 무엇을 의지하며 살아가야 하는지, 인간이란 삶의 목적이란 것이 얼마나 소중한지를 깨닫게 해주는 말이다.

인생은 어떤 위치, 어떤 상황 속에서도 자신의 마음 먹기에 따라 결정된다는 평범한 진리를 이들은 우리에게 보여 주고 있다. 단지 나이가 들었기 때문에 기력이 약해지고 새로운 것을 창조할 수 있는 열정이 식을 거라는 편견은 그래서 잘못된 오해에 불과하다. 나이가 들어서도 새로운 것에 호기심을 잃지 않고 새롭게 변화하려는 마음만 있으면 그들처럼 언제든지 활기찬 인생을 살 수 있다. '일체유심조(一切唯心造)'라는 말도 있지 않은가? 이는 화엄경의 중심사상인 '일체의 모든 것은 오로지 마음에 있다.'는 뜻이다.

꿈을 이루기 위해서는 자신이 원하는 인생을 살아간 사람들을 거울처럼 돌아보아야 한다. 삶을 모방하고 싶은 위인, 나만의 영웅, 내 인생의 별들이 자리 잡고 있는 곳으로, 인생의 좌표를 맞추는 일은, 그래서 성공을 향한 가장 의미 있는 첫걸음이다.

전반기 인생은 '꿈은 이루어진다.', 즉, 하는 일에 성공해야 한다. 그러나 후반기 인생은 '꿈은 이어진다.'가 맞는 말이다. 후반기 인생은 '의미'와 '가치'가 있는 삶을 살아야 한다. 하루하루가 의미 있고 가치 있는 삶을 위해 한 걸음씩 내디뎌야 한다. 소박하고 천천히 쉼 없이 가다 보면 후반기 인생의 작은 꿈이 이어진다.

사람이 평생을 살면서 정말 간절히 원하는 것이 있다면 그것은 언젠가는 반드시 이뤄진다. 아니 이루어지도록 노력해야 한다. 그래야 후회 없는 인생을 살았다고 말할 수 있을 것이다. 96세까지 생존한 현대 경영학의 아버지, 훌륭한 구루(정신적 지도자)인 피터 드러커의 말은 명언이 아닐 수 없다.

"미래를 예측하는 가장 좋은 방법, 그것은 미래를 자기 손으로 만들어 가는 것이다."

차라리 미래를 만들어낼 수 있다면, 다가올 미래를 가만히 앉아 기다릴 필요도 없다. 누구나 자신의 미래가 어떻게 될지 알고 싶어 하지만, 막상 미래를 어떻게 만들어가야 할지 정답을 찾기란 쉽지 않다.

게다가 중년에 접어들면서부터 몸은 예전 같지 않고, 새로운 정보를 찾아서 책이라도 읽으려면 침침해진 눈 때문에 오히려 스트레스만 커진다.

이것이 현실이다. 그러니 감히 어떻게 미래를 만들어갈 수 있겠냐고 스스로 포기하게 된다. 바로 그 순간부터 우리는 덫에 갇힌다.

몸의 변화가 생각의 변화를 몰고 온다. 그때부터 자신의 미래에 대한 생각은 곧 죽음에 대한 인식과 교차한다. 죽음을 깨닫는 순간부터 인간은 성찰적 존재가 되기도 하지만 '역시 나이는 못 속인다.'고 말하며, 자기 앞의 장벽을 세우기도 한다. 혈기왕성하게 뛰어다니던 젊은 시절과는 달라진 자신을 발견하고 소스라치게 놀란다. 하지만 어차피 차분히 거울 앞에서 서서 자신의 과거를 돌아보고 남은 미래를 준비하는 것이 바로 중년다운 삶의 모습이다. 삶을 관조(觀照, 고요한 마음으로 사물을 관찰함) 할 수 있는 능력이 주는 매력적인 모습이다.

나이에 맞는 삶을 찾자

뒤늦게 시작하는 인생들에도 당신과 똑같은 시기가 있었다. 몸이 말을 안 듣고 천근만근 무겁게 느껴지던 하루하루, 과연 내 안에 목표를 향해 앞으로 나아갈 힘이 남아 있는지 의심이 들기도 했다. 그럴 땐 앞이 캄캄했다. 아무것도 보이지 않는 어둠 속에서 홀로 항해를 하는 기분이 들었다. 이것을 '고독 증후군'이라 한다. 그때 나 자신의 별을 찾았다. 캄캄한 밤하늘에 떠 있는 북극성이 길을 잃은 항해사들의 길잡이가 되어 주듯이, 그들은 인생이란 항로에서 나의 별을 찾았다.

그 별들은 스승이었고 우상이 되었다. 뭔가 새로운 변화를 꿈꾸고 있다면 우선 남보다 먼저 그 길을 걸어갈 별들의 자취를 찾아내야 한다. 그 흔적을 찾는 길에서 이미 변화는 시작된다. 별빛이 가리키는 언덕 너머로 우리가 가보지 못한 미지의 세상이 기다리고 있다.

영웅은 거창한 이름이 아니다. 두 번째 인생을 향해 도전할 채비를 하는 나에게 가장 필요한 영웅은 내가 하려고 하는 바로 그것을 먼저 해본 사람들이다. 별이 있는 곳, 그곳에 분명 나의 영웅이 기다리고 있다. 그것이 가장 효과적이고 전략적인 나이를 먹어가는 방법이다.

어차피 젊었을 때 통했던 방식은 더는 통하지 않는다. 그러니 꿈을 찾아가는 방식 또한 달라져야 한다. 이삼십 대의 청춘처럼 무작정 물불 안 가리고 아무 일이나 달려들 수도 없고, 성공을 바라며 모든 것에 판돈을 걸 수도 없다.

중장년층과 노년층을 위해서는 그들만의 특별한 성공전략이 마련되어야 한다. 이것을 위해 먼저 자신이 바라는 이상적인 삶을 찾는 일이 필요하다. 아무리 여생이 많이 남았다 해도 효율적이고 합리적으로 시간을 관리하지 않으면 낭패를 볼 수밖에 없다. 전적으로 늙기 위한 방법. 그것은 바로 나에게 가장 적합하고 존경할 만한 인물과 그들의 삶은, 늙는다는 것이 얼마나 전략적인 사고가 필요한 것인지를 성찰하는 것이다.

우선 늙는다는 것, 노화라는 것이 가진 부정적 인식부터 지워버려야 한다. 그걸 위해서 우선 사람들이 왜 늙어가는 것에 대해서 부정적으로 인식하게 되었는지를 꼼꼼히 따져볼 필요가 있다. 노화에 대한 인식이 어떻게 변화해 왔는지를 좀 따져볼 필요가 있다.

따지고 보면 늙는다는 것에 대한 부정적인 인식이 생겨난 것은 사실 그리 오래된 일이 아니다. 살아가는데 경험이 우선시 되던 그 옛날에는 경험이 많은 족장이나 연장자들이 부족의 운영을 거머쥐고 있었다. 먹고 살기 위해서는 그 노인들의 말을 들어야 했다. 어디를 파야 물이 나오고, 곡식은 어떻게 거두는지, 또 어떻게 덫을 놔서 사냥감을 안전하게 잡을 수 있는지. 그런 생존의 지혜는 모두 노인들의 머릿속에만 간직되어 있었다. 적어도 과학이 지배한다는 자만에 빠지기 전까지 인류의 문명은 노년의 지혜로 구성됐다. 모든 것이 그 노인들에게서 나왔고 결과 역시 다시 노인들에게로 돌아갔다.

그런데 기계문명이 발달하면서 노인의 경험 따위는 아무것도 아닌 것이 되었다. 예측 가능한 기술 문명 속에 노년의 가치란 급격히 와해했다. 산업화가 이뤄지고 새로운 기술과 첨단과학이 중심이 되는 물질 중심의 가치관이 자리를 잡으면서 늙는다는 것은 일종의 죄악이었다. 노인들의 경험과 지혜는 이제 수학과 물리학, 화학과 기계공학과 같은 과학적 도구에 왕좌를 넘겨줘야 했다. 그렇게 서서히 오랜 세월 다져진 노년의 지혜는 설 자리를 잃었다.

게다가 근대사회의 성공 신화는 육체의 힘과 무관하지 않았다. 나이가 들어 몸에 힘이 빠진 노년들은 효율성이 떨어지는 존재로 여겨졌다. 역경을 헤치고 성공의 계단 위로 오르기 위해서는 무엇보다 계단을 뛰어오를 수 있는 튼튼한 두 다리와 힘이 있어야 한다고 생각했다.

성공을 향한 도전과 열정은 오직 젊은이들에게만 주어지는 특권이라는 편견이 생겨난 것도 이 시기였다. 게다가 18, 19세기 일어난 유럽의 낭만주의는 이런 젊음의 열정을 더욱 신성한 것으로 신비화시키는 계기였다. 혈기 왕성한 청춘의 시기에 단 한 번 불태울 수 있는 꿈과 사랑, 열정, 그리고 성공이라는 신화가 들불처럼 번져나갔다. 그렇게 젊은 시절 단 한 번 인생에서 기회가 찾아온다는 '일회용' 성공 신화 앞에서 나이 든 노년들은 주눅 든 존재로 전락해 갔다. 물질주의와 낭만주의라는 두 축이 몰고 온 사회적 변화의 물결은 거셌다. 그 뒤로는 그 누구도 노년의 말에 귀를 기울일 생각조차 하지 않았다. 노년의 경험과 지혜는 이제 폐기처분의 대상이 되었다.

하지만 만약 인생에서 성공의 기회가 일회용 건전지처럼 단 한 번 쓰고 버려야 하는 것이라면, 인생사는 재미가 있을까? 역전이 없는 경기가 재미없듯이, 뒤집지 못하는 인생만큼 재미없는 드라마가 없다. 그런 게 인생이라면 너무 허무하지 않을까?

꿈을 향해 도전하고 달콤한 성공의 결과를 기대하는 것은 나이를 초월해서 누구에게나 언제든지 주어질 수 있어야 한다.

그러한 벽을 깬 사람들, 성공의 가능성이 언제나 시간을 초월해서 열려 있다는 믿음, 그것이 내가 아는 사람들의 공통점이었다. 그들은 바로 이런 믿음으로 자신의 두 번째 다가오는 미래, '제2의 인생'을 스스로 만들어 갔다. 그들은 진정 주도면밀하게 미래를 준비했던 사람들, 전략적으로 노년을 준비했던 '제2의 인생'을 발동 건 사람들이었다.

자신이 간절히 원하는 무언가를 이루기 위해서, 자신이 원하는 바로 그 분야에서 성공한 인물들에게 초점을 맞춰야 하는 이유가 바로 여기에 있다. 그것이 꿈과 성공을 보장하는 가장 빠르고 확실한 길이다. 그들은 곧 나의 미래이고, 내가 바라는 삶의 모델이다. 지금은 미래의 나를 위해서, 나의 마음속을 비추는 별들을 향해서 목표를 세울 때이다. 캄캄한 밤하늘에서도 별은 언제나 그 자리에 있다. 다만 어둠과 안개에 가려 보이지 않을 뿐이다.

나는
무엇을
잘할 수 있을까

　세상이 노인 천지로 변화하고 있는데, 세상에는 노인에 대한 부정적인 인식으로 가득 차 있다. 이런 모순도 또 없을 것이다. 효율성만 추구하는 문화, 지금 당장의 눈앞에 벌어질 이익에만 초점을 맞추는 삶이 지배해 온 결과다. 20세기 초반까지 과학과 기술에 기초했던 산업화 문명 속에서 고령화란 그저 비효율적이고 폐기처분이 되거나 교체되어야 할 대상에 불과했다. 이런 노년의 삶에 대한 부정적인 인식을 앞장서서 퍼뜨린 사람들은 놀랍게도 지식인들이었다.

　그들은 뇌의 기능이 신체가 노화되는 것과 마찬가지로 늙어가면서 점점 기능이 줄어들고 어느 순간에는 멈춘다고 믿었다. 심지어 최근까지지만 해도 인간의 뇌는 더는 재생이 불가능한 것을 여겨졌다. 피부가 다치면 살이 돋고, 부러진 뼈도 시간이 지나면 다시 붙음에도, 심지어 혈액도 새롭게 만들어짐에도, 인간의 두뇌를 구성하는 기초 단위인 뇌세포는 새롭게 만들어지지 않는다고 여겼다. 여기에는 노년의 부정적 인식을 확산시키려는 악의적인 왜곡이 존재했다.

그러나 성숙한 노년기의 두뇌 활동에 대해서 평생을 연구해온 미국의 정신과 의사 진 코헨은 나이가 들어도 인간의 두뇌는 퇴화하는 것이 아니라 오히려 새롭게 발전하고 있다는 과감한 주장을 폈다.

그가 주장하는 노년기 두뇌 발전의 4가지 특징은 다음과 같다.

첫째, 인간의 뇌는 경험과 학습에 반응하면서 지속해서 새롭게 반전한다.

둘째, 인간의 전 생애에 걸쳐 인간의 뇌세포는 계속 생성된다.

셋째, 나이가 들수록 뇌의 감정회로는 점점 성숙해지고, 균형을 이룬다.

넷째, 나이가 든 사람일수록 두뇌의 좌우 반구를 더 균형 있게 사용한다.

프레더릭 게이지의 실험은 인간의 두뇌가 끊임없이 재생되고 있다는 결정적 증거를 과학계에 남겼다. 이를 통해 과학자들은 인간의 두뇌가 지금까지 우리가 알고 있는 통념들을 초월한다는 사실을 깨달았다. 그는 환자 중 임종을 앞둔 환자들의 뇌를 사후 연구하기로 하고 허락을 받았다. 환자들이 사망했다는 소식이 전해 자자 사망한 환자들의 뇌를 실험실로 옮겼다. 자기들의 실험을 위해 기꺼이 뇌물 제공해준 환자들을 기리는 엄숙하고 경건한 시간이 흘렀다. 그리고 조심스럽게 뇌가 절개 돼 현미경 아래로 옮겨졌다. 과연 그들의 뇌에서는 어떤 일이 벌어지고 있었을까.

임종 직전 그들의 육체는 병마와 싸울 대로 싸워 이제는 기력조차 없었다. 생명의 불꽃이 꺼져가기 직전의 그들에게는 오직 고통과 절망만이 가득했다. 잠시 후 환자들이 제공한 뇌세포를 현미경으로 들여다보고 있던 한 연구원의 눈빛이 밝아졌다. 그들이 애타게 기다리던 바로 그 순간이었다. 예상대로 임종 환자들의 뇌에서는 작은 세포들이 밝게 빛나고 있었다. 바로 죽기 직전 노인들의 뇌에 주입되었던 'Brdu'라는 염색물질이 빛을 발하고 있었다. 비록 육체는 죽어가고 있었지만, 두뇌의 세포들은 끝까지 살아나려고 애를 쓰고 있었다. 연구원들의 눈시울이 뜨거워졌다.

인간이란 얼마나 고귀한 존재이며 놀라운 능력을 갖추고 있는지 그 실험은 묵묵히 말해주고 있었다. 현대의 과학은 인간의 두뇌가 가진 1천억 개의 뇌세포가 결합하여 만들어지는 신비로운 현상에 감탄하고 있다.

더욱더 놀라운 사실은 나이 든 사람들의 뇌가 젊은이들의 뇌에 비해서 결코 그 기능에 약화하지 않는다는 점이다. 젊은 시절에 두뇌는 좌반구와 우반구 중에서 한쪽 반구만을 집중적으로 사용하는 데 반해서, 노년의 두뇌는 좌우 반구 양쪽 모두를 균형 있게 사용한다는 점도 최근의 새로운 발견 중 하나다.

이제 늙은 개에게는 새로운 기술을 가르칠 수 없다는 근거 없는 믿음 따위는 깨져버렸다. 운동을 계속할수록 근육이 튼튼해지는 것처럼, 인간의 뇌도 쓰면 쓸수록 발전한다. 나이와는 무관하게 인간의 정신 역시 새로운 일에 몰두하고 도전하면 할수록 더욱 발전해나갈 수 있는 것임을 현대의 과학은 증명한다.

나이가 들수록 사람들은 거절을 당하는 것에 두려움을 느낀다. 거절을 당하기보다는 그냥 아무것도 하지 않는 것이 낫다고 생각한다. 나이 들수록 사람들은 실리보다 명분에 집착한다. 명분에 집착할수록 판단력은 흐려지고, 행동은 느려진다.

결국, 나이가 들수록 사람들에게는 자신의 행동을 정당화시킬 수 있는 믿음이 필요하다. '내가 왜 이 일을 해야 하는가?', '과연 내가 할 수 있는가?'라는 자기 물음에 답을 찾아야 한다. 문제는 그런 확신이 머릿속 생각만으로 해결될 수 없다는 점에 있다.

'과거'는
서막에
불과할 뿐이다

평범한 사람들에게 '환갑'이란 나이는 인생의 뒤안길에서 여생을 시작할 시기다. 환갑 후 10년이면 '칠순' 또는 '고희'라 한다. 몸도 마음도 예전 같지 않고 뭔가 새로운 일을 시작하기에는 왠지 의욕도 잘 생기지 않는다. 그래서 미래보다는 과거의 추억에 빠져 스스로 자신을 그 과거 속에 가두며 살아가는 것이 보통이다.

그런데 이런 나이에 이르러 '과거'는 그저 서막에 불과할 뿐이라며, 새롭게 자신의 인생에 도전장을 던지는 사람들도 있다. 60세를 넘긴 나이에 자신이 살아온 '과거'는 인생의 서막에 불과할 뿐이라고 외칠 수 있는 용기는 정말 대단한 것이다. 본 막이 아직 시작도 하지 않았다니! 정말 놀랍지 않은가?

나는 40년 일하고 은퇴했다. 처음에는 막막하기만 했지만, 용기를 내 동네 구립도서관으로 갔다. 하루 8시간씩 특별한 계획도 없이 방황의 생활을 하면서, 주변 환경을 익히는 데 시간을 보냈다. 독서 또한, 이 책 저 책 읽는 둥 마는 둥 정처 없이 목적 없는 생활을 했다. 그러다 조금씩 방향을 잡아갔다. 글쓰기, 책 읽기 등 문화 강좌를 듣다가 자서전 쓰기 시작하기로 했다.

강사 중 한 분을 알게 돼, 글을 쓰고 싶지만 무엇을 써야 하는지를 질문했다. 그는 다음과 같이 조언했다. 글을 쓰려면 어느 분야에 전문성이 있어야 한다고 했다. 나는 곰곰이 생각해 보았지만, 40년 동안 직장과 사업 경험은 있지만, 나의 전문 분야는 없었다. 그는 다시 말해주었다. 특히 전문 분야가 없으면 "너 자신을 네가 가장 잘 알지 않느냐?" 하는 것이었다. 이것이 다름 아닌 '자서전'이었기 때문에 자서전을 생각하게 되었다.

대부분 사회 경험이 있는 분은 '과거' 얘기가 일상이다. 그리고 자신이 잘 나갔을 때 얘기가 대부분이다. 모두 자신의 과거에 대해 다른 사람들에게 인정받고 싶어 한다. 대부분 사람은 과거 직장의 자기 업적을 인정받고 싶어 한다. 그러나 나는 다르게 생각한다. 특히 자서전 하면 과거 얘기밖에 없다. 그래서 나는 '10년 후 나의 모습'이란 제목으로 책의 $\frac{1}{3}$을 채우기로 하고 독서를 했다.

3년 후 처음으로 책을 완성해 출판했다. 이때 느꼈던 환희와 희열 덕분에 나는 새로운 다른 도전 욕망을 가졌다.

그 후 2년간 취미생활로 서예를 배웠다. 처음으로 전서체에 도전해 작년에 '신사임당 서예전'에 입선했다.

서예는 지금도 배우러 다닌다. 정말 놀랍지 않은가? 하지만 노년의 도전에는 젊은 시절에 비해 몇 배는 더 강력한 에너지와 의지가 필요하다. 한 예를 들면, 40년 동안 다녔던 평생직장을 은퇴하는 순간부터 에디스 해밀턴은 곧바로 자신의 두 번째 인생을 향한 도전을 시작했다. 그녀는 오래전부터 그리스 신화를 해석하고 싶은 욕심이 있었다. 그녀는 그렇게 두 번째 도전을 시작해서 그리스 신화를 새로 썼다. 그녀의 인생도 마찬가지였다. 어릴 적부터 지독한 독서광이었던 그녀는 내성적이고 부끄럼을 잘 타는 소녀였다. 언제나 자신이 좋아하는 일에 열중했던 사람들의 땀과 눈물은 배신당하지 않는다.

두뇌는 늙지 않는다

　인간의 다른 세포들이 재생되는 것과 달리 두뇌는 재생이 되지 않는다는 믿음이 있었다. 이런 믿음은 거의 100년 동안 깨지지 않았다. 중년의 나이가 되면 인간의 뇌는 능력이 감퇴하고 결국 노화로 이어지는 것이라 여겼다.

　하지만 새로운 뇌 과학이 발달하면서 이런 믿음이 깨지고 있다. 뇌 과학의 발달은 중년의 뇌에서 어떤 일이 일어나고 있는지를 정확히 보여주고 있다. 뇌 스캐너와 유전과 분석과 같은 새로운 기술적 성과들 덕분에 중년의 뇌가 지닌 새로운 가능성이 계속 증명되고 있다.

　사실 많은 사람은 중년의 나이에 이르면 기억력이 감퇴하는 것을 경험한다. 생생한 기억을 자랑하던 20대에 비해서 급격하게 기억력이 떨어지는 것을 경험한다. 조금 전에 들은 이야기도 잘 기억이 나지 않고,

사람의 이름이나 단어 같은 것은 한 번 들어도 잊기 일쑤다. 그래서 사람들은 중년에 접어들면 뇌가 노화되는 것이라고 믿는다. 중년의 위기라는 이유는 이런 막연한 근거 위에서 자리를 잡고 있다.

하지만 중년의 위기가 곧 중년들의 뇌 기능이 감퇴한다는 것을 의미하는 것은 아니다. 그런 과학적 근거는 어디에도 없다. 그저 막연하게 나이가 들면 기억력이나 두뇌의 능력이 감퇴한다고 생각을 한다.

UCLA 대학의 연구진들은 중년의 두뇌가 이런 믿음에 정면으로 도전장을 던졌다. 그 결과 그들은 뇌세포의 중요한 부품 중 하나인 '미엘린'이라는 신경체가 중년이 되어도 계속해서 자라고 있다는 것을 발견했다. 미엘린이라는 것은 일종의 두뇌 세포들 사이의 연결망이다. 미엘린이 증가하면 우리는 두뇌의 연결망이 계속해서 자라난다는 것을 인정할 수밖에 없다. 두뇌가 성장을 멈추지 않는다는 뜻이다.

중년에 이르러서 두뇌가 기능을 보완하기 위해 자동으로 좌뇌와 우뇌를 유기적으로 활용하는 것을 말한다. 일정 기간 우리의 두뇌는 한쪽만을 우세하게 사용하고 있다. 하지만 신체의 노화가 진행되면서 중년시기 부터 두뇌는 좌·우측좌우측 모두 고르게 활용되기 시작한다. 이것이 바로 두뇌의 '양측편 재화'라는 신비로운 과정이다. 이를테면 두뇌의 한쪽 기능이 약화하는 것을 막아주는 자동적인 보완작용이다. 이를 통해 중년의 뇌는 과학자들이 소위 '인지적 비축분'이라고 부르는 것을 두뇌에 쌓아둘 수 있다. 일종의 비상시에 꺼내서 쓸 수 있는 비상용 스위치와 같다. 두뇌 안에 저장된 비축을 통해서 노화에 대항하는 완충장치 들이 본격적으로 작동을 시작하는 단계, 그것이 바로 중년이다.

인지적 비축분에 관한 연구는 최근까지도 활발하게 진행되고 있다. 지금까지 알려진 바에 따르면 이런 인지적 비축분에 가장 큰 영향을 미치는 것은 독서나 교육과 같은 지적인 활동이다. 나이가 들어서도 지속해서 언어학습을 하거나, 독서를 통해 뇌를 단련시키는 사람들이 바로 이런 인지적 비축분이 많은 사람이라 볼 수 있다. 교육을 많이 받은 사람일수록 치매나 알츠하이머와 같은 질병에 걸릴 가능성도 작아진다는 결론이다.

인간은 성공을 위해서 비싼 값을 지불하고 교육에 시간과 돈을 투자한다. 하지만 교육은 성공이나 좋은 직장을 얻기 위한 것이 아니라, 이처럼 노년에 이르러서 치매와 같은 질병을 예방하고 극복할 방법이라는 사실은 노년에 다다른 사람들에게 의미 있는 바가 크다.

두뇌의 기능이 최고조에 달하는 시기는 20대가 아니라, 중년이라는 점을 밝혀냈다. 가장 복잡한 인지 기술을 측정하는 검사에서 40~60대에 속하는 중년들이 받은 성적은 20대나 30대가 받은 성적보다 월등히 높았다. 이는 중년의 뇌에만 존재하는 경험이라는 가치와 관련이 있었다. 지금까지 우리가 '지혜'라고 불렀던 바로 그것, 삶을 오래 산 사람들이 가진 경험과 연륜에서 우러나오는 지혜가 바로 비밀을 푸는 열쇠였다.

중년에 도달한 사람들에게서는 부정적인 생각보다 긍정적인 생각이 지배적이다. 사람들은 나이가 들면 들수록 부정적인 일보다는 긍정적인 일에 초점을 맞춘다. 나쁜 기억보다는 좋은 기억을 끄집어내려고 노력한다. 우리가 마음먹는 것 우리가 간절히 바라는 것을. 우리의 두뇌도 눈앞에 보여주고 싶은 것이다.

긍정적인 마음 자세가 중요한 이유가 바로 여기에 있다. 나이가 들었다고 배움을 포기하거나 새로운 것에 대한 호기심을 잃지 않는다면, 우리의 두뇌는 죽을 때까지 배움을 멈추지 않을 것이다.

나이가 들수록 두뇌가 퇴화하는 것은 필연적인 과정이라고 여기던 생각은 이전의 낡은 사고방식에 불과하다. 이와는 반대로 삶 속에서 연륜을 지닌 지혜롭고 경험 많은 연장자들을 지도자로 선택해왔던 경험이 있다. 위험을 피하고 더 안전한 삶을 위해서 많은 경험을 지닌 사람들은 늘 존중받아 왔다. 그것은 안전을 위해서도 절대적으로 필요한 것이었다. 이런 중년과 노년의 지혜로운 삶이 근대화의 과정에서 기계 문명 속에서 밀려 잠시 뒷전으로 밀려 나갔을 뿐이다.

즐겁게 배운 것은 죽어도 썩지 않는다

배우는 즐거움보다 더 큰 즐거움이 있을까? 공자는 〈학이편〉에서 이렇게 말했다. "배우고 때때로 그것을 익히면 또한 기쁘지 아니한가?(학이시습지 불역열호(學而時習之 不亦說乎))"

먹고, 마시고, 즐기는 인간사의 모든 일은 어찌 보면 순간적인 쾌락뿐이다. 아무리 배불리 먹고 마셔도 그 순간이 지나면 돌아오는 것은 공허함뿐이다. 오히려 현대들의 질병은 너무 많이 먹고 마시는 것에서 생겨난다. 차라리 덜 먹고 덜 마시는 금욕적인 생활이 건강한 삶을 제공해준다.

이성을 가진 인간에게 새로운 것은 삶에 가장 큰 자극을 준다. 나이가 들면서 육체가 쇠약해지고, 나약해지는 심성으로 하루를 살기보다는 새로운 배움에 도전해야 하는 이유가 바로 여기에 있다. 그것이 아무리 사소하고 보잘것없는 것이라도 새로운 배움은 자신을 완전히 새로운 인간으로 바꿔놓는다. 그 작은 배움을 통해서 세상은 여전히 배울 것으로 넘쳐난다는 사실을 받아들이게 만든다. 나이 들수록 세상을 더 많이 배울 기회도 늘어난다.

일본의 수학자이자 노벨상 수상자였던 히로나카 헤이스케는 배움의 즐거움에 대해 "창조를 통해 자기의 숨겨진 재능이나 자질을 찾아내는 기쁨, 더 나아가 나 자신을 더욱 깊이 이해하는 기쁨이 있는 인생이야말로 최고의 인생이다."라고 정의한다. 창조는 그들만의 전매특허는 아니다. 취미나 운동을 할 수도 있고, 여행을 떠날 수도 있다. 그렇게 자신만의 창조적인 생활을 꾸려나갈 수 있다. 작은 일상의 창조적 행위를 통해서 제2의 인생으로 도약할 든든한 발판이 마련된다. 어떤 면에서 보자면 그 사람의 취미나 기호는 그 사람만의 독특한 인생 철학을 보여준다. 취미란 그 사람이 살아온 삶의 방식과 지혜가 비치는 거울과도 같은 것인지 모른다.

창조의 기쁨을 누리기 위해서는 일단 무언가를 배운다는 행위가 전제되어야 한다. 그것의 작동원리나 운용 방법, 형식이나 내용 등을 이해하지 않고서는 자신만의 창조를 하기 어렵다.

쉽게 말해서 악기 하나를 새로 배운다고 가정했을 때, 일단은 그 악기의 연주법부터 제대로 배워야 자신만의 음악 세계를 창조할 수 있다. 이렇게 뭔가를 배우고 끊임없이 노력하고 집중하는 가운데 우리의 지능은 더욱 발전한다.

별빛을 바라보며
'오솔길'을
걷는다

　여행을 즐기고 여행을 통해 삶이 새로운 활력과 의미를 되찾는 것은 인간에게 주어진 가장 큰 선물이다. 나에게도 여행은 큰 도움이 되었다. 남북미, 유럽, 동남아시아, 호주, 러시아, 중국, 일본 등 다른 문화권의 여행 경험은 세상을 다르게 볼 수 있는 안목을 키워주었다. 너무 익숙하여 아무런 의문도 들지 않았던 사물을 새롭게 돌아보게 되었다. 영어로 현지의 역사나 볼거리를 직접 보고 들으며, 남다른 생각을 할 수 있었다. 특히 지중해 주변에 있는 나라들의 천연 자연과 기후는 나를 깜짝 놀라게 했다.

　여행은 단지 놀이나 여가가 아니라 하나의 세상을 향한 공부다. 세상을 향해 나아가는 여행자들에게 세상을 배울 기회도 그만큼 늘어난다. 때로는 아주 우연히 여행하다가 평생을 바쳐 할 일을 발견한 사람들도 있다.

내 친구 C는 대기업 건설회사에서 일하다가 50대에 중역으로 퇴사하고 본인이 학창 시절에 꿈꿔왔던 자전거 여행을 시작했다. 지금까지 15년 이상 세계를 자전거로 누볐다. 처음엔 소박하게 시작했지만, 그는 자기 제2의 인생에서 〈ㅇㅇ로드〉라는 책도 4권 이상 발행했다.

그 덕분에 그는 SERI(삼성경제연구소)에서 강의를 하고, 다른 기관에서도 강의하며 생활한다. 또한 자전거 전문잡지에 기고하기도 한다. 그는 이렇게 어릴 적 꿈을 이뤘고, 장년의 꿈을 이루며 사는 중이다. 이 얼마나 멋진 인생인가!

자전거 여행도, 자전거로 역사탐방을 할 때는 신비롭고 즐겁지만, 떠나기 전 준비 기간에는 얼마나 큰 노력과 시간을 투자하는지 대부분은 모른다. 자전거 여행은 어떻게 준비하느냐에 달려있다. 창작하는 사람들에게 여행은 가장 생산적인 공부이다. 여행을 통해 낯선 환경으로 들어가는 것 자체가 상큼한 자극을 준다. 낯선 곳에서 잠을 자고, 처음 먹어보는 음식의 맛, 시장과 광장에서 들려오는 이국적인 언어 자체가 창작의 자극이 된다.

새로운 세상을 접하는 순간부터 우리는 새로운 개념을 생각하게 된다. 여행과 새로운 생각은 그럴 때 하나로 연결된다. 여행을 통해서 인생을 배운다는 주제를 놓고 볼 때, 가장 대표적인 것은 '산티아고 순례의 길'이다. 이 길이 언제 어떻게 시작되었는지 알 수는 없지만, 아주 오래전부터 수도사들이 이 길을 따라 걸으며 수양을 했던 것으로 전해지고 있다. 그들이 목적지로 삼은 '산티아고'란 예수의 열두 제자였던 야곱의 무덤이 있는 스페인 북서쪽의 도시를 가리킨다. 오로지 두 발로 걸어갔던 수도사들의 고행을 따라서 여행자들 역시 도보로 목적지까지 걸어가야 한다. 그래서 이 순례 길은 세계에서 손꼽는 고행의 길이자 자기를 찾아가는 숭고한 여정이다.

목적지로 향하는 길은 여러 갈래가 있지만, 대부분의 여행자는 프랑스 생장 피에 드 포르에서 스페인 산티아고 데 콤포스텔라에 이르는 장장 800km의 길을 선택한다. 그 길고 먼 길을 순례자들은 오직 두 발을 이용해서 하루에 6~7시간, 30km 정도의 거리를 이동한다. 이 길을 통해 지금까지 천 년이 넘는 시간 동안 무수히 많은 지식인과 예술가, 성직자와 사상가들이 자기 자신을 깨닫는 과정에 합류했다. 〈연금술사〉로 유명한 파울로 코엘료를 비롯해서, 미국의 영적 치료사이자 은퇴자들의 정신적 산파를 자처하는 조이스 럽 등이 이 길을 걸었다. 특히 조이스 럽, 그녀는 63세의 노년에 장장 40일에 이르는 길고 긴 여정을 끝마쳤다. 할리우드 스타 셜리 매클레인도 전혀 어울릴 것 같지는 않지만, 힘든 과정을 이겨내고 순례길을 완주했다. 독일의 유명 코미디언 하페 케르켈링의 경우도 마찬가지였다. 그는 이 여행을 통해 자신의 병마와 싸웠고, 자신이 진정 원하는 삶에 대한 실마리를 찾아냈다. 그는 여행을 마치고 돌아와 여행기를 썼고 전 유럽에서 베스트셀러 작가로 등극했다.

파울로 코엘료는 1986년에 순례길을 처음 걸었다. 그에게는 사실 말 못 할 고민이 한 가지 있었다. 17세 때부터 정신병원을 드나들 정도로 정신 질환이 심각했다. 그는 자신의 오랜 정신병과 싸웠고, 작가가 되기 위한 꿈을 이루기 위해 힘겨운 고행의 길을 향해 첫발을 내디뎠다. 그는 삶에 대한 회의와 좌절 속에서 삶을 포기하려고 한 적도 있었다. 그런 그가 산티아고의 길을 걸으면서 자기의 내면과 만났다. 그 과정을 통해 그는 자신의 고통과 맞설 힘과 지혜를 얻었다. 산티아고의 길을 걸으면서 그는 자신이 앞으로 무엇을 하며 살아가야 할지를 결심했고, 이를 위해 안정적인 직장마저도 포기했다. 그리고 오랜 꿈이기도 했던 작가의 길에 들어설 수 있었다. 그가 산티아고의 길에서 얻은 경험은 그의 소설 〈순례자〉에 그대로 녹아들었다. 이후 그의 수많은 작품은 바로 산티아고의 영감에서 나왔으며, 그 길을 통해 자신의 인생이 변화되었다고 고백했다.

순례대회가 열렸던 2010년에는 전 세계에서 600만 명이 이 순례의 길로 다녀갔다. 이미 9세기부터 수도사들이 이 길을 걷기 시작한 것으로 알려졌는데, 당시에는 예수의 제자 야곱 성인의 무덤이 안치되어 있다는 이유 하나만으로도 길을 걷기에 충분한 이유가 있었다.

과연 이 길에서 그들은 무엇을 깨달았던 것일까? 그들이 찾고 싶었던 것은 신의 존재에 대한 믿음, 신앙의 요구였을 것이다. 그런 전통이 천 년을 이어져 오면서 현대인들은 신앙 대신에 영적인 삶을 통해 자기를 찾고자 한다. 자기가 누구이며, 어떤 삶을 살아야 할 것인지, 그 답을 찾기 위해 그들은 길고 먼 그 길을 걸었다.

순례의 길은 그 자체가 고통이다. 고통 속에서 그들이 찾으려 했던 답은 대부분 그들이 일상의 생활로 돌아간 다음부터 서서히 모습을 드러낸다. 순례자들은 이 길을 걸으며 살아가야 할 이유와 의미를 찾은 것이다. '별들의 벌판'이란 이름이 붙은 콤포스텔라는 그 이름처럼 인적도 없는 황량한 벌판 위에서 별빛을 받으며, 오늘도 지친 영혼을 달래줄 순례자들을 기다리고 있다. 성 아우구티누스는 말한다. "세상은 책이다. 여행하지 않는 사람은 기껏해야 한 장의 글을 읽는 사람에 불과하다."

노년에도
파랑새는
있다

큰일을 이루려면 사소한 것부터 챙겨라. 1911년 노벨 문학상을 받은 벨기에 작가 모리스 마테를링크가 쓴 〈파랑새〉 이야기를 기억하는가? 어린 시절 동화책으로 읽은 이들이 많을 것이다.

크리스마스 전날 밤, 나무꾼의 두 어린 남매가 꿈을 꾼다. 꿈속에서 요술쟁이 할머니가 '파랑새'를 찾아 달라고 말한다. 여기서 파랑새는 행복을 상징한다. 두 남매는 파랑새를 찾아 멀리 여행을 떠나지만, 아무 데서도 행복의 파랑새를 찾지 못한다. 결국 자기 집에 돌아와서야 현관에 매달린 새장 안에서 파랑새를 찾는다.

행복을 너무 어렵게만 생각하지 말자. 지금 바로 내 곁에 있는 사람에게 "고맙다.", "수고했다."는 말부터 시작하자. 사소한 일에서 놀라운 변화가 시작되는 것을 보게 될 것이다.

정민 교수의 〈책 읽는 소리〉란 책에서 깊은 감동을 하는 대목이 있다. "책만은 부자나 빈자, 그리고 노소를 가리지 않는다. 한 권을 읽으면 한 권의 보탬이 있고, 하루를 보내면 하루의 유익이 있다. 인생이 배우지 않으면 한 가지 애석한 일이고, 오늘 하루를 등한히 지나 보냄이 두 번째 애석한 일이다. 공부는 머리로 하는 것이 아니다. 엉덩이로 한다. 타고난 재능보다 성실한 노력이 값지다. 머리만으로 얻은 것은 한때의 칭찬뿐이다."

이렇게 진실한 표현이 또 있을까? 또다시 천천히 읽고 음미해도 나를 향한 외침이고 나에게 꼭 맞는 말이다. 또한 안상헌의 가슴 설레는 책 〈생산적 책 읽기〉에서 "성인이 되어서도 어른들의 사회에 적응하지 못하는 것을 피터팬 증후군이라고 한다. 피터 팬 증후군의 주요 원인은 생존경쟁이 치열한 사회에 대한 두려움과 실천력 부재다. 해보지 않았기 때문에 두렵고, 두렵기 때문에 하고 싶지 않다. 책 읽기도 같다. 책은 지금 읽어야 한다. 오늘이 아니면 내일은 또 다른 이유가 생길 것이다. 세상살이도 그렇다. '나는 아이디어 뱅크야'라는 생각만으로 이룰 수 있는 것은 없다. 튀어 오르는 작은 아이디어를 행동하고 실천하면서 새로운 것들을 익히고 드디어 기회를 만나는 것이다."라고 한다.

책 읽는 습관은 미래를 만드는 행동이며 희망이다. "글을 쓰면 생각을 정리할 수 있고, 새로운 생각을 할 수 있다. 또한 글쓰기는 소통과 검증의 기회를 제공한다. 그 기회를 이용하는 것 자체만으로도 즐겁다. 글쓰기의 즐거움을 누리는 분들이 많아지길 기대한다."

위의 글은 강준만이 들려주는 글쓰기의 즐거움이다. 그런데 막상 들여다보면 즐겁지 않다. 제대로 된 글을 쓰기란 쉽지 않기 때문이다.

강준만은 글쓰기를 위해 본격적으로 공부하려면, 신문 칼럼을 읽으라고 말한다. 되도록 신문 읽기를 권한다. 칼럼은 한정된 지면에 문제제기와 논리가 함께 들어 있다. 압축적 글쓰기, 좋은 글을 쓰고 싶다면 칼럼을 공부하자. 때마침 아주 좋은 책이 출간되었다. 권석천의 〈정의를 부탁해〉란 책이다. 신문 사설의 최대강점은 '압축적 글쓰기'에 있다는 것을 잊지 말라고 이 책은 말한다. 그것 하나만으로도 배울 게 아주 많다. '비판적 읽기'를 통해 신문 사설의 강점을 최대한 이용하자. 다시 말하면, 인터넷으로 사설을 대충 읽는 건 별로 도움이 안 된다. 밑줄 그어 가며 여러 차례 반복해서 읽으며 아날로그식으로 공부하는 게 좋다.

종종 논쟁적 글이 확 다가온다. 하지만 강준만은 조심해야 한다고 한다. 막싸움이 되지 않으려면, 끊임없이 성찰해야 한다고 말한다. 조금은 당황스럽다. 논쟁적 글쓰기에 앞장선 강준만이 이런 소리를 하다니. 잘 생각해보면 강준만은 논쟁적 글쓰기에서도 최대한 냉정을 유지하려고 했던 것 같다. 논쟁적 글쓰기를 하는 사람들은 모름지기 몰입의 쾌락을 만끽하는 동시에 그 위험도 경계해야 한다. 몰입은 그 어떤 장점에도 불구하고 시야를 좁게 만드는 문제가 있다.

넓게 보고 끊임없이 성찰해야 한다. 성찰 없는 논쟁적 글쓰기는 글로 하는 막싸움에 불과하다. 강준만의 책에서 가장 관심 있게 본 부분은 책의 첫 부분이다. 글의 특성이 살아나지 않는 글들, 긴장이 없는 글들, 뭘까? 리듬이라고 할까? 강하게 쳐주고 약하게 받쳐주기, 실상은 쉽지 않다. 회사에서 글을 쓰건, 사회에서 글을 쓰건, 뭔가 특색 없는 일반적인 글로 흘러버리고 만다.

　글을 쓸 때 조심해야 할 것은 큰 틀과 작은 세계를 혼동하지 말고 그 둘을 아우를 줄 알아야 한다는 것이다. 물론 그러기 위해서는 끊임없는 공부가 필요하다. 저자가 배경지식의 중요성을 설명하는 것도 그런 이유로 생각해 볼 수 있다. 정확하게 알고 있어야 세부적으로 볼 수 있고, 또 큰 틀로도 볼 수 있다.

　가장 바람직한 건 필요에 따라 '거시'와 '미시' 담론을 자유자재로 구사하는 능력이다. 그러한 능력을 갖추면 사회현상을 분석할 때에도 탁월한 안목을 가질 수 있다. 사회현상을 거시적으로도 보고 미시적으로도 보는, 이른바 '차원 구분'을 시도해보자. 문명 차원에선 한국이 다양하고 미국이 획일적이다. 반면 일상 차원에선 한국이 획일적이고 미국이 다양하다. 이렇게 차원 구분을 해야 교통정리가 제대로 된다. 한국인은 대단히 개방적인 동시에 대단히 폐쇄적이다.

　여기서 말하고자 하는 건 '거대 담론' 편향성에 대한 경계다. 거시와 미시, 추상과 구체를 동시에 사랑하자. 그것들은 서로 가로지르면서 뒤섞이기도 한다는 걸 유념하자. 세상은 예술이다. 복잡하게 보자. 역설 같지만 그래야 단순하게 이해된다. 처음부터 단순하게 보면 뒤죽박죽이 돼 세상을 이해하는 걸 아예 포기하게 된다.

　일단 글은 쉽게 써야 한다. 물론 전문가들, 특히 대학교수 중에는 대중을 위한 책을 썼다고 깎아내리는 경우도 있지만, 기본적으로 글은 쉽게 써야 한다. 앞에서 말한 것처럼 쉽게 쓰는 것은 완전히 이해했다는 것을 뜻한다.

중고생을 가르쳐본 경험이 있는 대학생이라면, 무엇에 대하여 알고는 있지만, 그것을 제대로 설명하기 어려운 경우가 많다는 걸 느낀 적이 있을 것이다. 글쓰기는 그런 설명을 위한 표현 연습에 도움이 될 뿐만 아니라 사고력까지 키울 수 있다. 그 때문에 가르치면서 배운다는 말은 일리가 있다. 긴장감 있는 글을 쓰고 싶다.

저출산 고령화 현상

전 세계 어느 국가를 보더라도 평균 수명의 증가와 저출산으로 인한 고령화 현상이 두드러지고 있다. 세계 전체 인구는 현재보다 약 20% 정도 증가하는 데 반해, 65세 인구는 현재보다 무려 두 배나 급증할 것으로 전망한다. 전체 인구의 18%, 열 명 중 약 두 명은 노인이라는 얘기다.

특히 선진국과 아시아 국가에서의 고령화 현상이 두드러진다. 한국의 경우 2,050년에 65세 이상의 노인 인구 비율이 36%나 되어, 일본의 40%에 이어 전 세계에서 두 번째로 높은 수치를 기록할 것으로 보인다. 이 말은 열 명 중에 무려 4명 정도가 노인이라는 건데, 정말로 놀라운 현상이 아닐 수 없다. 우리나라의 평균 수명은 81세이다. 주위를 둘러보라. 82세 이상은 물론이고, 90세 넘게 사는 사람이 이제 흔하지 않은가? 그런데 문제는 노년에 관한 일반적인 인식과 마음가짐, 태도 등은 평균수명 60세 시대의 수준에 머물고 있다.

80세가 되었을 때, 당신의 일과는 어떻게 구성될까? 평일에는 무엇을 하고 주말에는 무엇을 할까? 당신이 관심을 가지고 집중하는 활동이나 계획은 무엇일까? 당신은 삶에서 보람과 기쁨을 느끼면서 살고 있을까? 아니면 시간이 지나가는 것을 무력하게 바라보며 어제와 똑같은 오늘이 반복되는 지루한 삶을 살고 있을까?

70세 혹은 80세 이후의 삶을 생명을 유지하는 것 이상으로, 어떤 활동을 위한 목표나 계획을 세운 사람은 매우 적다. 그로 인해 많은 사람이 정신적으로 준비 없이 장수시대로 들어서고 있고, 20∼40년의 무(無)활동 시간이라는 새로운 과제를 만난다. 전체의 20∼40%를 차지하는 인구가 20∼40년간 무활동 시간을 갖는다는 것은 역사상 전례가 없는 새로운 상황이다. '노년의 시간을 어떻게 보내는가?'가 미치는 영향은 실로 막대하다.

부정적으로 작용할 경우 개인으로는 무기력하고, 비생산적이고, 의존적인 삶을 살게 되고, 사회로는 큰 부담이 될 수 있다. 긍정적으로 작용할 경우 개인의 오랜 경험과 넓은 시야를 통해 가치 있는 지혜를 나누는 보람이 있고, 충만한 삶을 살 수 있고, 사회는 문화의 정수를 단절 없이 다음 세대로 전달하는 생산적인 기회를 얻고, 그 활동에 대해 사회적인 가치를 부여함으로써 경제적 문제까지도 스스로 해결할 수 있는 길을 찾을 수 있다. 이를 함께 고민하고 답을 찾고 준비함으로써 청장년의 열정과 실행력, 그리고 노년의 지혜와 너그러움이 어우러진, 성숙하고 조화로운 새로운 문화를 창조할 수 있는 가능성이 열린다.

후반기
인생을 위한
패러다임

인생의 '길'이라는 말에 윤동주 시인의 〈길〉이 떠오른다.

잃어 버렸습니다.
무얼 어디다 잃었는지 몰라
두 손이 주머니를 더듬어
길에 나아갑니다.

돌과 돌과 돌이 끝없이 연달아
길은 돌담을 끼고 갑니다.

담은 쇠문을 굳게 닫아

길 위에 긴 그림자를 드리우고

길은 아침에서 저녁으로
저녁에서 아침으로 통했습니다.

돌담을 더듬어 눈물짓다
쳐다보면 하늘은 부끄럽게 푸릅니다.

풀 한 포기 없는 이 길을 걷는 것은
담 저쪽에 내가 남아 있는 까닭이고

내가 사는 것은, 다만
잃은 것을 찾는 까닭입니다.

후반기 인생을 위한 패러다임이 필요하다. 인생의 전반기에 인간이 걸어가는 길은 아주 명확하다. 가정, 학교, 직장이라는 꽉 짜인 사회 시스템 안에서 그저 사람들이 가는 길을 좇아가면 됐다..

문제는 은퇴하고 나서다. 혹은 아프거나 장기 이식을 한 후 찾아오는 건강에 대한 불안감 때문이다. 은퇴 이후나 장기 이식 후에는 모두가 따라갈 수 있는 명확한 대로(大路)가 나 있지 않다. 그래서 은퇴, 이식이라는 전혀 새로운 환경에 맞닥뜨린 사람은 앞으로 무엇을 위해, 어떻게 살아야 할지 여간 난감하지 않을 수 없다. 은퇴 후의 삶은 그냥 각

개인에게 맡겨져 있을 뿐이다. 아직 은퇴 후의 삶에 관한 사회시스템은 사회적인 영향을 주기에 미미하다.

인간의 평균 수명이 60~70세였을 때는 이것이 별 문젯거리가 아니었다. 하지만 전체 인구의 20~40%가 20~40년 동안 명확하고 의미 있는 목표나 활동 없이 인생을 허송세월한다면 그것은 개인은 물론 전체적으로도 크나큰 문제와 낭비가 아닐 수 없다. 나는 이 문제를 해결하기 위해서는 인생의 후반기를 대표할 패러다임이 절실히 필요하다고 확신한다. '인생의 전반기에는 성공을 위해서 살았다면, 후반기에는 이것을 위해서 살자.'고 말할 그 무엇이 명확하게 있어야 한다. 인생의 전반기에는 모든 사람이 성공을 위해 달려가듯이 인생의 후반기에는 다들 그 목표를 갖고 살아가야 한다.

문제는 그 길이 아직 나 있지 않다는 것이다. 인생의 길이 절반까지만 나 있고, 나머지 절반은 길이 없는 허허벌판이다. 그 허허벌판에서 자기만의 명확한 인생의 길을 만들어가는 사람은 아주 극소수에 불과하다. 그 나머지 절반의 길이 명확하게 제시되어 있지 않기 때문에 대부분의 사람이 인생의 후반기를 흐지부지 보내다 가는 것이다.

인생의 후반기에 인간이 추구해야 할 가치를 나는 '완성'이라고 말하고 싶다. 완성은 '완전'하게 하다, '다 이루다'는 뜻이다. 무엇을 완전하게 할 것인가? 그것은 바로 자기 자신이며 자신의 인생이다.

Chapter 6

나를 찾아 떠나는 여행

나의 가치는 오로지
나 스스로 찾을 수 있고,
나 스스로 창조할 수 있다.
나의 가치는
다른 사람이 인정해 주어서가 아니라,
내가 창조하고
내가 의미를 부여하기 때문에
귀중한 것이다.

나는
누구인가?

    사람은 태생적으로 완성을 추구한다. 혼자는 불완전하다고 느끼기에 친밀한 인간관계나 소속감을 느낄 수 있는 커뮤니티를 찾는 것도 완전함을 추구한다. 자신의 부족함을 느끼고 더 나은 자신이 되기 위해 자기계발과 수양을 하는 것도 완전함을 추구한다. 그 때문에 사람은 누구나 자신이 누구인지 질문하고, 삶의 목적과 의미를 알려 하고, 자기 존재의 근원을 찾으려고 한다. 그래서 인간은 근본적으로 영적이다. 인간은 유일하게 '나는 누구인가?'라고 질문하는 동물이다.

    인생의 어느 시점에 들어서면 결국 성공을 넘어 완성의 가치를 추구하게 되는 까닭은 우리가 필연적으로 그럴 수밖에 없는 존재이다. 우리의 뇌가 스스로 진정한 삶의 의미를 찾고 완전함을 추구하도록 프로그래밍 되어 있기 때문이다. 나는 그것이 인간의 본성이라고 생각한다.

인생의 완성은 보이는 세계나 어떤 외형적인 것이 아니다. 그것은 내면에서 스스로 느낄 수 있는 감각이며 의식의 세계이다. 자긍심, 만족감, 합일감, 행복처럼 자신의 가슴을 가득 채우는 충만감이다. 인생의 완성은 숨을 거두는 마지막 순간에야 마무리된다. 죽음의 순간에 자신의 삶을 돌아보며 '내 삶에 더는 후회나 여한이 없다, 나는 충분히 의미 있는 삶을 살았고, 나 자신이 자랑스럽다.'는 만족감과 충만감 속에서 행복하고 평화롭게 눈을 감을 수 있는 삶이 바로 완성의 삶이다. 그 누구도 그것을 함부로 가늠하고 평가할 수 없다. 오직 자신의 가슴 속에서 느끼는 만족감과 충만감의 정도에 따라 인생의 완성도가 결정된다.

호주의 호스피스 간호사였던 작가 브로니 웨어는 〈내가 원하는 삶을 살았더라면〉이라는 자신의 책에서 죽음을 앞둔 사람들이 가장 후회하는 다섯 가지를 다음과 같이 꼽았다.

첫째, 남의 평판에 신경 쓰며 산 것, 둘째, 일만 하며 인생을 허비한 것, 셋째, '사랑한다'는 말을 하지 못하고 감정을 억누른 것, 넷째, 친구의 소중함을 깨닫지 못한 것, 다섯째, 행복을 위해 살아보지 못한 것이었다.

내가 진정으로 원하는 삶을 살고 싶어 하고, 더 행복해지고 싶고, 내가 느낀 것을 표현하고 싶고, 일에 파묻혀 사는 것이 아니라 사람들과 교류하고 싶어 한다. 자신이 진정으로 원하는 삶, 죽을 때 후회하지 않는 삶을 살기 위해서는 자신에게 끊임없이 물어보아야 한다.

간절한 삶, 돌아보면 전반기 인생의 반을 사람에 관련한 일에 성공한 경험의 결과가 나를 더욱 확장할 수 있었다. 즉 헤드헌팅 업무에서 성공을 얻었다. 핵심 인재를 소개하는 일에서 나름대로 부가가치를 높이 제공함으로써, 헤드헌팅 업에서 상당한 결과를 얻어 대기업의 임원들을 추천할 수 있었다. 더불어 대학생들에게 취업전략 강의도 했다. 또한 은퇴하고 10년 후부터는 재취업, 혹은 제2 인생을 어떻게 보낼 것인가에 대한 사업에도 손을 대 '은퇴 후 어떻게 시간을 보낼까?'에 대한 상담 공부도 했다. 실제로 전반기 40년을 보내고 제2 인생을 시작할 때 나는, 은퇴하고 바로 제2 인생을 도서관에서 하루 8시간씩 시간을 보냈다.

'나는 누구인가?'란 질문에 앞이 캄캄했다. 외국계 기업에서 임원 생활을 했고, 20년간 벤처기업을 만들어 사업가 활동도 했다. 그리고 은퇴 후 과거를 성찰하고 미래계획도 짜보았다. 그런데 결론은 아는 게 없고, 불안한 생각밖에 없었다. 그래서 읽고 싶은 책도 보고, 생각도 하고, 글을 써보기로 했으나, 책 읽기, 글쓰기뿐만 아니라 전문분야라고 할 수 있는 것도 없었다. 3년 후 내가 가장 잘 아는 나 자신에 관한 자서전을 쓰기로 하고, 하루하루 목표를 정하고 쓰기 시작하여, 책 한 권을 써서 출간하는 데 성공했다.

우리를 완성의 삶으로 이끌어줄 참 나는 무엇일까? 우리의 진정한 가치는 늘 변화하는 외형적인 것이 아니다. 외형적인 것은 끊임없이 허물어진다. 돈이나 명예는 있다가도 결국은 죽음으로 끝을 맺는다. 삶의 마지막 날들에 쇠약해져 가는 몸을 담담하게 지켜볼 수 있는 '나'가 있다. 그 '나'는 내 이름도 아니고, 내 몸도 아니고, 내 생각도 아니다. 나의 지식이나 경험, 내가 소유한 것들도 아니다. 나의 성공도 아니고, 나의 실패도 아니다. 그 모든 외형적이고, 인위적인 가칭을 떠나서도 홀로 스스로 존재하는 참 '나'를 찾아야 한다. 그 '나'를 찾고 그 '나'와 만나야 한다. 나의 어떤 부정적인 생각과 감정, 경험과 상관없이 존재하는 순수한 '나'가 내 가슴 속에 존재하고 있음을 느꼈다고, 어떤 상황에서도 변할 수 없는 영원한 '나'를 발견했다고, '나는 나.'라고 기쁘고 자랑스럽게 외칠 수 있어야 한다. 그리고 '나'를 실천하고 완성하기 위해서 남은 삶 동안 모든 노력을 다하겠다고 자신의 '참 나'를 향해서 말해주어야 한다. 그것이 우리가 찾는 참 '나'이며, 우리의 진정한 정체성이다. 그 '나'를 찾고 만났을 비로소 완성을 향한 삶이 시작된다. '나는 나', 자신이 깨달음의 중심이라는 것을 스스로 선언하는 것이다.

내가 진정으로
원하는 것은
무엇일까?

내 인생을 돌아보면, 모든 꿈과 비전의 원동력은 그 '참 나'였다. 그 무엇과도 바꿀 수 없는 진정한 '나'를 만나면서부터 나는 완성을 향한 삶을 시작할 수 있었다.

나의 가치는 오로지 나 스스로 찾을 수 있고, 나 스스로 창조할 수 있다. 나의 가치는 다른 사람이 인정해 주어서가 아니라, 내가 창조하고 내가 의미를 부여하기 때문에 귀중한 것이다. '참 나'를 찾는 것에서부터 모든 것이 새롭게 시작된다.

'나는 나'라고 할 수 있는 '참 나'를 만났을 때 진정으로 완성을 향한 삶으로 나아갈 수 있다. 나를 찾는 '자아발견'이 완성의 삶을 향한 첫 번째 과정이라면, 두 번째 과정은 자신이 찾는 자신의 '참 나'가 진정으로 원하는 삶을 사는 것이 바로 자아실현이다.

자신 안에 있는 영혼의 에너지인 '참 나'는 성장하며, 완성하고 싶어 한다. 완성을 향해 나아가는 인생의 후반기에는 우리 안에 있는 선한 마음을 실천함으로써 자아를 실현하고 활짝 꽃피울 수 있다. 인생의 전반기는 배우고, 일하고, 축적하는 시기였다면, 후반기는 나누고 베푸는 시기이다.

나의 첫 번째 책을 발행하여 지인들에게 나누어 주었다. '작가'라고 부르는 친구들의 말에 나의 자긍심, 자존감이 높아졌다. 또 하나는 취미로 서예를 2년간 배워 신사임당 서예전에 입선했다 이때 쓴 필체는 전서체 소전을 배웠다. 그 후 지금은 육조체, 사자성어, 천자문, 인문학을 배우고 있다.

모든 사람이 정말로 원하는 것은 한 인간으로서 독립적으로 자유롭게 살고 있다는 느낌, 사랑하고 사랑받고 있다는 느낌, 자신의 자아를 실현하고 있다는 느낌, 자신의 삶이 소중하고 의미 있다는 느낌, 자신이 더 나은 세상을 만드는 데 기여하고 있다는 느낌……, 한 마디로 자신의 의미와 가치를 실현하는 데서 오는 내적인 만족감과 충만감이었다. 나 자신에게 충실한 삶, 이것이 우리가 정말로 원하는 삶, 그런데 나 자신에게 충실한 삶을 살려면 무엇보다도 그 '나'가 도대체 어떤 것인지를 찾아야 한다. '이것이 진정한 나다.'라고 할 수 있는 '참 나'를 찾아야 한다. 그것이 성공을 위한 삶에서 완성을 위한 삶으로 방향을 트는 데 필요한 첫 번째 과제이다.

전반기 인생은 명함에 새겨진 직함으로 하루하루를 살아내기에도 바빴다. 그런데 인생 후반기에는 사회와 가정에서 책임이 줄어들면서 그런 꼬리표가 다 떨어져 나가고 오직 나로서 살아갈 기회가 찾아온다. 물론 은퇴를 해도 사회와 가정의 어른으로서 해야 할 책임이 당연히 있었지만, 그 전보다는 확실히 덜 매이고 자유로워진다. 이제 진정으로 원하는 진실한 나의 모습으로 내 삶의 내용을 채워 넣고, 속도를 스스로 느리고(slow), 단순하고(simple), 작게(small) 조절하며 살아갈 수 있다. 얼마나 큰 축복인가!

나는
소중한
존재이다

건강한 삶을 살고 싶다면 규칙적으로 운동하고 식생활 습관을 바꾸어야 한다는 사실은 누구나 다 알고 있다. 끊임없이 운동하고 고지방 음식의 섭취를 줄여야 한다고 누구나 말한다. 우리가 원하는 성공이 무엇이며, 그 성공을 달성하기 위해 어떻게 해야 하는가? '성공'이란 무엇인가? 성공이란 간절히 원하거나, 계획하거나, 시도한 어떤 것의 성취에서 열심히 일한 덕분이다. 진실로 실패한 사람과 성공한 사람의 차이는 단지 그들의 습관에 있다. 좋은 습관은 모든 성공의 열쇠이다. 나쁜 습관은 실패로 가는 문이다. 이미 잘 알고 있다는 것이다. 인생을 성공으로 이끈 사람들은 자기를 더욱 성공적으로 만드는데 필요한 일들을 끊임없이 지속한다. 바로 좋은 습관을 바탕으로 한 일상생활을 하고 있다는 것이다. 습관은 그렇게 중요하다. 일상적인 행동의 90%는 습관을 바탕으로 하고 있다. 우리가 매일 행동하는 것의 90%가 습관이라면, 우리의 삶을 효과적으로 변화시키는 유일한 방법은 습관을 바꾸는 길밖에 없다.

이 세상에는 두 종류의 사람이 있다. 바로 '꿈꾸는 사람(Dreamer)'과 '실천하는 사람(Doer)'이다. 꿈꾸는 사람은 말하고, 생각하고, 꿈꾸며 희망한다. 어떤 거창한 일을 해내겠다는 계획을 세우기도 하지만, 실천하는 사람은 그 모든 것을 실제 행동으로 한다. 실천하는 사람은 꿈꾸는 사람보다 더 큰 성공을 거둔다. 실천하는 사람은 목표를 세우고 끊임없이 노력하지만, 꿈꾸는 사람은 목표를 향해 출발도 못 하고 쉽게 포기한다. 실천하는 사람은 스스로 자기 삶을 변화시킬 능력을 갖추고 있다.

실천하는 사람을 성공으로 이끌고 꿈꾸는 사람을 실패로 이끄는 힘은 바로 습관(Habit)이다. 습관보다 더 강력한 것은 없다. 성격은 기본적으로 습관의 합(合)이다. 습관적인 행동 방식이 바로 성격이다. 습관은 사회를 움직이는 거대한 바위이다. 힘들고 어려운 삶의 길이라도, 그 길을 걸으며 자란 사람은 절대 포기하지 않는다.

습관을 바꾸기가 왜 그렇게 어려울까? 우리의 무의식 깊숙한 곳에 들어 있기 때문이다. 그렇기 때문에 의식적 의지만으로 습관을 바꾸기는 거의 불가능하다. 항상 경계태세를 갖추고 있어야 의식이 무의식을 이길 수 있다. 의식 부분은 깨어 있는 상태이다. 생각하고, 추론하고, 계산하고, 계획하고, 목표를 세운다.

무의식 부분은 일종의 저장 공간이다. 과거의 경험이 존재하는 곳이다. 기억, 느낌, 신념, 가치, 그리고 습관이 무의식을 구성한다. 습관을 하나 바꾸는 데 21일 걸린다는 말이 있다. 그보다 먼저 작심삼일(作心三日)은 가장 기본적인 단위다. 작심삼일을 7번 하면 21일이다. 인간이 태어나 첫 번째 잔치는 100일 잔치이다. 습관을 바꾸기 위한 첫 번째 전환점은 100일이다.

일상의 모습이
바로
자신이다

"성공의 비밀은 자기 일상에 있다. 일상을 바꾸기 전에는 삶을 변화시킬 수 없다." 존 맥스웰의 말이다. 일상이란 정해진 순서에 따라 주기적으로 반복하는 행동 또는 표준 절차를 말한다. 인생에서 일상의 중요성은 아무리 강조해도 부족하다. 성공한 사람들의 공통분모는 바로 좋은 습관을 바탕으로 한 일상생활이다.

우리 모두 자기 습관을 선택할 수 있는 능력을 갖추고 있다. 우리는 모두 목적의식을 갖고 습관을 바꿔 더 큰 성공을 보장하는 일상을 만들 수 있다.

선택은 나의 몫이다. 실천가는 자기 삶을 스스로 선택한다. 실천가는 목적의식을 갖고 삶을 살아간다. 때때로 인생은 우리의 통제 범위를 벗어나는 예상치 못한 상황으로 우리를 몰아가기도 한다. 우리가 실제로 통제할 수 있는 유일한 부분은 우리가 매일 하는 일들이다.

우리는 습관을 선택할 수 있으며, 목적의식을 갖고 우리의 일상을 만들 수 있다. 선택의 결과는 엄청나다. 의식은 무의식을 훈련할 수 있는 능력을 갖추고 있다. 그러므로 무의식적으로 나쁜 일상이 더 많이 형성되도록 내버려 두지 말고, 의식적으로 새롭고 좋은 일상을 만들겠다는 결심을 해야 한다.

나는 매일 아침 기상과 동시에 '일일신우일신(日日新 又日新)'을 외치며 일어난다. 이것이 바로 목적의식을 갖고 살아가는 삶의 핵심이다. '나'를 잡아 길들이고, 훈련하고, 단호하게 통제하면, '나'는 당신의 발밑에 이 세상을 바칠 것이다. 그렇지 않으면 '내'가 당신을 파괴할 것이다. '나'는 누구인가? '나'는 습관이다. "인생의 커다란 목적은 지식이 아니라 행동이다." 토마스 헉슬리의 말이다.

꿈꾸는 사람에게서 실천하는 사람으로 전환하기 위해서는 '싫어하는 것을 매일 꾸준히 하는 것'이다. '실천가'가 되기 위해서는 자기 통제가 필요하다. 무슨 일을 하더라도 나 자신을 통제하지 못하면 잠재력을 충분히 발휘할 수 없다. '하고 싶지 않은 일을 매일 하도록 해라. 이것이 바로 고통 없이 자기 의무를 수행하는 습관을 갖는 황금률이다.' 이 과정을 '연습과 훈련'이라 한다. 변화는 천천히 시작된다.

연습과 훈련은 자기 통제력을 키우는 핵심 요소이다. 자기통제는 잠재력을 최대한 발휘하는 데 필수적인 핵심요소이다. 자기통제는 아주 중요하다. 자신을 통제하지 못하면 인생을 변화시키고 잠재력을 충분히 발휘할 가능성이 거의 없다. 에베레스트 정상을 처음으로 정복했던 뉴질랜드의 힐러리 경은 자기 통제의 중요성을 보여주는 대표적인 인물이다. 해발 8,848m의 에베레스트 정상까지는 육체적·정신적 피로와 저체온증, 탈수증, 눈사태가 기다리고 있는 험난한 과정이었다. 이제까지 에베레스트 정복을 시도했던 모든 사람이 실패했다. 하지만 힐러리 경은 성공했다. 에베레스트를 정복할 수 있었던 이유를 묻자 그는 이렇게 대답했다. "내가 정복한 것은 산이 아니라 나 자신이다."

의지, 자제력, 자기 관리 등 그것을 무엇이라고 부르든지 싫어하는 것을 매일 반복함으로써 자기를 정복할 수 있다. 매일 책 읽고, 글 쓰고, 서예 하고, 걷기를 하는 '연습과 훈련' 과정에서 나는 자신감, 의지, 인내, 집중, 효율성, 자기 신뢰, 자부심을 키운다. 또한 목표 설정과 목표 달성 기술을 연마 했으며, 계획과 실행 능력을 키운다. 이 모든 것이 목표 의식을 가진 습관을 만들고, 일상생활을 변화시키는 데 필수적인 기술이다.

"우선 우리는 몸을 만들어야 한다. 정체되어 있을 수 없다. 자기 통제를 위한 지속인 싸움에서 나태는 우리를 패배로 이끈다." 치열한 노력으로만 얻을 수 있다. 이것은 일종의 습관이다. 수없이 반복하여 연습해야 자신을 완벽하게 통제할 수 있다. 반복적인 노력과 반복적인 의지의 훈련을 통해 얻는 습관이다.

싫어하는 어떤 것을 지속해서 매일 함으로써 얻는 자기 수양, 의지, 인내가 바로 자기 통제로 이어진다. 자아(自我)에 대한 인식은 자기 발전의 시작이다. 자기인식(Self-Awareness)이란 자기에 대한 다른 사람의 생각을 객관적으로 파악하는 것이다. 자기 인식 수준이 높아지면 높아질수록 자기에 대한 다른 사람의 생각을 더욱 정확히 알 수 있다.

자기에게 고쳐야 할 나쁜 습관이 있다는 사실을 인식하는 것이 변화의 첫 단계이다. 자기 자신에 대해 가능한 많은 정보를 확보해야만 진정한 자기인식을 할 수 있다.

Chapter 7

죽음을 이긴 자랑스러운 환우들

미국 서부해안 길
3,000km에
도전장을 던지다!

차백성
자전거 여행가

"정신 나간 것 아냐! 나이 오십에 회사 때려치우고 자전거 세계여행을 떠난다고?"

공채 1기로 입사해 25년 다니던 직장에 사표를 냈을 때 주변에서는 나를 '미친놈' 취급했다. 그러나 나는 어린 시절부터 가슴속에 은밀하게 키워온 꿈이 있었다. 밤하늘의 별똥별을 보며 빌었던 꿈—자전거로 세계여행하기—이 그것이었다.

자전거 여행가로서 첫 목표는 미국 서부해안 길 3,000km를 한 달에 주파하기였다. '나를 이기자!'라는 슬로건으로 선택한 코스인데, 시애틀에서 샌디에이고까지 하루 100km씩, 하루도 쉬지 않고 30일을 꼬박 달려야 할 거리였다. 결코 쉬운 목표는 아니었지만 내 한계를 극복하기 위해서 반드시 달성하고 싶었다.

자전거에 이 한 몸을 싣고 의식주를 해결하기는 참 쉽지 않았다. 거의 텐트를 치고 야영을 했다. 이렇게 해야 여행비 절약은 물론, 자전거 여행자 친구를 사귈 수 있었다.

오리건 주립공원 야영장에서 텐트를 치고 일박을 할 때였다. 저녁을 해 먹고 나니 숲속의 밤은 칠흑같이 어두웠다. 몹시 피곤해 짐들을 식탁 뒤에 그냥 놓아두고 몸만 텐트에 들어가 잠을 잤다. 얼마나 시간이 지났을까. 갑자기 들려온 기성(奇聲)에 놀라서 잠이 깨고 말았다. 한밤 중에 라쿤(Raccoon)이라는 야생 너구리를 비롯하여 그 일대의 늑대, 카욧 등이 찾아와 합동 회식을 벌인 것이었다. 그들의 아귀다툼에 동틀 무렵까지 공포의 밤을 지새웠다.

동물은 잘 때만 공격하는 게 아니었다

오리건주 브루킹스란 곳에서 또 일이 벌어졌다. 길을 물으려고 외딴 집 앞에 자전거를 세웠는데, 마당 구석에 웅크리고 있던 흑표범만 한 개가 맹렬하게 돌진해왔다. 그 순간 나는 '살아야 한다'라는 생각밖에 없었다. 몸을 낮추고 왼쪽 팔꿈치를 내밀었다. 만일 개가 팔꿈치를 물으면 헬멧을 벗어 내려칠 생각이었다. 동시에 TV에서 본 미국인들의 개 훈련 광경이 떠올라 큰소리로 "sit down! sit down! sit down!"을 외쳤다.

그 순간 놀라운 일이 벌어졌다. 기세등등하던 '흑표범'이 멋쩍은 듯 혀를 널름거리며 주저앉는 것이 아닌가! '미국 개에게는 영어로'라는 순간적 기지로 큰 위기를 모면했다. "호랑이에게 물려가도 정신만 차리면 살 수 있다"라는 말을 절감하며 나 자신의 순발력에 훈장이라도 주고 싶었다.

서부해안을 연결하는 국도 US101과 Highway1의 해변 풍광은 한 폭의 그림 이었다

〈보물섬〉의 작가 스티븐슨이 "육지와 바다가 세상에서 가장 절묘하게 만나는 곳"이라고 칭송한 캘리포니아 빅서(Big Sur) 해안은 압권 중의 압권이었다. 그러나 그런 곳엔 복병이 도사리고 있었다. 이 복병은 형체가 없는, 바로 태평양에서 불어오는 강한 바람이었다. 그냥 서 있어도 몸을 가누기 힘들 정도인데, 30㎏이 넘는 일곱 개의 짐 가방이 받는 저항은 상상을 초월했다. 강풍·앞에 자전거는 일엽편주(一葉片舟)처럼 위태로웠다. 급기야 페달을 밟을 때마다 왼쪽 무릎이 시큰거리더니 참기 힘든 통증이 밀려왔다. 오른쪽 무릎마저 이상이 생기면 여행을 접어야만 한다는 '상상의 두려움'이 더욱 견디기 어려웠다.

젊은 시절, 첫 해외 근무로 아프리카 수단(Sudan)에 파견됐을 때 누비아 사막에서 길을 잃고 폭양 아래 흙탕물을 핥으며 생과 사의 경계를 넘나드는 경험을 떠올렸다. '그때 비하면 지금은 아무것도 아니다!'라고 자위하며, '이부프로펜'이라는 강력 진통제 4알을 털어 넣었다. 그리고는 지금까지 살아오며 "가정했던 최악의 일은 한 번도 일어나지 않았다"며 "나를 죽이지 않는 것은 나를 더 강하게 만든다."라는 어느 탐험가의 말을 되뇌었다.

시애틀을 출발한 지 31일째, 여행 마지막 날이 밝았다.

그날은 60km만 달리면 되는 상황, 오션사이드에서 새벽밥을 먹고 출발했는데 그만 길을 잃고 말았다. 여기저기 헤매다 보니 체력도 떨어지고 시간도 많이 지나갔다. 샌디에이고는 진해 같은 군항(軍港)이다. 설상가상으로 당시 중동전선 파견물자로 인해 파손이 심해 우회도로(detour)가 많았다. 해는 기울고 도저히 국도로 달릴 수 없어 Freeway 5에 올라타는 위험천만한 모험을 감행했다. 차들은 시속 160km가 기본, 그런 10차선 고속도로를 자전거로 간다는 것은 목숨을 건 도박이었다. '무식하면 용감해진다'고 그만큼 절박했다. 젖 먹던 힘까지 모두 쏟아 페달을 밟았다. 갓길은 타이어 조각, 유리 조각, 깡통, 로드 킬 동물 사체들이 즐비해 한순간도 마음을 놓을 수 없었다.

천신만고 끝에 밤 10시가 되어서야 샌디에이고 중심부 컨보이 거리에 도착했다. 직장까지 던지고 나온, 한 달간의 첫 자전거 여행이 성공적으로 막을 내리는 순간이었다. 종일 먹지도 못하고 몸도 못 가눌 만큼 지쳤지만 해냈다는 뿌듯함, 내가 할 수 있는 모든 것을 쏟아부었다는 만족감에 마음은 하늘을 날아다녔다.

엄청난 정신적·육체적 고통에도 불구하고 청춘의 열정이 내 속에 용광로처럼 다시 끓어오르고 있음을 느꼈다. 커튼이 올라간 인생 2막의 무대에서 조그만 획을 그었다는 안도감이 밀려왔다. 뜨거운 눈물과 함께 그 벅찬 감동은 무덤까지 가지고 갈 추억의 창고에 자리 잡았다.

귀국 후엔 한동안 자전거를 타지 않았다. 거의 한 달 동안 짐도 풀지 않은 채 자전거를 외면했다. 어느 날 자전거에 쌓인 먼지를 털어내며 비로소 이번 여행이 내게 준 의미를 되새겨보았다. 적지 않은 나이에 육체가 한계에 다다를 때까지 밀어붙였던 순간, 그리고 고독과 두려움의 끝자락에서 돌아서고 싶었던 순간들과의 한판 대결을 벌였던 긴 여로, 그것은 나에게 살아 있음의 축복을 느끼게 한 소중한 시간이었다.

아마도 나는 고통과 환희의 두 얼굴을 가진 '야누스의 자전거 축제'를 계속해야만 할 것 같다.

다시 찾은
나의 삶

정석만
(전)한국간이식인협회 사무총장

"환자분! 환자분! 환자분! 눈을 떠 보세요. 환자분! 눈을 떠 보세요."

아주 멀리에서 희미하게 들리던 여자의 목소리가 점점 가까이 들려왔습니다. 힘겹게 눈꺼풀을 들어 올리려 했지만 쉽게 눈을 뜰 수가 없습니다. 가까스로 눈을 뜨고 주위를 둘러보니 사방이 유리로 된 방 한가운데에 누워있는 나 자신을 발견합니다.

"깨어나셨군요. 수술 후 24시간 만에 깨어나는 거예요. 수술 3일 전부터 간성 혼수로 정신을 잃으셨으니, 6일 만에 깨어나신 거네요. 다행히 수술은 잘 끝났으니 걱정하지 마세요." 내가 눈을 뜨자 옆에 서 있던 간호사가 반가운 듯 이렇게 말을 한 뒤 병실 문을 열고 밖으로 나갑니다.

'수술이라니?', '도대체 여기가 어디지?' 잠시 복잡한 생각을 하던 중

몸을 움직이려다가 내 몸이 자유롭지 못함을 발견하고, 나의 몸 상태를 살펴보는 순간 깜짝 놀랍니다. 양쪽 팔과 다리는 침대에 묶여 있고, 코에는 인공호흡기가 꽂혀 있습니다. 머리맡에는 10여 개의 수액과 혈액 봉지에서 나온 튜브들이 각종 기계를 통하여 가슴 쪽으로 연결되어 있고, 복부에는 6~7개 정도의 튜브들이 꽂혀 있어 뱃속에 고인 피와 이물질들을 배출하고 있습니다. 유리창 밖으로는 환자들 사이를 분주히 오가는 의료진의 모습이 보입니다. 가만히 눈을 감고 그동안 나에게 과연 무슨 일이 일어났는지 생각을 해봅니다.

"뭐가 잘못된 것 아냐? 간 기능 수치가 심각해……."

병원에 오기 전까지 나름대로 건강에는 자신이 있었습니다. 그동안 살아오면서 큰 병치레가 없었고, 치과 치료를 제외하고는 병원도 거의 방문하지 않았습니다. 두어 달 전에 회사에서 실시한 건강 검진에서도, 복부 초음파 검진까지 받았지만 별다른 이상이 없었습니다.

저는 자동차회사에서 신차 개발업무를 수행하고 있었습니다. 2003년 하반기부터 새로이 출시될 차량의 개발 때문에 2002년 하반기부터는 무척이나 바쁜 생활을 하였습니다. 특히 2002년 10월부터는 본격적으로 연구소 부문에 파견근무를 하면서 더욱더 많은 스트레스를 받았습니다. 이때 유난히 몸이 피곤함을 느꼈고, 예전에는 없던 변비와 설사증세가 반복되었습니다. 소변 색깔이 짙은 갈색으로 변하여 몸에 무슨 이상이 있다는 것을 감지하였지만, 아침 일찍부터 저녁 늦게까지 바쁜 업무에 묶여 있어서 병원에 갈 수가 없었습니다.

그러던 중 그해 11월 30일 눈자위가 노랗게 변한 것을 발견한 회사

동료는 깜짝 놀라 병원을 찾아가 보라고 이야기하였고, 나는 저녁 늦게 퇴근한 후 집에서 가까운 병원의 응급실을 찾아가 대수롭지 않게 나의 증상에 대하여 이야기하고 검사를 의뢰하였습니다.

이날도 무척이나 피곤해서 빨리 집에 가서 쉬고 싶었지만, 묘한 기분이 들어 병원을 찾아간 것인데, 지금 생각해보면 이때 병원에 가지 않았다면 정말로 큰일 나지 않았을까 하는 생각이 듭니다.

간단하게 피검사를 한 후 결과를 기다리고 있는데 잠시 후 당직 의사 선생님은 저의 혈액 샘플이 잘못된 것 같다며 다시 채혈하자고 했습니다. 채혈한 후에 의자에 앉아서 결과를 기다리던 중 너무 피곤하여 깜빡 졸았습니다.

"이거 뭐가 잘못된 것 아냐?", "아까도 이렇게 나와서 다시 검사한 거야."

잠시 후 의사와 간호사들의 웅성거림에 잠에서 깨었습니다. 의사는 현재 나의 간 효소치인 AST(SGPT)/ALT(SGOT) 수치가 2,000 이상(정상 수치는 40 미만)으로 매우 심각한 상태이니 즉시 입원하여 치료해야 한다고 하였습니다. 저는 이때 무엇보다도 회사에서 진행 중인 프로젝트가 걱정되어 입원하기를 주저하였지만 억지로 그 자리에서 환자복으로 갈아입게 되었습니다. 이렇게 저는 전혀 마음의 준비가 되지 않은 상태에서 난생처음 병원에 입원하게 되었지만, 이것이 앞으로 시작될 기나긴 투병 생활의 시작이 될 줄은 미처 생각하지도 못했습니다.

의사들의 심각한 말과는 달리, 저는 처음 입원할 때 제 병을 그리 대수롭지 않게 여겼습니다. 그동안 쉬지 않고 일만 하다 피로가 누적되어 발생한 병이니, 이번 기회에 며칠 푹 쉬고 빨리 나가서 프로젝트를 마무리 지어야겠다고 생각하였습니다. 하지만 이런 나의 기대와는 다르게 간 수치를 낮추기 위하여 투여한 약품도 별 효과가 없이 나의 몸 상태는 급속도로 악화하여만 갔습니다. 입원한 지 이틀째 되던 날 주치의는 이곳에서 치료가 어려우니 서울의 대학병원으로 옮기라고 권고를 하였습니다.

급성간염의 경우 아주 드물게 전격성 간염으로 발전한다고 합니다. 전격성 간염은 70~90%가 일주일 이내에 생명을 잃는 아주 무서운 병인데, 불행히도 제가 전격성 간염이라고 하였습니다. 주치의와 가족들이 상의하여 서울 강남성모병원에서 치료받기로 하고 즉시 구급차로 긴급 이송되었습니다.

강남성모병원서 긴급 수술… 눈물로 받은 아내의 간

2002년 12월 3일 강남성모병원에 입원한 후 혈액 검사를 하니 ALT/AST 수치는 더욱 올라가 있었습니다. 검사 결과를 확인한 주치의는 간이식을 해야 할인지도 모르니 미리 준비하라고 가족들에게 말을 하였습니다. 입원 후 계속되는 치료에도 불구하고 병세는 더욱 악화하여 갔습니다. 며칠이 지나자 시력이 약해져 주위가 뿌옇게 보인다는 것을 느꼈습니다. 집중하고 사물을 보면 잠시 윤곽이 보였다가 이내 아무것도 보이지 않았습니다. 주치의는 간 때문에 시력의 저하가 올 수는 있지만 이렇게까지 완전히 보이지 않는 경우는 없는데 이상하다며 안과 검진을 의뢰하였습니다. 검사 결과 다행히 시신경은 손상되지 않았으나 수술 후 시력 회복 여부는 장담할 수 없다고 했습니다. 입원 후 4일째 되던 날 병세가 계속 악화하던 끝에 간성혼수가 왔습니다.

우리의 몸은 장 내에서 음식물이 분해될 때 암모니아와 같은 유독 물질이 생성되는데, 이러한 유독 물질은 간에서 해독된 후 요소로 바뀌어 소변으로 빠져나갑니다. 그런데 간 부전 등 심각한 간 기능 장애가 오면 암모니아가 제대로 해독되지 못해 혈액 속으로 흘러 들어가게 됩니다. 그것이 혈액을 통하여 뇌로 흡수되면 암모니아 중독으로 간성혼수에 빠지게 됩니다. 이를 예방하려면 계속 관장을 해 장내의 변을 제거해야만 합니다.

당시 나는 의식이 희미했기 때문에, 관장한 후 배변하는 과정에서 집에 가야 한다거나 화장실에서 배변하겠다고 우기는 바람에 가족들의 애를 많이 태웠다고 합니다. 계속 악화하는 병세 때문에 결국 간 이식 수술이 결정되었고, 가족과 친지 친구 중에서 간 기증자를 찾았습니다. 너무나 급박한 상황이었기에 혈액형이 같은 아버지와 아내가 이식을 위한 검사를 받았고, 남편을 살리겠다는 일념으로 아내가 기증하기로 용기 있는 결정을 하였습니다.

기증자를 찾는 과정에서 급한 소식을 들은 교회의 목사님께서 기증을 자청하여 병원에 찾아오셨고, 사촌 동생과 친구 몇 명 또한 기꺼이 기증하겠노라고 병원에 왔습니다. 이 당시 저는 간성혼수로 기억이 없었고 수술 후 이러한 이야기를 듣고 아무 주저함 없이 간을 제공하여 진정한 부부애가 무엇인지를 보여준 아내, 진정한 이웃 사랑이 무엇인지 보여준 목사님과 동생, 친구들 때문에 눈물을 참을 수가 없었습니다.

보통 간 이식은 위험도가 큰 복잡한 수술이기 때문에 많은 검사를 하고 환자의 몸 상태가 안정된 상태에서 실시하지만, 나는 계속된 간성혼수로 의식을 잃은 데다 체온도 높아져 한시가 급했기 때문에 입원한 지 7일 만인 12월 10일로 긴급히 수술 날짜가 결정되었고, 무의식 상태에서 수술에 들어갔습니다. 수술은 예상보다 힘이 들었는지 시간이 오래 걸렸고, 밖에서 기다리던 식구들은 수술실 상황판만 보며 불안하고 초조하게 시간을 보냈다고 합니다. 보통 10시간 정도 걸리는 수술이 13시간을 넘겼고, 수술 후 나와 부인은 중환자실로 이송되었습니다.

나는 마치 꿈속에서 헤매듯이 이상한 경험을 했습니다. 캄캄한 어둠 속에 누워 있는데 누군가가 나를 데리고 가려 했고, 나는 끌려가면 정말 죽는다는 생각이 들어서 아내와 아들의 이름을 부르며 끌려가지 않으려고 필사적으로 노력하였습니다. 또 내가 중국과 일본 프랑스 등으로 이동하며 수술을 받고, 각국에서는 특이한 방법으로 치료를 하였습니다. 이때의 기억들이 너무도 생생하여 당시 의료진과 대화를 나눈 내용이 지금도 떠오릅니다. 간 이식 수술의 경우 수술 자체가 워낙 큰 스트레스를 주어 환자들 대부분이 이와 비슷한 경험을 한다고 하며, 이를 의학적으로는 사이코시스(Psychosis)라고 합니다.

갑자기 무엇이 잘못되었는지 머리맡의 기계가 요란한 소리를 울리고 있었습니다. 그 소리에 눈을 떠 보니 기계를 점검하기 위하여 간호사가 들어와 있었습니다. 나는 간호사에게 왜 내가 여기에 있는지, 여기가 어딘지 물어보았고 그제야 제가 간 이식 수술을 받았고 아내가 나를 위하여 간을 기증하였다는 것을 알게 되었습니다. 아무것도 모르던 어린 나이에 시집을 와서 고생만 하던 부인이 남편에게 간까지 떼어주고 고통을 받고 있다고 생각하니 너무나도 미안하고 고마운 마음에 눈물을 참을 수가 없었습니다. 아내의 상태를 물으니 다행히 수술을 잘 마치고 회복실에서 회복 중이라고 하였습니다. 잠시 후 의사 선생님께서 들어오셔서 수술은 잘 되었다고 하신 후 수술 시 쪼그라든 폐를 펴기 위하여 기침하여 가래를 끌어 올려 뱉으라고 하셨습니다. 그런 후 나의 눈 상태를 점검하였습니다. 나의 시력은 정상으로 돌아와 있었고 의사 선생님께서는 정말 다행이라며 기뻐해 주셨습니다. 하루가 지나자 유리창 밖으로 부모님과 동생, 이모의 모습이 보였습니다. 그 순간 갑자기 쏟아지는 눈물을 참을 수가 없었습니다. 나는 눈물이 별로 없는 편이었는데 쏟아지는 눈물을 참을 수가 없었습니다. 인터폰을 통하여 수고했다는 부모님의 말씀을 듣고 목이 메어 한참 동안 아무 말도 할 수가 없었습니다. 이렇게 나는 중환자실에 있는 동안 면회 시간만 되면 눈물을 흘렸는데 한번 눈물이 터지면 좀처럼 그칠 수가 없었습니다. 아마도 이때 흘린 눈물이 몇 주전자는 될 겁니다. 얼굴의 혈색이 돌아오고 몸을 어느 정도 움직일 수 있게 되자 간호사는 TV 리모컨을 주었습니다. 마치 처음 보는 TV인 것처럼 모든 것이 신기했고 그동안 무슨 일이 있었는지 뉴스를 보았습니다.

급성거부반응 날벼락, 뇌사자 장기 기증으로 재수술

점차 좋아지던 병세가 수술 후 4일이 지나자 갑자기 악화하기 시작하였고 결국엔 다시 혼수상태까지 되고야 말았습니다. 간 이식 수술 후 드문 경우에 급성 거부반응이 오는데, 간 조직검사를 하자 최악의 결과인 급성 거부반응으로 진단이 내려졌습니다. 주치의께서는 지금의 상태가 좋지 못하여 재수술하여야 할 것 같다고 아버지에게 말씀하셨습니다. 힘들게 수술하여 이제는 아들을 살렸다고 생각했는데, 다시 수술해야 한다는 소리는 아버지에게 청천벽력과 같았습니다. 하지만 너무나 심각한 상황이라 다시금 식구들을 모아 대책 회의를 하였습니다. 그러던 중 기적과 같은 일이 발생하였는데, 뇌사자가 나타났다는 소식이 있었습니다. 검사를 해 보니 나와 혈액형과 조직이 비슷하여 이식이 가능하다고 하였습니다.

당시 우리나라에는 장기기증 문화가 활성화되지 못하여 뇌사자 기증이 거의 없는 상태였습니다. 더구나 2000년에 장기이식에 대한 법률이 제정되고 KONOS(국립장기이식관리기관)가 설립되면서 장기기증에 대한 법적 규제가 강화가 되자 1999년에 162건에 달했던 뇌사자의 장기기증이 2002년에는 36건까지 줄어들게 되었습니다. 이 중 간 기증은 28건에 불과했습니다. 이런 상황에서 시기와 조건이 맞는다는 것은 거의 기적에 가까운 일이었습니다. (2007년 최요삼 선수의 장기기증으로 장기기증에 대한 국민들의 인식이 많이 향상되어 2008년에는 뇌사자 장기이식이 256건으로 늘어났습니다)

긴급히 12월 17일 오후에 다시 이식 수술에 들어갔고, 약 13시간이 지난 새벽에야 수술이 끝났습니다. 수많은 의료진이 투입된 복잡한 수술이었습니다. 수술은 성공적이었지만 감염된 혈액이 수술 후에도 계속 배어져 나와 이를 제거하기 위한 또 한 차례의 수술이 12월 19일 이루어졌습니다.

"환자분… 환자분… 환자분, 눈을 떠 보세요. 환자분, 눈을 떠 보세요."

하이톤의 여자 목소리에 나는 다시 깨어났습니다. 간호사는 그간의 일들과 재수술 과정을 간단하게 설명해 주었습니다. 그제야 나는 첫 번째 수술 후 중환자실의 모습이 생각났습니다. 이번에는 지난번에 있던 중환자실이 아니었습니다. 지난번 내가 누워있던 병실은 저기 유리창 너머로 보였습니다. 첫 번째 수술 후 몇 개 제거되었던 튜브들이 다시 꽂혀 있고 이제 처음부터 다시 회복 과정을 밟아야 했습니다. 가래침을 계속 뱉어내고 숨쉬기 운동을 다시 시작하였습니다. 며칠이 지나자 아내가 휠체어를 타고 면회를 왔습니다. 수술한 뒤라서 그런지 야윈 모습이었지만 그 모습은 세상에서 가장 아름다웠습니다. 나는 목이 메어 한참 동안 말을 할 수가 없었습니다. 유리창을 사이에 두고 한참을 울먹인 우리는 잠시 후 간신히 서로의 상태를 물었고, 다행히 상태가 좋다는 대답에 안심을 할 수가 있었습니다. 이렇게 중환자실에서 순조롭게 회복을 하던 중 갑자기 한기가 들며 온몸이 덜덜 떨리기 시작하였습니다. 도무지 참을 수가 없었고 열이 39도까지 올라갔습니다. 또 거부반응이 아닌가 하고 걱정을 했지만, 다행히 거부반응은 아니었고, 엑스레이 판독 결과 폐에 물이 찼음을 발견하였습니다. 이를 제거하기 위하여 오른쪽 옆구리에 손가락 굵기의 튜브를 삽입하였습니다. 저녁 9시경에 튜브 삽입 시술을 하였는데 삽입하는 순간 극심한 고통이 찾아왔고, 이

후 숨 쉴 때 특히 들숨 때 너무 아파서 힘들었습니다. 진통제를 두 번이나 맞았으나 소용이 없었고 밤새도록 한숨 못 자고 숨을 헐떡였습니다. 이때가 가장 힘든 순간 중 하나였던 것으로 기억됩니다. 다음날이 되자 고통이 점점 줄어들었고 병세도 호전되어 갔습니다.

12월 25일 크리스마스 날 드디어 중환자실에서 나와서 7층의 1인용 무균실로 옮겨졌습니다. 그곳에서 지내면서 별문제 없이 회복되었고 복부에 있는 튜브들이 하나씩 제거되면서 정말 기분이 날아갈 듯이 좋았습니다. 특히 옆구리의 튜브를 제거할 때는 너무 좋아서 춤이라도 추고 싶었습니다. 1인실로 옮겨지고 며칠 후에 입원하고 처음으로 거울을 볼 수가 있었습니다. 거울을 보는 순간 나는 깜짝 놀랐습니다. 수술 전 90kg에 가깝던 몸무게가 불과 한 달 만에 25kg이나 줄어들어 완전히 다른 사람이 거울 속에 있었습니다.

새로 얻은 생명, 살얼음판 삶

1인용 무균실에서 일주일 동안 회복한 후, 4인용 무균실로 자리를 옮겼습니다. 의사 선생님은 이제부터 퇴원하기 위하여 운동하라고 하였습니다. 퇴원이라는 소리가 너무나도 반가웠고, 이를 위하여 열심히 운동하였습니다. 이렇게 별다른 문제 없이 회복되어서 갔고, 드디어 의사 선생님께서는 1월 18일에 퇴원을 해도 좋다고 하셨습니다.

퇴원일 아침에 약제실에서 선생님이 오셔서 복용 약품의 종류와 복용 방법, 퇴원 후의 식생활 방법과 외부 출입 시 마스크 착용 건, 자외선 차단과 각종 세균 감염에 주의해야 하는 등 생활 방법에 대하여 교육을 해주셨습니다. 나는 너무 기쁜 마음에 날아갈 것만 같았습니다. 간호사 선생님들과 같은 병실에 있던 사람들의 축하와 부러움을 한 몸에 받으며 40여 일 만에 병원을 떠나 그토록 그리던 집으로 갈 수가 있었습니다.

집에 돌아와 보니 집이 깨끗하게 정리되어 있었습니다. 퇴원 후 나의 감염을 우려하여 아버지와 동생이 미리 청소와 소독을 한 것입니다. 안방에는 병원과 같이 외부에 유리로 된 덧문을 설치하여 외부와의 접촉을 차단해 놓았습니다. 이렇게 다시 살아 돌아온 집은 너무 반가웠고, 내가 쓰던 집기 하나하나가 그렇게 정겨울 수가 없었습니다. 그렇게 즐거운 마음으로 며칠을 보냈고, 4일 후인 1월 22일 혈액검사를 위하여 병원을 방문하였습니다. 혈액검사 후 7층 무균실과 간호사님들 그리고 장기이식센터에 들러 감사의 인사를 드리고 기분 좋게 집으로 돌아왔습니다.

1월 23일 아침에 일어나니 속이 울렁거리기 시작하였습니다. 아침 식사를 하고 잠시 누워 있는데 울렁거림이 점점 더 심해져 갔습니다. 병원에 문의하니 빨리 병원으로 오라고 하였습니다. 차로 병원까지 가는 동안 상태는 더욱 악화하여 속을 쥐어짜는 듯한 극심한 고통에 허리를 펼 수가 없었습니다. 병원에 도착한 즉시 입원하였고 검사 결과 장유착으로 나왔습니다.

장 유착은 개복 수술 시 장이 공기에 노출되고, 수술 중 생긴 피와 같은 이물질들로 인하여 장 벽이 일부 붙어 음식물의 통행을 방해하는 증상입니다. 입원 직후 금식에 들어갔고 콧줄(L 튜브)을 삽입하였습니다. 엑스레이를 찍은 결과 장 유착으로 인하여 위가 엄청나게 늘어나 있었고, 그 날밤에는 엄청난 양의 위액을 토해내었습니다. 장 유착을 풀기 위하여 관장과 걷기 운동을 하였습니다. 하지만 2주가 지나도록 차도가 없었고, 아무것도 먹지 못하고 기약 없이 기다리는 것이 너무나 힘들었습니다. 다시 엑스레이 조영 검사를 하였고 그 결과 소장의 유착으로 장이 완전히 막혀버렸다는 진단이 내려졌습니다. 결국엔 2월 6일 소장 박리수술을 하게 되었습니다. 나는 그동안 수술을 세 번이나 했지만 모두 무의식 상태에서 받았기 때문에 수술실의 모습을 알지 못하였습니다. 수술실로 내려가자 푸른색 가운을 입은 의사가 잠시 기다리라고 했습니다. 처음 보는 수술실인데도 의외로 담담하였습니다. 잠시 후 의사는 나의 입과 코에 마취 마스크를 씌웠고, 숨을 두어 번 쉬자 그대로 깊은 잠에 빠져들었습니다. 다행히 수술은 예상보다 빠르게 끝났습니다. 수술 후 하루 동안 중환자실에서 보낸 후 일반 병동으로 다시 올라왔습니다. 하루가 지나자 가스가 나왔고 대변을 볼 수 있었습니다. 드디어 그 끔찍했던 콧줄이 제거되자 날아갈 듯이 몸이 가벼웠습니다. 이후 10일간의 회복기를 거쳐서 2월 17일 다시 퇴원하게 되었습니다.

7월경에는 안정적이던 간수치가 급속히 나빠져서 또 입원하였습니다. 검사해 보니 급성 거부반응이었습니다. 주치의 선생님과 의료진들의 헌신적인 치료로 다행히 간수치가 안정화되어 한 달 후 퇴원하였습니다. 이후 11월에도 급성 거부반응으로 입원을 하였고 12월에는 면역 억제제의 종류를 바꾸게 되었습니다. 다행히 새로운 면역 억제제가 나의 몸에 맞았는지 2004년 1월 퇴원 후 간 수치는 차츰 안정화되었습니다.

사람의 몸에는 면역이라는 자연치유의 기능이 있습니다. 즉 병균들이 몸 안으로 침투해 오면 이를 퇴치하기 위하여 항체가 만들어지는데, 치유된 후 같은 병균에 대해서는 발병을 하지 않게 됩니다. 하지만 장기이식자의 경우 면역항체들이 이식된 장기를 외부 침투자로 간주하여 공격하게 됩니다. 이를 방지하려면 면역 억제제라는 약을 먹어 이식된 장기를 보호하여야 합니다. 이 때문에 퇴원 후 면역 억제제, 스테로이드, 항바이러스제 등의 약들이 지정된 시간에 맞추어 복용하여야 합니다. 퇴원하고 처음에는 복용 시간을 지키기가 어렵기도 하고, 또 순서대로 약을 먹어야 하는데 먹었는지 먹지 않았는지 기억이 나질 않아 무척이나 고생하였습니다. 지금은 일자별, 시간대별 약품 복용 체크리스트를 만들어 별 차질 없이 약을 먹고 있지만, 아직도 정확한 시간에 맞추어 먹는 일이 쉽지만은 않습니다.

덤으로 얻은 삶은 고통 받는 이웃을 위한 삶

최근 국내 간 이식 수술의 수준이 세계 정상급으로 성장하였고, 이제는 말기 간 질환의 가장 실한 치료법으로 인정을 받고 있어 많은 말기 간 질환 환자들께서 간 이식 수술을 받고 있습니다. 하지만 아직 일반인들은 간 이식에 대한 정확한 정보에 접근하기가 어려워 말기 간 질환으로 고생만 하다가 돌아가시는 안타까운 경우가 많음을 알게 되었습니다. 수술 후 간 이식에 대한 정보를 찾아다니던 중 생각보다 적은 자료에 안타까워했고, 이 과정에서 알게 된 간 이식 수술 환자 및 보호자들과 함께 인터넷 포털 사이트인 다음에서 간 이식 카페인 '리버가이드(http://cafe.daum.net/liverguide)'를 개설하여 운영하고 있습니다. 또한 간 이식을 준비하는 분들을 위하여 간 이식 관련 자료들과 그동안의 카페 자료들을 모아 한국간이식인협회 이상준 회장님의 도움으로 서로사랑 출판사에서 간 이식 가이드인 〈간 이식 두려운 게 아니에요!〉를 출판하여 간 이식인들의 지침서로 보급하였습니다.

간 이식은 워낙 큰 수술이기 때문에 의료진의 자세한 설명에도 불구하고 대부분의 환자는 수술에 대하여 막연한 두려움을 느낍니다. 이때 수술 후 건강하게 사는 사람들의 모습을 보여주면 환자들은 안심하게 됩니다. 그래서 간 이식을 준비하는 분들을 위해서 상담 조를 조직하여 강남성모병원에서 수술하는 분들을 찾아가 환자의 입장에서 간 이식 수술에 대하여 상담해 주고 있습니다.

또한 간 이식 환자들의 권익향상과 장기기증 활성화를 위하여 한국간이식인협회를 섬기고 있습니다. 앞으로도 말기 간 질환으로 고생하시는 분들과 간 이식을 준비하시는 분들을 위하여 조금이라도 도움이 될 수 있도록 노력하겠습니다.

요즘에는 하늘의 구름이 예전같이 무의미하게 보이지 않습니다.
요즘에는 새소리가 예전같이 무의미하게 들리지 않습니다.
요즘에는 불어오는 바람이 예전같이 무의미하게 느껴지지 않습니다.
하마터면 다시는 보지도, 듣지도, 느끼지도 못 할 뻔했던 소중한 것들입니다.

이렇게 생과 사를 넘나드는 병원 생활을 하면서 나는 많은 것을 배우고 느낄 수가 있었습니다. 먼저 그동안 간과하며 살아왔던 건강이 얼마나 소중한지 알게 되었습니다. 너무나도 어렵게 다시 찾은 나의 삶을 위하여 앞으로는 더욱 소중하게 가꾸며 살아갈 것입니다. 또한 나의 주위에는 나를 사랑하는 사람들이 너무나도 많다는 것을 알게 되었습니다. 이제는 내가 그들에게 의미가 있는 사람이 되기 위하여 노력해야겠고, 나아가 이 사회를 위하여 무언가 이바지할 수 있는 그런 사람이 되도록 노력하며 살아갈 것입니다.

거친 풍랑 속에서도 깊은 바다처럼 나를 잠잠 개 해 주신 주님의 사랑, 내 영혼의 반석이 되신 주님의 사랑, 그 사랑 위에 설 수 있도록 기도합니다.

간 이식 후
10년을
맞이하며

이학수

삼성서울병원 두사랑회 이학수 고문/멘토

1988년 6월 어머니께서 간암으로 운명하시고 나서야 나도 간이 나쁜 가족력을 가진 것을 알게 되었다. 뒤 늦게나마 곧바로 금주를 하였으나, 의지가 약하여 담배는 끓지 못하고 회사생활을 계속했다. 1990년에 독립해 내 사업을 하게 되어 상대적으로 스트레스는 덜 받게 되었으나 간경화는 서서히 진행되고 있었고, ALT(SGPT), AST(SGOT) 수치는 언제나 100 전후로 높은 편이었다.

일반적으로 간경화의 증세는 심한 피로감, 잦은 쥐남(경련), 혈소판 감소, 황달, 복수, 식도 정맥류, 간성 혼수 등이 있으며, 특히 복수, 식도 정맥류, 간성 혼수 등은 중증으로 사망에 이르기도 한다.

첫 번째 죽음의 문턱에서(1998년 7월)

1994년 삼성서울병원 내원 후 내과에서 간경화로 계속 진료는 받고 있었고, 1998년에는 비록 IMF로 내수 경기는 매우 어려웠으나 수출만 하던 나는 그즈음 꽤 바빴다.

7월 어느 날, 오후 4시경부터 속이 메스껍고, 토하고(토혈) 검은 변을 설사처럼 하기 시작하여 억지로 집에 돌아와 누웠다. 병원에 가자는 아내의 말에 너무 늦은 시간이니 내일 가자면서 설사를 하고 토하면서도 그냥 잤다.

무식하면 용감한가! 토한 것이 검은색이라 피는 붉은색이니 토혈한 것이리고는 생각도 못 했는데, 나중에 물어보니 장기 내 출혈은 색이 선짓국의 선지처럼 검다고 했다. 다음 날 아침 아내가 깨웠으나, 눈은 뜬 것 같은데 앞이 캄캄하여 보이지가 않고, 힘이 하나도 남아 있지 않은 상태로 삼성서울병원 응급실에 도착하였다.

뒤에 들은 얘기로는 식도 정맥류는 토혈 후 8시간 이내에 병원에 도착하면 80%는 산다고 했으나, 내 경우는 15시간 지난 후에 병원에 도착하였으니 거의 죽은 상태와 다를 게 없었다.

응급실 도착과 동시에 서서히 의식을 잃어가면서, 동시에 불과 2~3분 동안에 기억이 있던 어린 시절부터 현재까지의 일들이 파노라마처럼 지나가며, 어느 한순간 가장 행복했던 시점으로 서서히 빠져들고 의식을 잃었다.

꿈결인가 무의식 속에서 갑자기 고3인 딸과 군대에 있는 아들이 떠오르며, 이대로 죽지 못 하겠다는 생각이 들어 눈을 뜨니 "아, 살았구나!" 하는 느낌이 왔다. 예전 같으면 죽었겠지만, 위내시경의 발달로 11군데가 터졌는데, 우선 심한 곳 여섯 군데를 결찰하고 나머지 다섯 군데는 2주 후 재입원해 결찰하였다. (내시경 결찰을 하루 6번 이상 할 경우 쇼크사 가능성이 있다 함) 그 이후 지금까지 금연하고 있다.

두 번째 죽음의 문턱에서(2002년 6월)

간경화로 인해 두 달에 한 번, 혈액 검사는 6개월마다, 초음파 검사는 1년에 한 번꼴로 위내시경, 2년마다 CT 촬영을 하며 지내던 중, 위내시경에서 폴립이 발견되어 레이저로 제거하였다. 다음날 퇴원 준비를 하고 있는데 담당 의사 선생님께서 "위암"이라 하셨다. 제거한 폴립의 암세포가 끝에까지 닿은 것 같아 안전하게 개복 수술로 위를 2/3가량 절제하여야 한다고 하였다.

이때까지 금주와 금연을 하며 규칙적인 생활과 꾸준한 운동으로, 남들은 자주 재발하는 식도 정맥류도 거의 나은 것 같았는데, 위암이라 절제하여야 한다 하니 정말로 앞이 캄캄했다. 실제로 그 당시만 해도 암은 무조건 불치병이라 하였고, 더구나 간경화로 항암 치료가 거의 어려운 상태이니 더욱더 절망감에 빠질 수밖에 없었다. 결국 위를 개복하여 약 70%를 제거하고 수술을 마쳤다. 다행히 항암 치료는 하지 않고 퇴원하였다.

간경화가 심한데 항암 치료나 방사선 치료를 받게 되었으면 아마 살지 못했을 것이다. 98~100kg이었던 몸무게가 82kg까지 줄어들었다.

처음 한 달 동안은 아침, 간식, 점심, 간식, 저녁, 간식으로 6끼씩 조금씩 식사를 하였고, 이후 5끼, 4끼, 1년 후엔 3끼로 정상화되었고. 몸 무게도 88kg까지 올라왔다.

처음에는 잘 모르고 과식하여 토하기 일쑤였고, 물을 급히 먹다 체하기도 하며, 점차 조금씩 적응이 되어 무사히 5년을 넘겨 2007년 6월 의사 선생님으로부터 "위암 완치" 판정을 받았다.

세 번째 죽음을 넘어 '새로운 삶'의 시작(2009년 2월 17일)

식도 정맥류나 위암으로부터 서서히 벗어나고 있을 때도 간경화는 계속 조금씩 나빠지고 있었다. 이때껏 간경화엔 특별한 치료 약은 처방받지 못히였고, 어느 때부터는 운동을 심하게 하지 않았는데도 쥐가 자주 나고, 간혹 운전 중에 깜박깜박 졸게(간성 혼수의 시작) 되어 놀라 소름이 끼칠 때가 자주 발생했다.

2008년 11월경 몸 상태는 점점 회복 불능의 상태로, 쉽게 지치고 손끝이 약간씩 떨리고 간혹 수저를 떨어뜨리는 행동이 나타났으나, 이것이 왜 나타나는지는 생각지 못하고 있었다. 12월 중순경 아침에 눈을 뜨고 침대에서 일어나려는데 몸이 전혀 움직이지 않았다. 정신은 멀쩡하여 발은 일어나자고 명령하는데, 몸이 꼼짝을 하지 않아 아내가 억지로 옷을 입히고 부축하여 병원 응급실로 실려 갔다. 응급실에 도착하고 나서야 이것이 말로만 듣던 간성혼수라는 것을 알게 되었고, 빠르면 몇 시간 내에 깨어나고, 심하면 며칠씩 깨어나지 못하는 경우도 있다는 것을 알았다.

다행히 나는 응급실에서 곧 깨어났다. 이틀 후 주치의 교수님의 진료를 받고, 곧바로 이식 대기자 명단에 내 이름을 올리고 간 이식에 대해 상담을 하라는 의사 선생님의 설명을 들었다. 어쩔 수 없는 때가 된 모양이었다. 일면 두렵고, 한편으로는 드디어 올 것이 온 것이라는 체념으로 하루하루를 보내고 있으면서도, 지난번 죽음 직전에 느꼈던 가장 행복했던 시절로 돌아가는 것 같은 기분이 들어 위로되기도 했다.

고민에 빠진 나에게 딸이 아내와 같이 와 자기 간을 줄 테니 걱정하지 말고 수술하자고 이야기하였다. 이 세상에 어떤 부모가 선뜻 자식의 간을 받겠는가? 참으로 고맙고 눈물이 앞을 가려 아무 말도 못 했다. '사랑은 내리사랑이라.' 부모가 자식에게 주는 것은 누가 뭐라 하랴마는 자식의 간을 어찌 받겠는가?

고민이 되어 친구에게 상의하니, 친구가 오히려 내가 부럽다며 좋은 딸을 두고 훌륭한 가정이라며 잘 될 거라고, 수술받고 그 대신 오래 살아 보답하라고 하였다. 지금도 미안함과 고마움에 마음이 아파 어떻게 표현도 못 하고 차마 딸을 정면으로 보기가 민망하다. 2009년 2월 17일 딸의 간 66%를 받아 무사히 수술을 마치고 무균 병동에서 의식이 돌아왔을 때, 손과 발은 침대에 묶여 있었고 몸에는 열대여섯 개의 관이 꽂혀 있었다.

기증자인 딸은 약 10여 일, 나는 약 한 달간의 입원 기간 수호천사인 아내의 고생은 어찌 말로 표현할 수 있겠는가?

딸은 11층 일반 병동에, 나는 10층 격리 병동에 입원해 있으니, 아래 위층 병시중에 그 고생은 겪어 보지 않은 사람은 상상을 못 할 정도였다. 더구나 격리병동에서의 병간호는 비닐 옷을 입고, 마스크를 착용하고, 장갑을 끼고 병간호를 해야 하니(무균상태), 조금만 지나도 땀이 줄줄 흐르는 상태였다.

수술 전 88kg이던 몸무게가 66kg까지 빠졌다. 평생 먹어야 하는 면역 억제제의 부작용으로 고혈압, 당뇨 등이 나타나 생애 처음으로 식사 후 인슐린 주사를 맞기 시작하였다. 수술 후 열흘 동안 모든 근육은 없어져 버렸고, 보조 기구를 잡고서야 조금씩 걸을 수 있었다. 목소리도 약하게 겨우 말할 수 있을 정도였다. 약 한 달 만에 퇴원할 때 마지막 몸에 부착된 쓸개즙 관을 뺄 때는 몸속의 장기도 같이 빠져나오는 것 같았다. 날아갈 것 같은 기분으로 퇴원 후 3달까지는 매 식사 후에는 인슐린 주사를 맞으며, 마스크와 장갑을 끼고 모자를 쓴 채 아파트 안길을 1시간씩 하루 3시간을 걸었다.

드디어 병원에서 이제부터는 인슐린 주사를 안 맞아도 된다고 해, '진짜 이젠 완전히 다 나았구나.' 하는 기분이 들었다. 어지간히 걷고 하여도 예전처럼 쥐가 난다거나 피곤하지가 않으니, 3달이 지난 후부터는 운동하여야 한다는 생각에 집사람과 같이 남한산성에 주차 후 그곳에서 걸으며 운동을 계속하였다.

며칠 후 몸이 가려워 잠을 잘 수가 없어 야단이 나 다음 날 아침 바로 서울 삼성서울병원 응급실로 갔다. 진료 시, 무리한 운동으로 쓸개관에 염증이 생겨 황달이 오고 ALT, AST 수치가 올라갔다고 했다. 조금 강한 운동을 하려면 최소한 1년이 지나야 할 것 같았다.

6개월간은 꼭 마스크를 착용하고 장갑을 끼고 다녔고, 의사 선생님도 경과가 참 좋다고 칭찬을 하셨다. 보통 암 수술 후 5년이 지나야만

완치로 판정하는 것을 보면, 간 이식 후 제대로 간이 자리를 잡기까지
는 시간이 오래 걸릴 것 같았다.

2012년 말에 나에게 새로운 생명과 희망을 준 삼성서울병원에 뭔가
보답을 하고자 자원봉사를 신청하여, 2013년 3월부터 지금까지 한 번
도 빠짐 없이 매주 금요일마다 병원에서 다른 환우들을 만나고 있다.

환우들에게 드리는 말씀

7년 가까이 봉사 활동을 하며 경험하고 배운 것들을 적어, 초기 이식
환우들에게 조금이라도 도움이 되면 좋겠다. 다만 환우마다 다르기 때
문에 이것이 꼭 정답은 아니니, 참고만 하시길 바란다.

① 생체 이식의 경우, 복부에 압력이 올라가는 행동은 최소 6개월간은
   하면 안 된다. 무거운 것을 옮긴다거나 심한 운동, 심한 스트레칭,
   팔굽혀펴기 등. 나는 이식 3개월 후 무리한 산행으로 응급실에 한
   번 온 후엔 1년이 될 때까지는 평지만 걸었고, 1년이 지나서야 언
   덕길 같은 둘레길 걷기, 그 후 2년이 지나서 산행 등 헬스도 시작했
   다. 그래서인지 지금껏 ALT, AST 등 간 기능 수치가 20 이하로 유
   지하고 있다.
② 이식 후 1년 전후로 골프 운동으로 담도에 문제가 생겨 입원하시는
   경우도 있다.
③ 이식 1년 반 전후해서 산 정상까지 무리한 산행으로 입원하시는 경
   우도 있다.

④ 건강식품, 특히 즙을 복용하는 경우 ALT, AST 등 간 기능 수치가 상승하는 경우가 많다.(녹즙, 도라지즙, 배즙, 여주 달인 물, 토마토, 사과 등 을 갈아서 드시는 것)

꼭 먹고 싶으면 깨끗이 씻어서 씹어 먹는다. 직접 씹어 먹으면 적게 먹지만, 갈아 먹으면 양이 많아 간에 무리가 갈 수 있다.

⑤ 사회생활에서 스트레스를 많이 받는 경우나 무리한 운동, 잠을 잘 자지 못하는 등 이런 것은 우리 간 건강에 몹시 나쁘다.

이 지면을 빌려 새 생명을 있게 해주신 삼성서울병원 의료진 여러분 께 진심으로 감사의 마음을 전한다. 걱정해 수신 모든 분께 감사드리 며, 언제나 감사하는 마음으로 새로운 삶을 건강하게 살아가 갈 것이 다. 특히 사랑하는 딸과 아내에게 정말로 고맙고 고맙다.

순애의
수기

민순애
서울대학교병원 봉사자

돌이켜 보면 참 힘든 시간이었다. 그러나 그런 시간이 있었기에 오늘 누리는 행복이 더 소중하게 느껴진다는 사람. 서울 동대문구 회기동에 사는 민순애(60세) 씨 이야기를 해보려 한다.

지금이야 고운 자태에 남부러운 것 없어 보이지만 알고 보면 그녀의 지난 삶의 여정은 혹독했다. 건강이 발목을 잡으면서부터였다.

30대 중반, 어느 날 갑자기 간에 이상이 생기고, 활동성 B형 간염 진단을 받으면서 평온했던 그녀의 삶은 벼랑 끝으로 내몰렸다.

그랬던 그녀가 오늘은 웃는다. 하루하루 누리는 소중한 행복에 감사해한다. 그래서 더 열심히 살게 됐다는 민순애 씨, 그녀의 지난 이야기를 들어봤다.

느닷없이 활동성 B형 간염 진단!

힘이 없고, 피곤하고, 의욕이 없고⋯. 30대 중반의 나이, 3남매를 키우며 평범한 가정주부로 살고 있던 민순애 씨에게 어느 날부터 나타난 증상이었다. 심한 일을 했거나 과로하면 느끼던 피곤함과는 분명 달랐다.

그래서 찾게 된 병원. 그런데 이게 웬일인가? 활동성 B형 간염이라고 했다. 이럴 수도 있나 싶었지만 이미 돌이킬 수 없는 현실. 병원에서는 인터페론 주사를 맞으라고 권했다. 담당 의사는 말했다. 치료 성공률은 50% 정도 된다고.

이때부터 일주일에 3번 정도 인터페론 수사를 맞기 시삭했다는 민순애 씨.

"1년 정도 맞았나 봐요. 그러자 몸도 많이 좋아져 검사해보니 간에 흉터만 있을 정도로 좋아졌다고 하더군요." 비록 간염 보균자란 딱지는 얻었지만 비교적 가볍게 정상으로 회복됨을 기뻐하며 6개월에 한 번씩 체크만 했다고 한다.

"이때부터는 간에 좋다는 녹즙도 마시고 간에 관한 공부도 제법 하면서 나름대로 신경을 썼어요." 그러나 그것만으로는 역부족이었나 보다. 그렇게 10여 년이 흘렀을 때 또 한 번의 고비가 찾아왔다.

위중하게⋯ 절망스럽게⋯

어느새 40대 중반으로 접어든 민순애 씨는 어느 날 갑자기 몸이 착 가라앉으면서 일어나지 못하자 아차 했다. '또다시 간에 문제가 생겼구나!' 직감했다.

"부랴부랴 병원으로 갔더니 간 수치가 700~800까지 치솟아 있다면서 당장 입원을 해야 한다더군요." 또다시 시작된 치료. 주사도 맞고 약도 먹으면서 치료를 시작했다. 그렇게 하면 예전처럼 회복될 거라 믿었다.

"그런데 입원하고 며칠 지나지 않아 아랫배가 불룩 나오면서 아주 기분이 나빴어요. 처음엔 왜 이런가 했더니 알고 보니 그게 바로 복수였어요."

난생처음 접해보는 아주 기분 나쁜 느낌! 묵직하고 답답하고 소변도 잘 나오지 않았다. 그나마 다행인 것은 이뇨제를 처방하자 복수는 바로 빠졌다. 살도 함께 빠졌다.

그 때문이었을까? 20여 일 후 퇴원할 즈음에는 몸도 빼빼 말라 예전의 건강했던 모습과는 많이 달라져 있었다. "그러자 친척 중 한 분이 요양병원에 가서 요양해보라고 권하더군요."

그 길로 찾게 된 경기도 남양주에 있는 한 요양병원. 이곳에서의 생활은 민순애 씨 삶에 적잖은 영향을 미쳤다. 몸에 대해, 건강에 대해 새로운 깨달음을 얻게 된 계기가 됐다고 말한다.

무염식을 하고 숯 목욕을 하고

자연치유의 요람으로 알려진 요양병원에서의 생활은 민순애 씨에게 아주 낯설었다. 현미밥을 먹고, 채소와 과일 위주의 식사를 하고, 숯 목욕을 하고, 숯 드레싱도 하고….

그러나 오래지 않아 그 생활에 흠뻑 매료됐다. 하루가 다르게 몸이 좋아졌기 때문이었다. 그래서 이뇨제를 끊어볼 결심도 했다. 몸에 대해, 건강에 대해 공부를 하게 되면서 약의 양면성도 알게 된 덕분이었다.

"그러나 너무 성급했었나 봐요. 약을 끊자 서서히 배에 복수가 차기 시작하데요. 그래도 약을 찾진 않았어요."

그 대신 민순애 씨가 택한 것은 자연요법이었다. 그리고 그것은 지금도 민순애 씨 삶을 지배하는 건강 지침서가 되었다.

① 무염식하기 — 간을 하지 않은 채소 샐러드나 과일 위주로 먹는 생활을 했다.

② 숯 목욕하기 — 숯을 물에 풀어놓고 목욕을 했다. 몸의 독소를 빼내는 효과가 있었다.

③ 숯 드레싱하기 — 숯가루를 물에 개어서 간 부위에 붙이고 산책을 하면서 햇볕을 쬐는 일광욕을 자주 했다. 이 또한 독소 배출에 도움이 되었다.

④ 생감자 갈아 먹기 — 새벽에 일어나자마자 생감자로 즙을 갈아서 그 즙을 매일 아침 마셨다. 독소 배출에 효과가 있었다.

⑤ 연근 갈아먹기 — 매일 아침 연근 즙을 갈아서 마셨다. 연근은 지혈 효과가 있기 때문이었다. 간이 제구실을 못하면 식도정맥이 터질 수 있는데 이를 예방할 목적이었다. 새벽마다 일어나 감자를 갈고 연근을 갈고 숯 목욕을 하고 숯 드레싱을 하고….

"그런 정성 때문이었는지 6개월 정도 요양병원 생활을 하자 몸은 몰라보게 좋아졌어요. 약을 먹지 않았는데도 복수도 빠지고…그래서 그리운 가족 품으로 다시 돌아갈 수 있었죠." 하지만 그 기쁨은 그리 오래가지 못했다. 다시 복수가 차면서 그녀 삶은 또 한 번의 중대한 고비를 맞게 되었다.

간 이식 결심을 하다!

한 남자의 아내라는 자리, 또 세 아이의 엄마라는 자리로 돌아온 민순애 씨는 6개월 만에 또다시 요양병원행을 택해야 했다.

"요양병원에서처럼 규칙적인 생활도 못 하고 일상의 스트레스도 받고 하니 바로 복수가 차면서 또다시 간은 제 삶에 브레이크를 걸더군요."

다시금 요양병원으로 향했지만, 그 발걸음은 무거웠다. 가족들한테도 미안했고, 죽을 때까지 이렇게 살아야 하나 절망스러웠다.

"그래서 결심했어요. 간 이식을 하자. 가족들의 애원도 있어서 진지하게 생각하지 않을 수 없었어요."

그 후의 일은 마치 꿈속 같다. 선뜻 내키지 않아 갈등하고 또 갈등했던 몇 개월… 하루는 결심했다가 다음 날은 포기하고… 또 하루는 건강해진 모습을 그려보다가 또 하루는 혹시 잘못되면 어쩌나 걱정하고…. 숱한 불면의 밤이 계속됐고, 갈등의 연속이었다.

그런 그녀에게 가족들의 응원은 큰 힘이 됐다고 한다. 그래서 용기를 냈다. 간 이식을 하자 결심했다고 한다. 하지만 그 결심은 시작부터 난관에 부딪혔다. 가족 중에는 혈액형이 맞는 사람이 없었다.

하지만 행운은 결코 그녀를 외면하지 않았다. 민순애 씨는 "무슨 복이었는지 모르겠다."고 말한다. 중국에서 간 이식을 하고 건강을 회복했던 지인의 도움을 받으면서 그녀도 천재일우의 행운을 거머쥘 수 있었기 때문이었다.

"수술도 수월하게 끝났고, 회복도 빨랐어요. 수술 후 큰 부작용도 없어서 그 행운에 감사하고 또 감사했어요."

그것은 2006년 8월, 그녀 나이 53세 때의 일이었다.

감사하며… 봉사하며…

그로부터 7년이 지난 지금 민순애 씨는 어떻게 살고 있을까?

"간 이식 덕분에 참으로 많은 행복을 누리고 삽니다. 늘 면역 억제제는 먹어야 하지만 복수가 차서 고통스러웠던 예전의 삶과는 비교할 수 없으니까요. 이런 행운이 제게 주어졌다는 사실이 지금도 불가사의하게만 느껴져요."

그래서 매사 감사하고 또 감사하다는 민순애 씨. 그런 그녀는 건강의 소중함을 누구보다 잘 알기에 건강 챙기기는 언제나 삶의 일순위에 둔다.

그런 덕분일까? 건강에 관한 해박한 지식도 쌓았다. 그런 그녀를 남편은 종종 놀린다. '회기동 건강 박사'라고.

그렇다면 회기동 건강 박사로 통하는 민순애 씨가 즐겨 실천하고 있다는 일명 '민순애 표 건강법'을 살짝 엿보자.

민순애 표 건강법

① 아침엔 무염식 영양음료 마시기 ― 아침 한 끼는 밥 대신에 콩+깨+
잣+호두를 갈아서 만든 영양음료 한잔을 마신다. 온 가족이 함께
마신다. 콩은 살짝 데쳐서 갈고, 검정깨나 흰깨, 혹은 들깨는 살짝
쪄서 말린 것을 간다. 잣과 호두는 그냥 넣어서 갈고 여기에 철철
이 딸기, 양배추, 브로콜리, 사과, 당근 등을 가미해서 갈아 마시면
훌륭한 한 끼 영양식이 된다고 한다.

② 점심, 저녁은 잡곡밥 먹기 ― 백미 조금+검정 쌀+밀+보리+콩 등
각종 잡곡을 색깔별로 넣어서 밥을 해 먹는다. 특히 이때 구기자도
뜨물에 살짝 씻어 넣고 밥을 짓는다. 구기자가 간 기능을 좋게 하
기 때문이다.

③ 일주일에 두 번 숯 목욕하기 ― 요양병원에서 하던 방법으로 지금도
꾸준히 하고 있다. 해독작용을 하기 때문이다.

④ 효소 꾸준히 먹기 ― 곡물효소를 사 먹기도 하고, 직접 담가서 발효
액으로 먹기도 한다. 매실, 석류, 개복숭아, 자두, 머루, 민들레 등
여러 가지를 담아서 따로 먹기도 하고 같이 섞어서 먹기도 한다.

⑤ 돌을 구운 후 타월에 싸서 단전에 올리기 ― 간 이식 수술 후 걸핏하면
생기는 방광염 증상에 효과 최고다. 돌을 가스레인지에 올려두고
10분 정도 구워서 타월로 싼 뒤 너무 뜨겁지 않게 해서 단전에 올
리고 잔다. 그것을 매일 같이했더니 방광염 증상이 없어졌다.

오늘도 자신에게 찾아온 행운에 감사하며 나누며 봉사하며 살고 싶

어 하는 민순애 씨.

그래서 간 이식인 모임인 설사랑회를 통해 봉사활동도 열심히 한다. 장기이식캠페인도 벌이고 수술 못 받는 환자들에게 도움을 주기도 하면서 자신이 받은 행운을 나누고 싶어 한다.

그런 그녀가 전하고 싶은 메시지는 하나다. 어떠한 상황에서도 포기부터 하지 말라는 당부다. 설사 내일 최악의 상황이 오더라도 오늘 미리 포기하지는 말자는 것이다. 희망은 종종 기적을 만들어내기도 하기 때문이다.

지금은
사랑으로
살아간다

성봉선

국립암센터 우리생명회 회장

행복이 무엇인지 나는 감사하며 2019년 5월을 보내고 있다. 가족의 소중함, 애틋함이 삶의 원동력이 되어 열심히 일하고, 또 시간을 내어 봉사도 하며, 이타적인 삶으로의 보람도 함축되어가는 현재가 참 좋은 날들이다.

벅차오르는 기쁨으로 지난날의 슬픔에 그 감정이 잘 살려질지는 모르겠지만, 그래도 나는 그때를 생각하면 늘 가슴에 서늘함이 서린다.

새로 태어난 그 시간의 수기를 부탁받고 2012년도를 떠올리려니 뜨거운 눈물이 나오고 가슴에 북받치는 설움, 지금의 환희와 뒤섞여 살아 있음에 다행인 감사의 기도가 절로 나온다. 사랑으로 살아갈 것이라고 다짐하며 순차적인 기억 상자를 열어보려 한다.

어느 날부터인가 나는 만성적인 무기력함과 피곤함을 느꼈다. 그러던 어느 날 병원을 방문하게 되었는데, B형 간염 보균자라는 말을 의사 선생님으로부터 들었다. 회상을 해보니 1978년에 운명하신 어머니는, 배가 터질 듯이 부어오르면 병원에 다녀오시곤 하셨다. 지금 생각하니 간경화 말기여서, 복수가 차면 병원에서 복수를 빼고 오셨던 것이다. 어머니에게 간 질환을 물려받았다는 생각이 든다.

나는 30대 때에 B형 간염을 앓으면서 인천병원에 꾸준히 다니면서 관리를 해왔다. 그때까지는 나에게 그런 질환이 잠재되어 있으리라고는 생각도 해 본 적이 없어 크게 당황했다. 형님 두 분이 계셨는데, 큰형님과 작은형님 모두 52세에 간암으로 하나님의 부름을 받았다. 형님들을 보내고 나도 그러지 않을까 하는 마음에 병원을 꾸준히 다니며, 간에 좋다는 약을 많이 먹었다.

2012년 9월 병원 진료가 있는 날, 인천에 있는 종합병원에 도착하여 초음파 검사를 받고, 주차장에서 자동차 시동을 걸고 출발하려는데, 전화벨 소리가 울렸다. 전화를 받아보니 병원 검사실이었다. "지금 빨리 검사실로 오세요. 아무래도 다시 한번 검사를 해봐야 할 것 같다고 하네요." 불안한 느낌이 뇌리를 스쳐 지나갔다.

CT와 MRI 검사를 하였더니 간에 1mm 정도 두 개의 암이 발병하였다 하였다. 그 소리를 듣는 순간 머릿속이 하얗게 변하고, 다리는 후들거리고, 마음은 무너졌다. 선생님과 상담을 하니 간 절제를 하자고 하신다. 간 절제를 하면 이상이 없겠냐고 질문하니 선생님 말씀 다시 발병하면 재수술을 하면 된단다. 정말 무성의한 답변이었다. 성의 없는 의사 선생님의 말씀에 절망이란 단어가 회오리치며 괜히 확 치미는 감정으로 병원을 나섰다.

억장이 무너진다는 표현이 맞을 것 같다. 내 문제인데도 공연히 의사 선생님한테도 화가 나고, 짜증도 났다. 집에 가서는 아내에게 어떻게 이야기를 해야 하나 많이 고민했다. 하지만 용기를 내어 아내에게 간암이라고 말했다. 아내는 내색은 안 했지만 얼마나 무섭고 힘들지 짐작이 가고도 남았다.

그때 일을 생각하면 지금도 아내가 고맙고 사랑스럽다. 아내와 같이 절제 수술을 해야 하나 많이 고민하던 차에, 나에게는 생명의 은인과 같은 처고모님 두 분의 권유로 국립암센터에 예약하였다. 바로 예약을 해놓고도 병원에 갈 수가 없었다. 어쩌면 이것으로 마지막일지도 모를 불안감에, 하던 일들을 어느 정도 정리를 해야 할 것 같아서였다. 바빠 정리한다고 하였는데도 어느새 3개월이란 세월이 흘러 12월에서야 다시 병원 진료 예약을 하였다.

처음으로 일산 국립암센터에 들어섰다. 만감이 교차하는 서늘함으로 선생님과의 면담, 선생님께서는 얼른 이식해야만 살 수 있다고 했지만, 나는 자꾸만 내 몸 전체가 까맣게 타들어 가는 불안과 답답함이 엄습해와서 울컥울컥하는 나 자신을 달래야만 했다.

어디서, 어떻게 기증을 받아야 하나, 장기를 사야 하나, 얼마면 살 수 있을까? 그런 말도 안 되는 상상을 하며 살고 싶다는 절규에 나는 놀라고 또 놀랐다. 그러다가도 정말 살고 싶다, 다시 살 수 있다면 잘 살 수 있을 것도 같았다.

그러던 와중에 아내가 아이들에게 조심스럽게 이야기를 하였다. 아들이 둘인데 다행히 고맙게도 서로 자기가 하겠다고 하여 병원에서 검사를 받는다고 하는데, 난 무슨 의미인지 모르겠지만, 속울음이라고 해야 하나, 내 영혼들이 촉촉해지는 숨도 제대로 쉴 수 없는 그런 심장의 흔들림을 느꼈다. 아들들이 대견하고 고마워서 벅찬 마음이었다.

일단 작은아들이 먼저 검사를 하였는데, 혈액형 불일치로 나왔지만, 지금은 아무런 문제가 되지 않는다며, 혈장 술을 하면 문제가 없다 했다. 얼마나 다행인가 싶으면서도 아들이 안쓰럽고 미안한 마음이었다.

바쁘게 검사를 하고 수술 날짜가 잡혔다. 2012년 12월 5일, 수술 날짜를 잡고 보니 아들에게도 배에 흉터가 남을 텐데 너무나 미안한 생각에 또 가슴이 아프고 미어졌다. 드디어 간 이식수술을 하기 위해 입원을 했다.

많은 초조함과 떨림, 우리생명회 봉사자분(간 이식인 선배님들)들께서 병실을 방문하여 간 이식에 대하여 설명을 해주었고, 덕분에 마음에 안정을 찾고 평온이 찾아왔다. 12월 5일 아침 8시, 아들이 먼저 수술실로 가고, 나는 수술실 가는 동안 전등을 보는데, 여태까지 살아온 순간들이 스크린 화면으로 발현되면서 만감이 교차했다.

깨어보니 수술이 잘 되었다는 김성훈 선생님의 한 마디. 수술실을 나오자마자 비몽사몽간에 보이는 것은 작은아버지, 작은어머니, 아내. 중환자실에서 마취가 깨어나자 아들은 어떻게 되었는지 너무나 걱정이 되어 간호사님께 묻자, 자제분도 건강하다는 한마디. 그에 남아 있던 불안감마저 사르르 사라지고, 그때서야 내가 정말 살았구나 하는 안도감에 감사의 눈물이 양 볼을 적셨다.

사람이 태어나서 모두가 겪는 생로병사지만 나는 그래도 수월하게 가족의 사랑으로 새 생명으로 안착하게 되었음을 인정한다. 다시 얻은 생명으로 제2의 인생을 활기차게 살아가고 있다. 웬만한 일은 사랑으로 덮을 수 있는 여유가 생겼고, 무한한 사랑으로 지켜야 할 가족이 다시 생겼고, 나보다는 이웃을 배려하는 감사함이 늘 곁에 있는 지금의 삶이 참 좋다.

　수술 전과 후의 삶이 완전히 다른 것은 내가 삶을 대하는 마음인 것 같다. 수술 전에는 당연한 것으로 받아들이고 살아왔고, 감사함이 결여되었던 삶이었던 것 같다. 지금은 모든 것에 감사함을 바탕으로 삶의 자세가 형성되어, 그전에는 느끼지 못했던 편안함이 있어 매일 매일이 축복된 길로 가고 있음에 나는 사랑으로 살아가고 있다고 자부할 수 있다.

　우리생명회 환우님들은 물론, 모든 간 질환 환자들이 새 생명을 얻어 즐거운 인생을 펼쳐나가길 바란다. 내가 느끼는 행복 이상으로 삶의 질이 높아지기를 바라는 마음으로 기억의 상자를 덮는다.

둘째아들로부터 받아
다시 태어난
아빠

이춘실
고려대학교 안암병원 간사랑회

저는 B형 간염 보균자입니다. 어느 날 저와 친분이 있는 형님이 다쳤다고 저에게 수혈을 해달라는 연락에, 바로 병원으로 달려가 채혈을 했지만, 병원 담당자가 이춘실 님은 남에게 줄 수 없는 피라고 했습니다. 큰아이 낳고 얼마 되지 않았을 때였습니다. 그 후 가족 생각하는 마음에 피우던 담배도 끊고, 술도 잘 마시지 않는 생활을 했습니다. 그리고 세월이 흘렀고, 축산업 가게를 하고 있었습니다. 기사식당, 고기뷔페, 숯불 갈빗집을 하다가 가게가 팔리는 바람에 쉬는 날이었습니다.

마침 쉬는 날이라 건강 검진을 받으러 간 병원에서 다른 모든 것은 정상인데, B형 간염이라는 결과가 나왔습니다. 그래서 도봉동 집과 가까운 고려대학교 안암병원에서 진료를 받기 시작했습니다.

1년, 6개월, 3개월, 점점 병원에 가는 간격이 줄어들었습니다. 어느 날 엄순호 교수님께서 조직검사를 하자고 하시기에 CT를 찍고 진료를 받던 중, 교수님께서 간에 조그마한 종양이 보인다고 말씀하셨습니다. '간세포 암'이랍니다. 암이란 소리에 저는 너무 놀랐고, 아내 또한 너무 놀라서 울고 있었습니다. 눈앞이 캄캄했습니다. 그 후 병원에서 색전술과 고주파 열 치료를 받았으며, 7번~12번 계속해서 입원과 퇴원을 반복하는 등 고통받는 날들이 시작되었습니다. 교수님께서는 암세포가 혈관 옆에 있어 수술하기가 위험해 시술만 하셨는데, 어느 날 "혈관 옆이라 잘못 건드리면 다른 데로 전이 될 수 있으니 간 이식을 한 번 생각할 필요가 있다."고 하셨습니다.

"저는 어떠하죠? 선생님!"

저에게는 간 이식을 해줄 사람이 없다고 하자, 교수님께서는 아들의 간 이식 얘기를 하셨습니다. 너무 당황하고, 기가 막히고, 하늘이 무너지는 것 같았습니다. 아내와 저는 말도 못 한 채, 몇 날, 며칠이 지나갔습니다. 그러던 중 작은아들이 간 이식을 하겠다고 나섰습니다.

큰아들은 가게(축산업)를 운영하고 있었고, 작은아들은 회사에 다니고 있었습니다. 작은아들이 한 달 휴가를 내 이식 수술을 하기로 했습니다. 수술 담당은 김동식 교수님이었습니다. 수술하기 일주 전에 입원해서 검사했는데, 간 기능 수치가 100이었습니다. 긴장을 많이 했는지……. 일주일 뒤 다시 입원해서 아들과 같이 병실에 나란히 누워 있는데, 아들에게 미안하고 고마운 마음이 들었습니다.

추석 명절이 지난 2011년 9월 28일에 간 이식 수술이 진행되었습니다. 수술 당일 아들이 먼저 나오고, 저는 16시간에 걸쳐 수술을 받았습니다. 다행히 수술은 잘되었고, 회복도 빨랐습니다. 고비도 있었지만 20일 지나서 퇴원했습니다.

병원에 가는 주기도 일주일, 보름, 한 달, 두 달, 석 달 간격으로 점차 늘리다, 현재는 4개월에 한 번씩 병원에 다닙니다. 계속 검사도 하고, 주사도 맞고, 약도 꾸준히 먹고, 운동도 열심히 하고 있습니다.

간을 준 작은아들은 이식 수술 그다음 해에 장가를 갔습니다. 며느리는 수술 당시 다니던 회사에서 사귀던 여성이었습니다. 너무 마음씨가 곱습니다. 손자도 2명입니다. 다복하게 잘살고 있습니다.

아내도 신경을 많이 쓰고 가게 일도 맡아서 운영하고 있습니다. 특히 하루도 빠짐없이 먹는 물을 끓여 주고 있습니다. 큰아들도 가게 운영하느라 아버지를 대신해서 열심히 일하고 있습니다. 가족들 모두 한마음이 되어, 옆에서 많은 힘이 되어줍니다. 저 역시 술, 담배 등 건강에 나쁘다는 것은 먹을 생각도 하지 않았습니다.

자기 몸은 스스로 관리를 잘해야 가족들한테 미안한 마음이 들지 않습니다. 진료를 열심히 받고, 교수님과 코디님이 시키는 대로, 우리 환자들은 잘 따라야 합니다. 김동식 교수님께서 어느 날 "한국간이식인협회란 곳이 있는데, 고려대 간이식인 모임에서도 참여하는 게 어떻겠냐?"고 말씀하셔서 협회 문을 두드리게 되었습니다. 협회에 참여하다 보니 협회에서 많은 환자에게 도움을 주고, 노력하는 게 보였습니다.

초창기 이상준 (전) 협회장님과 많은 분이 노력한 성과로, 현재 우리 이식 환자들은 많은 혜택을 보고 있습니다. 저 역시 봉사하는 마음으로 고려대학교 안암병원과 협회를 위해서, 간 이식 환우를 위하여 노력하는 봉사자가 되겠습니다.

　환우 여러분! 우리 모두 기증자의 뜻을 받들어 각자 몸 관리를 철저히 해주시길 부탁드립니다!

항상 감사하는 삶을

김승섭
연세세브란스병원 회장

2011년 8월 17일 오후 6시경 '따르릉' 한 통의 전화, "김승섭 씨 본인 맞으시죠? 여기 연세세브란스병원 장기이식센터입니다. 지금 당장 늦어도 6시 30분까지 병원으로 들어오십시오."

돌아보면 수술하기 4년 전쯤 B형 간염 간경화로 내과를 다니던 중 진료 후 교수님이 "간 이식센터에 등록하시죠?"라 하셨다. 등록하자 코디 선생님이 이식 절차를 자세히 설명해 주었다. 이때가 가장 번민이 심했고, 만감이 교차했다. '이게 뭐지? 이제 끝인가?', '정리해야 하나?', '어떻게 해야 하나?' 온갖 상념에 마음이 어지러워 정리되지 않았다. '내 명이 여기까지인가 보다.' 이렇게 반 체념 상태로 간 이식에 대해서는 아무것도 몰랐고, 또한 간 이식을 받는다는 생각 자체를 하지 않고 지내던 중 갑작스레 찾아온 행운이었다. 나는 B형 간염 간경화로 뇌사자 간 이식 수술을 받았다.

그 시절 나는 B형 간염 보균자인 줄은 알고 있었으나, 당시에는 뚜렷한 치료 약이나 치료 방법이 없었다. 단지 잘 먹고, 잘 쉬고, 스트레스 받지 말라는 얘기뿐이어서 평소 운동을 좋아하고 병원 한 번 간 적이 없으니 그저 별일 없으리라는 생각뿐이었다. 그러던 중 무절제한 생활로 건강을 해쳐서 40대 중반에 간경화로 진전되어서 그 증상으로 식도 출혈을 여러 번 하였다. 아직도 식도 출혈했을 때의 기억이 생생하다. 한번은 지하철 남영역사 내에서 출혈하여 응급실에서 수혈을 3팩 이상 받고, 밤새 코에 고무호스를 연결하여 물로 식도 및 위 청소할 때의 고통은 끔찍했다. 식도가 출혈할 때마다 한 10일 정도는 입원하여 치료를 받았다.

그 외에는 다른 증상은 없이 내과 진료를 받으며 건강관리를 꾸준히 하여 비교적 큰 불편 없이 지내던 중이었다. 헐레벌떡 병원에 오니 교수님이 "지금 바로 수술해야 합니다." 하셨다. 판단이 잘 서지 않아 머뭇거리는데 "지금도 수술받을 순번은 아니지만 내 앞에 분이 고사하셔서 기회가 온 것입니다. 다음은 기대하지 마십시오."란 말씀에 정신이 번쩍 들었다. 그 날밤에 바로 뇌사자 간 이식수술을 받았다. 지금 돌이켜보면 잘 믿어지지 않는 일이 나에게 일어난 기적이었다.

항상 감사하는 마음을 가지고 '잊지 말아야지.' 다짐 또 다짐한다. 벌써 9년이 지났다. 때때로 그때의 감사한 마음을 자주 망각을 하는 것 같아 스스로 반성을 많이 한다.

수술은 열두 시간 이상한 것 같다. 다음날 12시쯤 눈을 뜨니 중환자실이었다. 수술실에 들어가는 것까지는 기억이 나는데, 그 이상은 기억나지 않았다. 그 당시 내가 할 수 있는 일이란 눈만 껌벅이고 숨만 쉬는 것뿐인데, 숨 쉬는 것이 세상에서 제일 어려운 일임을 깨달았다.

교수님이 오셔서 "수술은 성공적으로 잘됐습니다. 걱정 안 하셔도 됩니다."라고 말씀하시는데, "감사합니다."란 말이 입에서 맴돌 뿐 나오지 않았다. '내가 이제 살았나?' 하는 마음도 잠시뿐, 고통이 엄습했다. 중환자실에서 눈을 떴을 때 가족 및 친구 얼굴이 먼발치로 보였다. 순간 나도 모르게 눈물이 계속 흘렀다. 왜 그렇게 눈물이 많이 나오는지 평생 흘릴 눈물을 다 흘린 것 같다. 아마도 참회, 반성, 미안한 감정이 북받쳐서 그랬던가? 약한 모습을 안 보이려 얼굴을 반대로 돌렸다. 간호사가 "몸이 약해지면 마음도 약해진다."며 "점차 좋아지니 걱정하지 마시라."는 말이 큰 힘이 되었다.

병문안 온 친구가 보니 몸에 연결된 고무호스가 12개나 된다고 했다. 며칠 후 중환자실에서 일반병실로 옮겼다. 그때까지 누워서 못 움직이고, 대소변도 못 가렸는데 병실 복도를 돌며 운동하는 환자들을 볼 때마다 부러웠다. 나는 언제 저렇게 걸을 수 있으려나 막막하기만 했다.

그러나 내 생각과는 다르게 하루가 다르게 몸이 회복하는 것을 느끼면서 '신의 섭리가 이것인가?' 하는 생각에 경외감마저 느꼈다.

인간이란 얼마나 보잘것없는 존재인가? 오만과 독선에 빠져 지냈던 세월을 다시 반성했다. 몸에 연결된 링거 줄을 하나씩 제거하다 보니 3주가 흘러갔다. 교수님이 수술 결과 뿐 아니라 예후도 가장 좋다고 했다. 퇴원 준비를 하라고 했다. 벌써 퇴원이라니 실감이 안 났다.

이제 제2의 생을 얻었으니 감사하는 마음을 잊지 않고 더욱 열심히 살아야겠다는 다짐을 했다. 퇴원 이후 모든 것이 달라져 보였다. 우선 몸무게가 20kg 정도 감량됐다. 마음은 예전 같은데, 몸이 따라주지 않았다.

퇴원 후 6개월 정도는 고생했다. 3개월은 복수가 찼고, 3개월은 계속 설사만 하는데 음식을 먹을 수가 없었다. 간 기능 수치가 올라서 일주일 정도 입원을 했다. 그 외에는 그럭저럭 큰 불편 없이 잘 지냈다. 다시 한번 감사함을 느꼈다. 새로 태어난 감사한 마음을 잊지 않기 위해 뜻있는 일을 생각하던 중에 간 이식 수술을 하신 분들의 모임이 있는 것을 알았다.

이 모임에 가입하여 활동을 하면서 건강뿐 아니라 정서적, 사회적으로 큰 힘이 되어 안정감과 자신감을 많이 얻었다. 퇴원 후 약해진 나를 친구나 동료들에게 보여주기 싫어서 의기소침해져 있을 때 많은 도움이 되었고 지금은 적극적으로 활동하고 있다. 우리 모임에서는 작년 2018년 5월에 설악산 대청봉을 1박 2일로 등정했고, 올 초에는 한라산 1박 2일 등정도 했다. 많은 분께 우리의 건강한 모습을 보여주는 것이 우리의 의무이자 보람이라고 생각한다.

이식수술을 하는 전국의 모든 병원에 있는 이와 같은 모임이 모여 〈한국간이식인협회〉를 운영하는데, 〈한국간이식인협회〉는 비영리민간단체로서 정부에서 주는 최우수 모범 사례 표창을 받았으며, 뜻깊은 일을 하다 보니, 많은 분의 후원과 지지를 받고 있다.

설립 초기, 선배님들께서 많은 일을 하셨기에 지금 우리 이식인들은 장애인 지정, 산정 특례 적용 등 혜택을 받고 있다. 선배님들께 다시 한 번 감사드린다. 또한 〈나눔공간〉 소식지를 발행해, 이식인들의 동정 및 새로운 정보를 공유하고 있으며, 매달 장기 기증 활성화 캠페인을 개최한다. 그리고 가장 중요하고 뜻깊은 '나눔행복기금'을 운영해 생활이 어려워 수술받기 어려운 환자들에게 소정의 금액을 지원하는 사업도 하고 있다.

더 많은 분의 동참과 후원을 희망한다. 나는 몸은 거듭났지만, 마음은 아직 거듭나지 못한 것 같다. 수술받았을 때의 감사한 마음이 점점 흐려져 가는 나 자신을 스스로 반성한다.

끝으로 기증자님과 그 가족분들, 내 가족 및 친척, 수술해주신 교수님과 의료진분들께 거듭 감사드린다.

초심을
되돌아보며

이내학
삼성서울병원

온몸에 한기가 느껴지며 공포감이 갑자기 몰려오고 있었다. 수술 준비로 달그락거리는 소리, 의사 선생님들의 대화가 희미해지며 나는 깊은 잠에 빠져들고 있었다. 수술실에서는 조재원 교수님과 스텝 선생님들의 부산한 움직임이 시작되었지만, 기억은 가물가물 희미했다.

1996년 9월, 회사 정기 건강 검진에서 GOT/GPT 수치가 정상 범위를 벗어나 재검사를 해보니 B형 간염이 활동성으로 진행되었다는 결과가 나왔다. 그러나 그 당시는 작고 사소한 수치 정도로 치부하고, 6개월에 한 번 정도 병원에서 관리를 받는 것으로 B형 간염과의 전쟁은 시작된 것으로 기억된다. 그 후 직장을 다니며 관리하기에 벅찼는지 활동성 간염은 점점 악화하고 있었으며, 간 기능 또한 유지되기보다는 점진적으로 하향 곡선을 그리고 있었다.

장기간의 관리에도 불구 2001년 주치의 선생님이 간 이식을 생각해 볼 때가 되었다고 말씀하신 것 같다. 그러나 나는 간 이식이 무슨 의미인지조차 가슴에 와 닿지 않았다. 그러는 동안 직장에서는 장기 해외 출장과 일에 파묻혀 1년이라는 시간이 훌쩍 지나갔다. 2002년 말 헝가리 산업은행 차세대 금융 시스템 설계 및 제안을 하고 프로젝트를 수주, 2003년 1월 설 명절도 헝가리 산업은행에서 프로젝트 설명회 등 프로젝트 추진에 정신없는 시간을 보내고 있었다. 이미 나의 몸은 간 기능 수치(알부민)가 1.6~2를 왔다 갔다 하고 있었고, 신장기능이 저하되고 복수 및 부종이 심해져, 2003년 1월 말 출장을 마치고 귀국했을 때는 다리 부종이 심하고, 복부에는 상당량의 복수도 차 있었던 것 같았다

　그러나 나는 간을 돌보고 휴식할 겨를도 없이 2월도 최악의 건강 상태에서 일을 하며, 가족과 아내의 만류에도 고집을 부리며 3월 15일 헝가리로, 프로젝트 수행 팀장으로 장기 해외 출장을 떠나게 되었다. 그러나 나는 항공기에서 기내식은 물론 헝가리에 도착 후 음식을 잘 먹지 못하며 지내고 있다가, 3월 28일 병세가 악화하여 급거 귀국, 29일 병원 응급실에 입원했다. 그때 처음으로 복수를 강제로 빼내는 치료를 시작했다. 그 후 나는 2~3일에 한 차례씩 야간에 응급실을 찾는 단골이 되었고, 응급실에 도착하면 3,000 ~5,000cc의 복수를 빼고 난 후 알부민을 밤새워(5시간가량 소요) 응급실 의자 또는 1층 접수창구 쪽의 긴 대기 의자에 의지하여 주사 후, 새벽에 집으로 향하는 일을 반복했다. 그 옆에서 그러한 나날의 연속을 뒷바라지하는 아내는 어려움 속에서도

꿋꿋이 나의 간호에 한 번의 불평은커녕, 행여 내가 불편하지 않도록 정성을 다했다. 진정한 평생 반려자였다.

그런 투병 생활의 연속에서 장기이식센터에 간 이식 등록을 하고, 가족과 친척 중에 제공 가능한지 집에서는 조심스럽게 방법을 찾고 있었다고 한다. 그때만 해도 사회에서의 장기 기증에 대한 인식은 TV에서 직장 동료에게 간 기증, 부모에게 기증 등등 상당히 이식에 대한 여론이 긍정적이었다. 그러나 나는 아내만 알고 가족에는 쉬쉬하고 있었고, 그렇게 하고 싶었다. 그렇게 시간은 흐르고 급기야 아내가 O형인데 검사를 받겠다고 고집을 부리고 있었고, 나는 절대 반대를 하고 있었으며, 그 이유는 나를 살리려고 연약한 아내가 힘들어질 수 있다는 막연한 불안감 때문이었다. 그러는 사이 간 기능은 점점 악화하여가고 있었고 가족 친지에게 나의 병세는 모두 알려졌다.

아내는 나의 반대에도 아랑곳하지 않고 검사를 시작하였으며, 결론은 이식은 가능하나 이식하기에는 아내의 간의 크기가 너무 작다는 판정을 받았다. 시간이 흐르면서 가족들에게 부담으로 작용하는 것 같았다. 나 또한 그러한 상황이 가슴을 짓누르는 부담으로 돌아오는 느낌을 지울 수가 없었다.(아마도 나는 내심 가족 친지로부터의 희소식을 기다렸는지도 모른다)

그렇게 3일에 한 번 응급실을 전전하여 복수를 빼며 생활하던 중, 7월 10일 아침, 1976년 결성된 장남 모임 친목회 친구로부터의 소식을 접했다. 그 모임 친구 중 정○○이라는 친구가 나에게 간을 이식해주겠다며 또 다른 친구 유○○을 통해 연락을 해왔다. 그 사실을 알리던 친구조차도 목이 메어 전화를 계속하지 못하고, 끊고 잠시 후에 다시 전화하겠다고 했다. 잠시 후 휴대폰이 다시 울렸다 친구의 목소리는 조금 전보다는 진정되었지만 그래도 흥분이 가라앉지 않은 목소리였으며, 휴대폰으로부터 흘러나오는 친구 목소리는 "정○○이가 너에게 간 이식을 해주겠다고 방금 연락을 해왔다."는 말이 들렸다. 친구도 눈물을 흘렸고 나도 눈물이 하염없이 흘렀다.

나는 "친구야, 나는 정○○이 검사하여 이식해 줄 수 없어도, 또 생각이 바뀌어 이식을 안 해준다 해도 나는 친구로부터 이식을 받은 것이나 다름없이 행복하다."라고 답했다. 나는 실제로 그랬다. 가족도 친척도 하기 어려운 결정을 친구는 아무런 거리낌 없이 생명의 위험이 있을지도 모르는 막연한 불안감, 그리고 수술로부터 생기는 아픔 등이 있는지조차 생각하지 않고, 무조건적인 우정으로 결정한 친구의 진정한 마음을 보았다고 생각했다.

'나라는 사람은 참으로 복이 많고 행복하다. 이 세상에 이런 행복한 사람이 또 어디 있으랴!' 나는 친구의 조건 없는 나눔과 우정의 결정으로, 이식은 빠르게 추진되기 시작했다.

그러나 2003년 8월 초 나는 위궤양의 악화로, 위궤양 부위에서 출혈이 발생, 내시경을 통한 5시간의 지혈을 위한 시술에도 불구, 간 기능의 저하로 지혈은 불가능한 상태로 의료진이 먼저 간 이식 후 자연적인 지혈 기능이 호전되기를 기대하며, 임시 마무리를 할 수밖에 없었다.

그러던 중 친구의 검사 결과 이식 가능 판정으로 2003년 8월 29일 이식 수술 일자가 정해졌다. 주치의 선생님께서는 계속 입원하고 있다가 수술을 하도록 말씀하셨으나, 나는 마음의 여유도 갖고 싶고, 2주 이상의 긴 입원에서 벗어나고도 싶어 의사 선생님에게 허락을 받아 수술 전 2주간의 휴가를 보냈다.

하루하루를 기다리며 초조하기도 했지만, 나는 예전에 치질과 맹장 수술을 받은 경험이 있기에 불안감은 없었다. 수술 전날 소독 용제를 사용해 목욕하니 소독약 냄새가 곧 수술한다고 하는 느낌이 들었다.

다음날 오전 8시, 수술이 예약되어있었으나, 새벽 뇌사자 응급수술로 수술 시간이 연기되었다. 친구가 8시쯤 수술실로 향했다고 연락이 왔고, 나는 8시가 넘어서 수술실로 내려갔다. 수술 대기실에선 왠지 싸늘해져 오는 느낌이 온몸을 엄습해 왔다. 간호사 선생님의 "수술실로 들어갑니다." 하는 소리와 함께 나를 실은 침대의 바퀴가 수술실을 향해 굴러갔다. 이미 수술실에는 많은 의사, 간호사 선생님들이 초록색 수술복을 입고 나를 기다리고 계셨다. 나는 수술대 위로 옮겨졌고, 의사 선생님들은 분주히 움직이고 있었다. 그리고 잠시 후 수술 준비가 끝나고 마취과 선생님의 소리가 들렸다 "저는 마취과 의사입니다. 이제 마취를 시작합니다. 한숨 푹 주무세요." 나는 아련히 의식이 사라져 감을 느끼고 있었다.(나를 위한 의사 선생님들의 수술은 시작되었고, 새로운 내가 태어나고 있었으리라……)

나는 컴컴한 느낌 속에서 무언가 움직임을 감지할 수 있었으나 볼 수는 없었다. 마취에서 깨어나지 않고 있었기 때문이다. 지난날에 읽었던 소설 〈돈키호테〉의 내용 중 돈키호테가 풍차를 거인으로 알고 창을 찔러대고 공격하는 장면이 머리를 스쳤다. 나 자신도 허공을 허우적

거리고 있었다. 돈키호테를 이해할 수 있을 것 같았다. 아날로그 수치와 디지털이 무엇을 의미하는가도 생각하고 있었다. 어렴히 희미하게 잡히지 않는 그 무엇인가를 향해서 몸부림쳐보기도 했다. 마취에서 깨어나 보려는 몸부림도 소용없었다. 의사 선생님 목소리가 귓전을 스쳤다. "이내학 씨, 숨 쉬어요. 숨을 안 쉬면 어떻게 해요." 면회 시 아내가 "눈 좀 떠봐요."라는 소리도 들렸다. 반가워서 있는 힘을 다해 눈꺼풀을 들어 올리려고 해봤으나 소용이 없었다. 무엇인가 나를 짓누르는 고통이 괴롭혔다. 밀려오는 통증으로 인한 고통에 '아, 차라리 수술하지 말 걸'하는 생각도 스쳐 지나갔다. 너무도 수술을 쉽게 생각했나 싶었다. 단지 메스로 절개하고 봉합사로 꿰매는 것쯤으로 대수롭지 않게 생각했는데, 수술의 통증은 예상보다 너무도 컸다. 그렇게 하루 동안 마취에서 깨어나지 못했다.

이렇게 나의 중환자실의 생활은 시작되었다. 복부 양옆에는 수류탄 (흔히 환자들이 이야기하는 이물질 제거 주머니) 3개, 주렁주렁한 약 주입용 장비, 수액 세트, 어깨 부위는 주사용 호스 등이 나에게 연결돼 있었는데, 그 후 서서히 옆에 있는 수술환자분들의 신음을 들을 수 있게 되었다.

그렇게 시작된 중환자실 생활은 간호사 선생님과 보조원님들의 헌신적인 봉사로 서서히 회복하고 있었고, 하루 중 두 번의 면회 시간은 평생을 잊기 어려운 기다림이었다.

나를 위해 중환자 보호자 대기실에서 밤샘하고, 집에 있는 아이들 돌보랴, 참으로 하루하루가 힘든 병간호 생활의 연속이지만, 힘든 내색한 번 않고 아내는 내가 기다리는 시간에 1분이라도 더 빨리 보려고 맨

앞에서 줄을 서 있다 들어오곤 했다. 나의 영원한 동반자인 아내, 직장에 나가며 힘든 중에도 면회 시간에 맞춰 먼 길을 한숨에 달려오는 남동생, 무엇인지 잘은 모르지만, 아버지가 병으로 병원에서 치료를 받고 있으니 아빠를 위해 문병 오는 두 아들, 행여 오빠가 어떻게 되지 않을까 노심초사 대기실을 떠나지 못하는 여동생들, 자식이 안타까워 힘들어하시는 노모 등, 가족과 친지가 돌아가며 면회를 왔다 가면 늘 눈물이 앞섰다. 그렇게 30분의 짧은 면회 시간이 아쉬워 간호사 선생님의 눈치를 보며 1분이라도 가족과 더 있고 싶어 손을 놓지 못하고 또 다음 면회 시간을 기약하며 지냈다.

중환자실 생활에 익숙해질 무렵, 나는 침대에 앉아 있다가 갑자기 뒤로 '쿵'하고 침대에 쓰러졌는가 싶었다. 나는 전혀 기억하지 못했고, 곧바로 깨어났지만, 그로 인해 담당 간호사 선생님은 혼비백산하셨다. 그 후 뇌 신경과 선생님의 정밀진찰, 뇌 CT, 정밀 MRI 촬영을 하였으며, 뇌 신경과 선생님께서 "평생 이렇게 살아 갈 수도 있다."는 말과 함께 "가끔 이러한 수술 후유증이 있을 수 있다."라고도 말씀하셨다. 아내는 잠도 못 자며 노심초사하는 일도 겪었다.

드디어 나에게도 그렇게 고대하던 음식이 제공되었는데, 의외로 죽이 아닌 일반 음식이 제공되어 먹는 기쁨에 잠시 설레었지만, 그저 조금밖에 먹지 못하고 수저를 내려놓았다. 그리고 그날 나는 중환자실을 졸업, 이식 병동인 7층 준 중환자실로 이동했다. 그 병동에서 지내는 첫날 밤은 평생을 잊기 어려울 정도의 고생을 했다. 아침에 먹은 조금의 식사와 주입된 약물을 모두 토해내고, 침대 시트가 모두 젖고, 간호사 선생님이 후유증으로 점심 식사를 거르는 등 야단법석을 겪었다. 그렇게 나의 7층 이식 병동 생활은 시작되었다.

이식하신 분들은 누구나 다 그렇듯, 중환자실에선 언제 준 중환자실로, 준 중환자실에선 언제 2인실로, 2인실에선 언제 빨리 퇴원하는지 학수고대할 것이다. 준 중환자실에서 나는 수두바이러스 감염으로 격리 2인실로 이동해 격리 병실 생활을 시작하였다. 격리 병실은 보호자가 상주할 수 있어, 아내가 항상 내 옆을 지키며 간호해 주었다. 그런 아내를 볼 때마다 안쓰러운 마음이 드는 건 당연할 것이다.

아내는 집과 병원을 오가며 가정을 꾸려가는 어려운 생활을 했다. 물론 처형과 가족 및 주변의 도움도 있었지만, 아내는 인생에서 가장 힘든 나날을 보내고 있었으리라. 더욱이 아내가 힘들어했던 것은, 빠른 회복을 위해서는 영양 섭취가 중요했는데, 나는 퇴원 전까지 병원에서 나오는 식사를 잘 못 먹는(먹지 않는) 불량 환자였다. 영양이 공급되어야 빨리 회복될 텐데… 왜 그렇게 병원 음식이 먹기 힘들었는지…… 그래서 그런지 회복은 삼한사온인 양 며칠 컨디션이 좋다가 그다음 며칠은 힘들어하며, 그렇게 하루하루를 보내며 병원 생활을 하고 있었다. 그러던 중 등 우측에 대상포진 바이러스가 발생하여 또다시 나를 괴롭히기 시작했다. 그때만 해도 대상포진 바이러스에 대하여 잘 알지 못해서 그런지 별 대수롭지 않은 바이러스로만 알고 치료했다. 그러나 대상포진 바이러스는 현재까지도 나를 괴롭히고 있으며, 앞으로도 얼마나 오랫동안 나를 괴롭힐지 잘 모르겠다. 아마 운동도 하지 않고 잠만 자는 잠꾸러기라서 바이러스가 혼내주었는가 싶은 생각도 든다.

그런 생활을 하며 지낸, 수술일로부터 약 2개월 만인 10월 17일, 드디어 나는 병원에서 퇴원 할 수 있었다. 오랜만에 가는 그리운 집! 집은 아늑하고 행복했다. 어떻게 찾은 새로운 생명인데, 긍정적인 사고와 운동을 하여 건강을 되찾아, 간호하느라 고생한 아내에게 보답하며 살아가고 싶었다.

그러나 15년이 지난 오늘에서 돌이켜보면 새삼 여러 가지 생각이 나는 것 같다. 약 먹는 것도 소홀할 때가 한두 번도 아니고, 건강 관리 또한 소홀해짐을 나 스스로 느끼고 있다. 새 삶을 찾았으니 건강 관리 잘하고, 아내에게 평생 갚으면서, 봉사하며, 열심히 살아가려는 초심은 어디로 갔는지……. 점점 이식 전의 나로 되돌아감을 느낀다. 이 글을 재정리하면서, 다시 15년 전 이식 직후로 돌아가 새 생명으로 태어나 겪었던 일과 마음가짐을 되돌아보며, 초심을 유지해야겠다는 것을 굳게 다진다.

초심을
잊지 말자

안희동
삼성서울병원 두사랑회 회장

    연일 피곤함과 눈동자까지 노랗다. 병원에 가야 하는데 연말 스케줄로 인해 너무 여유가 없었다.

    간은 인체의 큰 화학공장이라 하는데, 급성 간 부전으로 인해 정상인의 60배가 넘는 황달 수치와 복수가 차서 간 이식을 진행하게 되었다.

    뇌사자 이식은 '장기 등 이식에 관한 법률'에 의해 전국을 3권역으로 나누고 있으며, 이식수술을 받기 위해 등록한 병원 권역에 속해야 가능하다. 2016년에 변경된 응급도 1(멜드 혹은 펠드 점수와 상관없음)에 해당하면 최우선으로 받을 수 있다.

    이제는 이식한 지 어느덧 15년, 어엿한 사회구성원으로 무한한 책임을 지는 일원이 되어 건강하게 새 삶을 살면서 지내고 있다.

    이식 전에는 외적인 동호회 활동하는 것을 좋아하여 운동이면 운동,

오지 탐사, 자연을 벗 삼아 내 집처럼 드나들며 지냈던 터라, 수술 후의 체력을 회복하기 위해 정상인들도 힘들어 포기하고, 백두대간 종주보다 어렵다는 한국의 100대 명산을 계획하고 실행에 옮겼다.

이식 후의 새 삶을 영유하기 위해 나름의 초심을 잃지 않고 계획을 세워 무력해진 하체의 근력을 회복하기 위한 운동을 시작하였다.

퇴원 후 유산소 운동(자전거, 걷기)을 아주 열심히 하여 회복세가 빨랐고, 30일 만에 주변에서 쉽게 오를 수 있는 가장 낮은 산을 찾아 산행을 시작하였는데, 그곳이 강화도 가는 길목에 있는 김포의 문수산이었다. 높이야 얼마 안 되지만 체력이 바닥이 난 상황이고, 부실해진 하체와 근력, 자신과 싸움, 인내력을 키워줄 것은 산행이라는 신념 아래 체계적으로 산행을 시작하였다. 높지도 않은 조그만 산이 무척 힘들어 포기할까도 생각했지만, 끈기와 인내로 정상을 정복하니 모든 것을 얻은 듯 뿌듯했다.

주변의 낮은 산을 지속해서 두루 다녀 어느 정도의 하체의 근력을 키운 뒤부터는 산림청에서 지정한 100대 명산에 도전하였다.

이식 후 6개월 뒤 직장에 복귀한 뒤라 업무에 충실해야 했고, 거의 2년 동안은 비가 오나 눈이 오나 어김없이 매주 토요일은 무조건 전국에 흩어져 있는 100대 명산을 찾을 계획을 세워 찾아다녔다. 하나의 목표를 가지고 달성하기 위해 노력한 결과, 홍도에 있는 깃대봉 정상 석에서의 인증샷을 마지막으로 100대 명산을 모두 정복하였다.

명산 중에는 여러 사정으로 입산이 금지된 산도 있어 어려움이 많았으나 '하면 이루어진다.'는 신념이 있었기에 가능했던 것으로 생각한다. 지금은 예전과 같이 많은 산을 다니지는 않지만, 그 당시에는 나에게 새 생명을 불어넣어 주시고 간 분에게도 내가 이렇게 건강하게 지내고 있다는 나 자신을 보여주고 싶었고, 포기하면 나와의 인내와 싸움도 약속을 저버리는 것으로 생각하기에 모든 시련을 딛고 전진만 하였던 것 같다.

일단 목표를 노력 끝에 달성하고 나니 목표가 없어져 허무한 감도 없지 않다. 목표가 있었기에 초심을 잊지 않고 지냈는데, 다시금 목표를 설정하게 만든다.

이식 후 3년 차부터는 이식 환우들을 위한 봉사로 한국간이식인협회 활동을 시작하였고, 임원진으로서 직책을 맡아 협회를 이끌어 가야만 했다.

그러면서 협회 회원들의 건강 증진과 친목, 세상에서 가장 아름다운 선물인 장기 기증을 홍보하기 위해 '장기 기증 캠페인 산행'을 처음으로 도입하여 회원들과 매월 최근까지 협회 산행을 이끌어 왔다. 초창기의 산행은 주로 정상을 정복하는 산행이었지만, 최근에는 회원들의 요구사항을 수렴하여 트레킹 위주로 진행을 하였다.

본업과 나를 다시 태어나게 해준 협회 일을 하면서 이식 선 경험자(멘토)가, 이식을 앞두고 있거나 이식 후 치료 초기에 있는 환자(멘티)와 가족을 대상으로 심리·정서적 적응과 재활에 도움을 줄 수 있도록 지지하는 활동인 멘토 봉사를 시작하였다. 나의 활동이 멘티에게 큰 도움이 되고 있음을 믿으며, 나 역시 멘티를 통해 성장하고 있음을 깨닫는다.

이식 후에 어려움을 견디고 극복하여 새로운 일상생활과 직장에 복귀하는 모습은 의료진은 물론 많은 기증자 가족분들에게 뿌듯함을 느끼게 해주고 있다. 건강하고 행복한 생활은 규칙적으로 약을 먹고 지속적인 운동을 통한 적극적인 본인들의 노력, 긍정적인 마인드에 의해 좌우된다.

이식받은 분들의 대부분은 이식받은 장기가 운동을 하다가 혹시나 문제가 되지 않을까 하는 걱정이 있다고 한다. 그러나 이것은 과도한 염려로, 우리 이식인들의 체육대회를 보면 정상인과 유사하게 운동한다. 이는 끊임없는 노력과 열정 때문이라 생각한다.

이식은 최선, 최고의 선택이었고, 그로 인해 새 삶을 얻었기에 관련된 모든 분들에게 감사한 마음을 금할 길이 없다.

"홀로 있는 생명은 없다."

우리에게는 기증자의 숭고한 사랑으로 새로운 삶을 사는 만큼, 수혜자로서 항상 고마움을 느끼고 살아가고자 노력해야 한다.

이식과 관련해 어려움을 호소하고, 도움을 요청하여 도움을 받은 분들이 건강을 회복하고, 지금은 내가 언제 그랬냐는 듯 나 몰라라 하시는 분들이 주변에 있다. 안타까울 뿐이다. 더불어 사는 사회다. 초심을 잊지 않았으면 한다.

새로운 삶

권용희
국립암센터 부회장

2003년 봄, 언제부터인지 내 몸이 너무 무겁고, 피곤하고, 소화 불량이 심해져 집 근처 병원을 찾아 내시경을 했다. 검사 결과 위와 식도에 정맥류가 있으니 큰 병원에 가서 정밀 검사를 해보라는 의사 선생님의 말씀에, 백병원에 가서 검사해보니 간경화가 진행 중이라는 진단이 나왔다. 서울 혜성병원에 가서 다시 검사를 해봤으나, 이미 간경화가 3기 정도 진행되었다는 결과가 나왔다.

그래서 유명하다는 연세세브란스병원 소화기내과에서 진료를 시작했다. 담당 의사 선생님께서 간경화는 간암으로 진행될 확률이 높다고 했다. 그때부터 남편도 간 이식에 관한 공부와 정보를 수집하기 시작했다. 그렇게 진료를 받고 있던 2005년 10월 무렵, 드디어 올 것이 왔다. 식도 정맥류가 터져 혈변을 보게 된 것이다. 바로 연세세브란스병원 응급실에 입원해 본격적인 투병 생활을 시작했다. 식도 정맥류를 묶고 입원해 있을 때, 병원으로부터 간 이식을 권유받았다.

그 당시 우리나라에서 간 이식은 현대아산병원, 서울대병원, 연세세브란스병원, 국립암센터 4곳에서 주로 시행되고 있었다. 그러나 나는 아직 암도 아니었고, 대체로 건강한 상태라 이식 준비도 전혀 안 되어 있었다.

그러던 2006년 4월경 검사에서 종양이 발견되었고, 결국 간암 진단이 내려졌다. 나는 조금이라도 빨리 간 이식 수술을 받기 위해 현대아산병원(이승규 교수, 우리나라 최초 생체 간 이식 수술)으로 갔다. 그런데 현대아산병원에서는 처음부터 검사를 다시 시작했다. CT와 다른 모든 자료를 가지고 갔으나 다 무시하고, 검사비만 잔뜩 나오고, 담당 이승규 선생님은 만나지도 못하고, 불친절에 실망만 매우 컸다. 결국 화가 많이 난 남편이 병원 측과 싸우고, 집 근처의 국립암센터로 옮겨왔다.

국립암센터 소화기내과 박중원 선생님은 연세세브란스병원 자료를 그대로 인정해 주셨다. 아주 친절하고 자상하게 설명해 주셨는데, 종양의 위치가 좋지 않은데다 간경화라 간암 수술은 할 수 없고 색전술로 치료 하자고 하셨다. 그러나 색전술을 하고 난 후 혈소판 수치가 너무 떨어져 결국 간 이식 수술 밖에 없다고 하시면서 이식외과 김성훈 선생님께 보내주셨다.

나는 본격적으로 간 이식 준비를 시작했고, 남편과 혈액형 교차시험을 했다. 혈액형 AB형은 어떤 혈액형도 이식 가능한데, 남편(O형)과 교차시험을 2번이나 재검사 후 김성훈 선생님께서 우리를 부르셨다. "불행하게도 이식을 할 수 없습니다."라는 말씀이셨다. 남편은 화를 냈다. "연세세브란스병원에서는 된다던데, 왜 안 되느냐?"고. 김성훈 선생님 께서는 딱 한 마디만 하셨다. "권용희 씨, 죽습니다."

그냥 멍했다. 물론 그 당시 우리는 중국병원도 여러 곳 찾아보던 중 이었다. 또한 남편은 중국에서 이식 수술을 하고 온 많은 사람을 만나 서 경험담을 듣고, 비자발급 등 모든 준비를 하고 있었다. 한국 사람이 제일 많이 이식 수술한 곳이 천진제일병원과 북경조양병원 두 곳이었 는데, 2006년 12월 28일, 중국의 병원 두 곳 모두에서 연락이 왔다. 빨 리 오라는 것이다. 12월 말에 간이 많이 나온다고 했다. 어느 병원으로 갈까 갈등이 많았다. 천진제일병원은 한국 사람이 너무 많아 수술 후 관리에 문제가 있을 것 같았다. 결국 북경조양병원으로 결정해 저녁에 연락받고, 다음 날 2007년 1월 3일 오후 1시 5분, 중국 민항기 편으로 서울에서 출발해 오후 2시 5분에 북경에 도착했다. 오후 3시 20분쯤엔 북경조양병원 도착, 오후 5시부터 검사를 시작했다.

나는 옷도 예쁘게 입고, 선글라스도 쓰고, 중국 여행 가는 들뜬 기분 으로 병원에 도착했으나, 병원에서 상담을 시작하자 내 몸은 얼어붙은 듯 경직되면서 무서워졌다. 중국 주치의 젊은 의사에게, 혈액형은 꼭 AB형으로 이식해야 한다고 요청하니 중국에서는 동일 혈액형으로 이 식한다고 해 마음이 한결 놓였다.

2007년 1월 5일 오후 4시경 이식 준비 치료를 시작해, 오후 5시 55 분 수술실에 입실, 오후 9시 40분 수술을 시작하여, 6일 오전 4시 10분 에 적출된 간을 남편이 확인(중국은 적출된 간을 보호자들이 직접 확인)했다.

오전 6시 30분쯤에 모든 혈관을 연결한 후 관찰(출혈 부분), 오전 8시 10분에야 수술을 끝내고 중환자실로 이동했다. 오전 10시경, 4시간 만에 의식이 순조롭게 회복되는 듯했으나, 일요일 밤인 7일 오후 10시 10분쯤 갑자기 GOT/GPT 수치가 6,000으로 급상승, 거부반응으로 회복 불가능 상태에 빠지고 말았다. 이식 수술 하루 만에 의사가 "악성 거부반응으로 간이 괴사하고 있으니, 다시 이식 수술을 해야 한다."고 했을 때 여러 생각이 복잡하게 얽혀 가고 있었다. 그때 남편은 '이대로 죽으면 화장을 해서 가야 하나?' 등등 수많은 생각에 가슴이 까맣게 타들어가 숨을 쉴 수도, 침을 삼킬 수도 없었다고 했다.

우리나라와는 다르게 산소 호흡기를 끼웠는데 집게처럼 되어 있는 오리발 같은 것이 내 입을 통해 성대까지 누르고 있어 말도 제대로 못하고 "어, 어."라는 신음 밖에 내뱉을 수 없었다. 또다시 수술을 해야 한다는 말에, 지금의 상황이 무슨 상황인지 생각할 겨를도 없이 오로지 '일산 국립암센터로만 가고 싶다.'고 내면에서는 절규하고 있었다. 그래야만 살 수 있을 거 같은 생각이 들었기 때문이다. 하루 만에 다른 간을 찾아 재이식을 하지 않으면 위험하다고 중국 의사가 말하는데, 정말 타국에서 '이를 어쩌나?' 까마득했다. 뜨거운 눈물이 끝도 없이 두 볼을 적시고, 온몸으로 울었다. 통역관을 통해 "새로운 간이 구해졌다."는 말에 삼켜졌던 가시 덩어리는 지금도 생생히 마음을 적신다.

담당 의사가 급하게 출근해 "한국에서 무슨 일 없었냐?"고 남편에게 물었다. 남편이 "혈액형 O형과 이식 교차시험에서 불가능 판정이 나왔다."라고 하자 담당 의사는 "이젠 재이식밖에 방법이 없다."라고 말했다. "월~수요일 사이에 간이 많이 나오니까 기대해 보자, AB형 혈액형도 가능하다."라는 말과 함께.

그러나 월요일, 화요일, 이틀이 지나는 동안 이미 나는 의식이 흐려지기 시작했다. 소변은 혈류 소변으로, 간 기능은 완전 정지 상태였다. 수요일인 10일 오후 3시 30분에 재이식 동의서를 작성하고, 두 박스가량의 AB형 혈액이 도착하면서 마음은 안정되는 듯 편해졌다.

오른쪽 동맥으로 내 몸의 혈액을 빼면서, 동시에 왼쪽 동맥으로 다른 사람의 AB형 혈액을 수혈해 완전히 다른 사람으로 체질 변경을 한 후, 의식이 없는 상태로 재이식을 위해 수술실로 들어갔다. 다행히 재이식 수술은 성공이어서, 24시간이 지난 후 나는 의식을 회복할 수 있었다. 그때부터는 힘겨운 삶과의 사투가 시작되었다. 자가 호흡을 할 수 없기에 인공호흡기를 착용한 악몽 같은 나날이 계속되었다.

산소포화도 수치가 95% 이상 되어야 인공호흡기 제거가 가능하다고 말했지만, 나는 일주일이 지나도 수치가 모자랐다. 수치가 94% 정도였는데, 이 정도면 근사치이니 인공호흡기를 제거해 달라고 남편이 또 야단법석을 쳤다. 결국 주치의의 허락으로 인공호흡기를 제거했지만, 자가제거했지만 자가 호흡은 쉽지 않았고, 그러자 폐에 물이 차기 시작했다. 옆구리를 뚫어 호스를 넣고, 많은 양의 흉수(500cc)를 빼냈다. 중환자실에 누워 있을 때는 그 오리발 같은 희한한 인공호흡기를 뺄까 봐 손은 다 묶여 있었다. 그 묶여 있던 손과 인공호흡기는 12일 만에야 제거할 수 있었는데, 일반 사람은 2~3일 만에 일반 병실로 옮기지만, 나는 2주가 걸려 일반 병실로 옮겼다. 이젠 하루라도 빨리 귀국하고 싶었다. 말이 안 통하는 간호사들 때문에 면회 시간이면 '일산 암센터'라 써서 들고, 보내 달라고 손짓·발짓을 했더니 "가다가 죽을 수도 있다."라는 말만 했다.

그 시기는 우리 딸이 중학교에 가야 하는 때였다. 그러나 엄마와 아빠는 중국에 있으니 "엄마, 친구들은 교복을 모두 샀는데 난 어떻게 해. 모두 팔리고 없으면 어떻게 해, 엄마!" 전화선 너머로 들리는 딸의 목소리에 눈물이 냇물처럼 볼을 적시고 있었다.

나는 수술 통증보다 더 아픈, 가슴이 찢어져 나가는 아픔을 느끼며, 삶의 여정 바다에 눈물을 한 줌을 뿌려야 했다. 목소리도 안 나오고, 눈물이 앞을 가려 아이를 설득해야 하는데…. '아이는 또 얼마나 답답하고 힘들까?' 하는 마음에 또 울음을 삼키고…. 시간은 자꾸 길어지고, 중국에서의 내 치료가 되어 끝나갈 무렵엔 남편이 병이 났다. 그 난리를 겪고 중국 여행을 마치면서 나는 제2의 인생을 펼쳐갔다.

결국 1개월 후 귀국, 바로 국립암센터 김성훈 선생님께 진료를 받기 시작했다. 정상적으로 회복하던 중, 9개월 정도 지났을까? 마트에 갔다가 다리에 힘이 없고 어지럼증까지 있어 바로 국립암센터 응급실에 입원 검사한 결과, GOT/GPT 수치가 300, 총빌리루빈(T-Bil)과 황달 수치가 2.5 이상 올라갔다. 이식 환자는 감염 때문에 1인실에 입원할 수밖에 없어 곧바로 1인실에 입원했다. 급성 거부 반응 치료제인 스테로이드를 처방했으나 GOT/GPT 수치가 1,000까지 치솟았다. 그래서 스테로이드양을 추가로 높여 투여하자 다행히 조금씩 수치가 떨어지기 시작했다.

김성훈 선생님께서 2주면 퇴원 가능하다고 말씀하셨다. 그런데 이게 웬일인가? 2주가 다 되었는데도 다시 수치가 상승하였다. 김성훈 선생님께서는 이런 경우는 처음이라며, 다른 병원으로 가도 좋다고 말씀하시면서, 일본에서 임상시험을 거친 'OKT3'라는 거부반응 치료제가 있는데, 우리나라에는 서울대병원 한 곳에만 있다고 알려주셨다.

딱 1명분(10병) 밖에 없었는데, 그마저도 위험해서 치료하기가 조심스럽다고 하셨다. 그러나 이젠 시간이 없었다. 서울대병원에 의뢰해 본다고 하셨다. 마지막 희망이었다. 다행히 서울대병원에서 약을 보내주어 치료를 시작했다. 처음 2일간은 견디기 힘들 정도로 온몸이 불덩이였다. 그러나 여러 가지 수치들은 정상으로 내려오고 있었다. 희망이 보였다.

일주일 되니까 GOT/GPT와 총빌리루빈(T-Bil), 황달 수치가 정상으로 돌아왔다.

나는 'OKT3'라는 치료제와 김성훈 선생님에게 항상 감사한 마음으로 살아가고 있다. 나는 중국에서 두 번 죽고, 한국에서 한 번 죽고, 세 번 죽은 목숨이다. 이젠 천수를 누릴 수 있겠다.

지금이 바로 인생 '새로 고침'의 시간이다

이제 몇 달 후면 고희가 된다. 지난 70년을 돌아보니 한 일이 없는 것 같고, 후회스러운 시간이 주마등처럼 머릿속을 스친다. 그렇지만 인생은 컴퓨터가 아니라서 강제 종료 후 재부팅도 리셋도 어렵다. 내 인생의 하드를 포맷하고, 그간의 삶의 궤적을 다 지워버리고, 어디 가서 완전히 새로운 사람으로 다시 태어나고 싶은 마음마저 들지만, 명심하자. 인생은 컴퓨터가 아니다.

과학자들의 연구에 따르면, 약 77%의 사람들이 새해 결심을 일주일 정도 지킨다. 그리고 대부분은 다 포기한다. 결심은 그저 결심일 뿐, 삶은 크게 바꾸지 않는다는 얘기다. 약 19%의 사람만이 새해 결심을 나름대로 지키면서 2년 정도의 시간을 보낸다고 한다. 그러면 결심은 새해에만 하는 것은 아니다. 학생들은 새 학기 시작이 중요 결심의 시기이고, 나이가 들면 환갑, 칠순 등과 같이 각자 생일이 다르기 때문에 새로운 결심의 시점은 사람마다 다르다.

나는 칠순 생일날을 중요한 전환점으로 삼고 싶다. 그러나 도대체 인생의 새로 고침은 왜 어려운 것일까? 인생은 왜 리셋이 안 될까? 사실은 우리 뇌가 고집이 세기 때문이다. 인생을 새로 고침 하려면 결국엔 생각과 행동을 바꾸어야 하고, 그것의 중추인 뇌가 다른 방식으로 정보를 처리하고 작동해야 하는데, 뇌를 바꾸는 일이 쉽지 않아서다.

우리 뇌는 매 순간 선택을 할 때 나에게 이익이 되는지 따져보는 영역과 이익을 추구하는 영역이 작동한다. 그래서 이익이 되는 상황에 민감하게 반응하는 것이다. 이른바 '목표지향영역'이 하는 업무가 바로 그런 일이다. 내가 지금 이걸 해서 뭘 얻을 수 있는지, 그 목표를 생각한 다음에 가장 큰 보상을 받을 수 있는 선택지를 찾아서 선택한다.

그런데 이런 과정은 매우 머리를 많이 쓰게 만든다. 우리 뇌는 게을러서 되도록 에너지를 덜 쓰고 싶어 한다. 그래서 만든 것이 습관이다. 일상적인 상황이 반복되면, 더 나은 목표의 결과보다는 인지적인 노력을 줄이려 애쓴다는 것이다. 내가 이것을 선택하면 어느 정도의 보상이 오는지는 이미 경험했기 때문에 그다음부터는 더 나은 선택을 하기보다는 같은 걸 선택하면서 선택의 고민을 줄인다. 그래서 우리는 최고급 레스토랑에서는 메뉴판을 열심히 들여다보지만, 직장 앞 식당에서는 "저희 2인분 주세요!"라고 외친다. 메뉴판을 보면서 뭘 먹어야 할지 고민하기는 싫고, 그냥 알아서 주면 좋겠다는 뜻이다. 그래서 나는 도서관, 구내식당 1식 3찬 식단을 좋아한다. 값도 저렴하고 영양 상태도 고려된 한 끼 식사가 나에게는 최고의 식단이기 때문이다.

우리 뇌는 무게가 전체 몸무게의 2%밖에 되지 않지만, 우리가 먹는 음식 에너지의 25%를 사용한다. 다시 말해, 우리가 뭔가를 생각하고 신경 쓴다는 건 굉장히 에너지를 많이 쓰는 과정이라는 뜻이다. 그래서 우리 뇌는 되도록 에너지를 적게 쓰려고 애쓴다. 에너지를 적게 쓰는 방식으로 생활하면 생존의 가능성이 커진다. 그러니까 에너지를 적게 쓰는 것이 보편화 전략일 것이다. 끊임없이 움직이면서 청소하고, 가구를 옮기고, 일을 만들어서 하는 분들은 매우 훌륭한 분들이다. 자기가 좋아하는 일에는 기꺼이 에너지를 투자하지만, 별로 중요하지 않다고 생각하는 일에는 습관이라는 방식으로 에너지를 최소화한다. 그런데 바로 그 사소한 것 같은 일상이 쌓여서 인생이 된다는 사실을 우리는 종종 망각한다.

인생 '새로 고침'에 성공할 방법이 없는 건 아니다. 내 삶에서 새해가 더는 없을 때 새로 고침이 가능하다. 우리에게 단 1년의 삶만 주어진다면, 그 1년의 삶은 완전히 새로 고침의 삶일 것이다. 주변에서 '새로 고침'에 성공한 사람들을 보면 알 수 있다. 갑자기 심근경색으로 쓰러져 죽다 살아난 사람이 그토록 많이 마시던 술을 끊고, 담배를 끊고, 등산을 하고, 매일 걷기를 한다.

나는 매일 3시간 정도 18,000보를 걷는다. 이를 위해 나는 1년 이상 끊임없이 걷고 걸어 이제는 완전히 습관을 만들었다. 습관은 쉽게 바뀌지 않는다는 뜻이다. 자신이 진정으로 변화하기를 원한다면 최소 1년을 잡고 습관을 만들 것을 권한다.

첫째는 마음먹기이다. 그리고 4단계가 더 있다. '작심삼일(作心三日)'이란 말이 있듯이 변화를 진정으로 원한다면 최소 3일은 실천해야 한다.

두 번째 관문은 21일간 지속하기이다. 줄탁동시(啐啄同時), 새가 알에서 부화할 때 새끼가 안에서 톡톡 쪼는 행위와 어미가 밖에서 탁탁 쪼는 행위가 일어날 때 비로소 두꺼운 알이 깨진다는 말이다.

세 번째 관문은 100일 잔치이다. 얘기가 태어난 100일 잔치가 첫 번째 잔치이듯 100일이 지나면 변화에서 중요한 시점이다. 마지막 잔치는 태어난 지 1년이 되면 돌잔치를 하듯, 돌잔치가 지나면 스스로 면역력이 생기듯 1년이 지나면 습관화는 이루어진다.

인생의 목표가 성공이 아니라 성숙이라면, 우리는 날마다 새로운 삶을 위해 노력해야 한다. 습관은 안락하고, 포근하고, 안전하게 우리 삶을 여기까지 끌고 왔지만, 인생의 '새로 고침'이 주는 뜻밖의 재미와 유쾌한 즐거움 또한 우리 삶을 풍성하게 해줄 것이다.

"내년에는 설레는 마음으로 다 같이 좀 더 나은 인간으로 '새로 고침'을 시도해 보면 어떨까요? 죽을 만큼 절박한 마음으로 습관이라는 굴레를 벗어나는 현명한 호모 사피엔스가 되길 기원합니다. 여러분의 새로운 인생에 건투를 빕니다. 뇌의 고집을 꺾어주세요."